KB253483

Hell of storm
폭풍의 넬
유성우 판타지 장편 소설
FANTASY EXCITING STYLE

폭풍의 넬 1

유성우 판타지 장편 소설

초판 1쇄 찍은 날 § 2007년 6월 30일
초판 1쇄 펴낸 날 § 2007년 7월 3일

지은이 § 유성우
펴낸이 § 서경석

편집장 § 김대식
편집책임 § 이환진
편집 § 조수희

펴낸곳 § 도서출판 청어람
등록번호 § 제1081-1-89호
등록일자 § 1999. 5. 31
어람번호 § 제1-0847호

주소 § 경기도 부천시 원미구 심곡1동 350-1 남성B/D 3F (우) 420-011
전화 § 032-656-4452 팩스 § 032-656-4453
http://cyworld.nate.com/bluebook_
E-mail § blue_book@hanmail.net

ⓒ 유성우, 2007

ISBN 978-89-251-0782-0 04810
ISBN 978-89-251-0781-3 (세트)

폭풍의 별

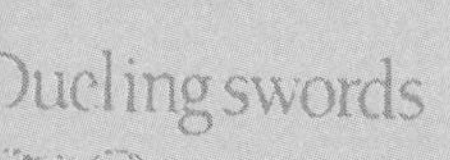

1

유성우

판타지 장편 소설

FANTASY EXCITING STYLE

Hell of storm

BLUE K
도서출판

Hell of storm

CONTENTS

CHAPTER 1

대장은 공녀였다

아직도 그때를 생각하면 오금이 저린다.

대장이 공녀라니? 데카리온 제후 가문의 유일한 공녀?

그것도 모자라, 뭐? 황태자비 후보?

마을을 처달 때마다 수많은 처녀들을 울렸던 대장이 공녀라고?

······같이 목욕할 때마다 봤던 그 다리 사이의 거대한 건 뭐유?

펠트 하르그는 이 세상에 거칠 것이 없는 천하무적의 용병대다. 언제나 유쾌, 상쾌, 통쾌하게 살며 사방팔방 그 유쾌함을 뿌리고 다닌다. 그리하여 세상은 그들을 유쾌한 용병대라 부른다.

펠트 하르그는 결성된 날부터 오늘까지, 여러 다양한 의미로 대륙을 호령하고 있었다.

그런데 지금!

유쾌한 용병대가 전혀 유쾌하지 않은 위기에 처해 있다.

중무장한 기사들이 가던 길 곱게 잘 가고 있던 펠트 하르그의 앞을 막았다. 기사들은 노련한 용병들을 질리게 만들 정도로 날이 서 있었다.

기사들은 펠트 하르그를 둥그렇게 둘러 포위했다. 그 속에 갇힌 펠트 하르그는 영문도 모른 채 입만 쩍 벌렸다. 단 한 사람만 제외하고.

"나, 지금 떨고 있나?"

두툼한 허리와 굵은 두 다리, 빳빳한 회색 수염이 인상적인 가크는 커다란 눈알을 이리저리 굴렸다. 털이 숭숭 난 가크의 두 손이 곱고 하얀 손을 덥석 붙잡았다.

화려한 은발의, 여자보다 더 곱게 생긴 트라베가 떨며 고개를 끄덕였다.

트라베가 너무 떨어서 가크가 떨고 있는지는 알 수 없다. 하지만 트라베는 자신의 몸이 덜덜 떨리는 게 가크가 겁에 질려서라고 굳게 믿었다.

펠트 하르그의 유일한 여자 지나는 그 둘에게 신경 쓸 여유조차 없었다. 화가 나면 트라베의 은발과 가크의 덥수룩한 수염을 한 움큼씩 잡아 뽑던 성질머리는 보이지 않았다. 평소엔 볼 수 없는 진지한 표정으로 눈을 번뜩였다.

지나의 옆에 검은 로브를 뒤집어쓴 이네아는 말없이 주변을 둘러보았다.

그리고…….

'빌어먹을!'

그들의 앞에 선 넬은 석상처럼 딱딱하게 굳었다. 왕방울만

하게 커진 눈을 데굴데굴 굴렸다. 넬의 거무죽죽한 얼굴이 점점 더 하얗게 질려가는 모습이 사뭇 괴기스러웠다.

"하하하, 지금 우리가 왜 이런 상황에 와 있는 걸까?"

"솔직히 말하자면 찔리는 게 무진장 많긴 하지."

"제길, 그간 잘 피해 다녔다고 자부했는데."

"그중 제일 찔리는 걸 고르자면……."

지나는 말을 흘렸다. 나머지 셋은 그녀의 말뜻을 용케 알아들었다. 지나를 비롯한 용병 대원들이 동시에 넬을 노려보았다.

"또 너냐!"

의심은 아니었다. 확신이었다.

"우리 몰래 또 어느 가문의 공녀를 건드린 거냐!"

"설마 애를 만든 건 아니겠지?"

"아, 왜! 그놈의 아들내미 간수 하나 제대로 못하는 건데!"

동료들의 정성어린(?) 시선을 한 몸에 받은 넬은 아무 말도 하지 못했다. 넬은 부끄럼에 몸을 떨며 그들의 눈빛을 피했다. 나머지 네 명의 얼굴이 끔찍하게 일그러졌다.

"진짠가 봐! 반격이 없어."

"평소 같으면 진실을 알리겠다며 바지부터 까 내렸을 텐데."

"정말로 사고를 친 거야?"

"죽어버려!"

넷은 이를 갈며 각자의 무기를 손에 쥐었다.

"어쩔 수 없다. 우리가 살기 위해서는!"

살기 위해 동료를 버려야 하는 가슴 아픈 선택의 순간, 그들은 개미 눈곱만큼도 주저하지 않았다. 대의를 위한 조그만 희생은 어쩔 수 없는 법. 그들은 눈물을 머금으며 당장이라도 넬에게 달려들려 했다.

그때 기사 전원이 칼을 빼 들었다.

"으아악, 우리는 아무 죄도 없다고요!"

"이런 엉덩이 가벼운 녀석이랑 같은 취급하지 마. 난 아직 장가도 못 갔다고."

"슬프다. 다음 도시에는 어여쁜 꼬마 아가씨들이 가득하다고 했었는데."

"흠……."

네 명의 용병은 투덜거리며 기사들을 향해 몸을 돌렸다. 기민한 움직임이었다. 하지만 기사들은 그들을 거들떠보지도 않았다. 대신 검을 투구 앞에 가져다 댔다.

"뭐야?"

"얼레?"

"오늘부터 남의 집 아가씨를 함부로 잡아먹은 게 저런 예우를 받을 수 있는 일이 되기라도 한 거야?"

다그닥, 다각.

펠트 하르그의 소란함을 잠재우는 느긋한 말발굽 소리가

들렸다. 기사들은 그 소리를 맞이하며 고개를 숙였다.

투구가 그들의 표정을 가렸지만 그들의 진심이 충분히 느껴졌다.

기사들의 한쪽 벽이 허물어졌다.

다른 기사들과 같은 갑옷을 걸치고 붉은 망토를 두른 한 기사가 말을 몰고 나타났다.

"……."

그 기사의 등장에 넬의 얼굴이 허옇게 떴다.

붉은 망토의 기사는 다른 기사들과는 다른 투구를 썼다. 투구 자체는 투박했지만 화려한 술과 깃이 투구를 장식하고 있었다.

붉은 망토의 기사가 손을 들어 올리자 기사들 전원이 동시에 검을 내렸다.

"오랜만이구나."

투구 속의 시선이 넬에게 향했다. 근육과 상처로 다져진 넬의 몸이 육식동물 앞의 초식동물처럼 부르르 떨렸다.

"펠트 하르그의 명성은 익히 들었다."

떡 벌어져 든든하던 어깨가 축 늘어졌다.

"아무리 사고를 쳤어도 그렇게 약한 모습을 보이면 안 되지!"

대장의 약한 모습에 발끈하며 지나는 버럭 소리를 내질렀다.

"뭐야, 그래서? 고귀한 귀족 나으리께서 한판 붙자고 직접 이렇게 오셨나? 앙?"

지나는 양손에 든 검을 앞으로 내밀었다. 검끝이 붉은 망토의 기사를 향했다.

"무례하다!"

"어딜 감히!"

발끈한 몇몇 기사들이 허리에 손을 얹었다. 하지만 붉은 망토의 기사는 지나의 도발에 넘어가지 않았다.

그가 손을 들어 기사들을 제지했다. 기사들의 투구 밖으로 거친 숨소리가 숨김없이 터져 나왔지만 그들은 인내했다.

"귀족 나으리께서 어떤 명성을 들었는지 모르겠지만 우리 용병대를 우습게보면 큰일난다고."

"맞아. 트라베를 제외하면 모두들 에이어 급 용병들이라고. 뭐, 트라베도 일단 비로드 급 용병이긴 하지만."

"쟤가 노래하면 부리던 정령들도 도망가잖아. 게다가 그 노래의 데미지는 우리들도 받는다고. 쟤는 도움이 안 돼."

가크는 헛기침을 하며 이야기를 정리했다.

"크흠! 아무튼, 우릴 너무 만만하게 보지 말라고."

"그래. 우리는 아주 가끔 대장만 두고 도망친다고. 그리고 오늘은 그 가끔의 날이 아니고. 그러니까 각오해 두는 게 좋을 걸?"

한 마디씩 지지 않고 늘어놓는 동료들에게 넬은 버럭 소리

를 질렀다.

"다들 조용히 좀 해라!"

동료들이 자랑스러웠던 때도 있었다.

하지만 오늘만큼은 동료들의 겁대가리를 상실한 모습이 미치도록 원망스러웠다.

'오늘까지 이러지 말란 말이다!'

넬은 붉은 망토의 기사를 힐끔힐끔 살피며 동료들에게 윽박질렀다.

"대장, 쫄았수?"

"어이쿠, 무서워라."

"너는 지금 소리 지를 자격도 없어. 몸에 달린 아들내미 관리도 제대로 못하면서 어딜! 이 상황만 벗어나면 당장 대장 자리에서 탈락이야."

사랑스러운 동료들은 역시나 기대를 저버리지 않았다. 그들은 벌써 여유를 되찾고 유쾌해 보였다. 지나는 휘파람까지 불었다. 넬은 껄렁하게 서서 다리를 떨며 이죽대는 동료들의 모습에 믿지도 않는 신을 마음속으로 부르짖었다.

"꽤 재미있는 부하들을 데리고 다니는구나."

붉은 망토의 기사가 다시 넬에게 말했다.

"부하가 아니야! 동료지."

목소리는 컸지만 떨려서 박력 있게 들리진 않았다.

"동료라기보다는 대장의 뒤처리를 해주는 보모랄까?"

“맞아. 대장이 그간 울린 여자들 뒤처리 한 것만 생각하면 아직도 살이 떨린다.”

“으아, 의리만 아니면 이딴 용병대 예전에 탈퇴했을 텐데.”

넬과 나머지의 엇갈리는 의견에 붉은 망토의 기사는 담담하게 답했다.

“꽤 흥미로운 동료로구나.”

“으윽.”

첫판에서 넬은 멋지게 졌다. 물론, 동료들의 공이 지대했다.

판세가 예상외로 화기애애하게 돌아가자 긴장이 풀렸는지 지나가 뒤로 물러섰다.

“뭐야, 대장. 귀족 나으리랑 꽤 친한 사인가 봐?”

“정말 귀족 가문의 공녀를 덮치기라도 한 거야?”

“아아, 그래서 졸지에 코가 꿰였다고?”

가크는 반짝이는 눈빛으로 넬을 부담스럽게 바라봤다. 신붓감을 찾아 떠도는 한 마리의 노총각 드워프의 한이 느껴졌다.

“아니, 오히려 저 귀족 나으리께서 여동생을 울린 죗값을 받으러 오신 것 같은데.”

“그렇다면 특별히 방해하고 싶진 않은 걸?”

지나가 킬킬대며 트라베의 말을 받아쳤다.

“맞아, 맞아. 이제 대장도 슬슬 큰 코 한 번 다칠 나이가

됐지.”

“아아! 오늘부로 펠트 하르그의 새로운 대장은 아름다운 나, 트라베가 되는 것인가?”

“귀족 나으리, 마음대로 처리하십시오.”

“오늘따라 왜 그렇게들 말들이 많아!”

넬은 머리를 쥐어뜯으며 동료들에게 버럭 소리를 질렀다.

“내가 널 좀 더 일찍 찾았어야 했구나.”

붉은 망토의 기사가 나직하게 말했다.

혼잣말처럼 들리기도 했으나 기사단은 물론 넬과 다른 용병들도 똑똑히 들었다.

“무, 무슨 소리를…….”

날뛰는 동료들 사이에서 쩔쩔매던 넬은 고개를 확 돌렸다. 물론 자신을 내려다보는 그의 기세에 금세 수그러들었지만.

“하는 거야…… 요.”

“나는 똑같은 말을 두 번 하는 걸 싫어한다.”

온몸에서 ‘나는 고귀한 존재, 너는 미천한 존재’ 라는 분위기를 폴폴 풍기는 대사였다.

붉은 망토 기사의 권위에 발끈한 지나가 인상을 구겼다.

“대자앙!”

맹수가 먹잇감을 위협하듯 으르렁대는 지나의 모습에 넬의 입가가 부르르 떨렸다.

‘지난 마을에서 꼬마 여자애를 막대 사탕으로 꼬이던 걸

방해해서 그런 건가? 왜 오늘따라 이러는 거냐! 설마 일부러 저러는 건 아니겠지? 평소 때 눈치는 다 어디로 사라졌냐고!'

지나는 변태 로리콤으로 더 유명하긴 하지만, 동서 대륙을 통틀어 스무 명도 안 된다는 명색이 와이번 슬레이어다.

와이번 슬레이어라는 것은 실력 하나만을 가지고 따지는 것이 아니다. 때문에 꽤 많은 용병들이 와이번 슬레이어라는 말에 거부감을 가지지만, 그렇다고 가볍게 취급될 만한 것도 아니다.

평소의 변태적인 모습 너머에는, 와이번 슬레이어다운 모습이 숨겨져 있다. 덕분에 펠트 하르그는 여러 번 죽을 고비를 무사히 넘기기도 했다.

넬은 그녀의 변태적 행각과는 별개로 그녀의 능력을 인정했다. 때문에 오늘따라 갈피를 못 잡는 지나를 보니 절로 이가 갈렸다.

'지난 마을에서의 일이 그리도 한이 되었더냐. 내가 원망스러워 지금 이 상황이 눈에도 들어오지 않는 거냐.'

넬이 와이번으로 보이는 걸까. 지나의 눈이 오늘따라 과도하게 빛났다. 자신에게 현상금이 걸리지 않는 이상, 동료라고 믿었던 지나였건만.

넬은 절망했다. 남들이 그토록 부러워하는 펠트 하르그의 끈끈한 동지애는 겨우 이 정도였던 것이다.

지나를 비롯해 다른 대원들의 심정이 이해되지 않는 건 아

니었다. 제멋에 사는 인생이건만, 지금 상황이 어찌 마음에
들랴.

자신 또한 동료들의 처지였다면 분명 분노했을 것이다. 아
니, 머리로는 이해해도 가슴으로는 이해하지 못했을 것이다.
용병이란 가슴으로 사는 존재니까.

넬을 제외한 그 누구도 현 상황을 이해하지 못했다. 그런
동료들을 바라보는 넬의 표정은 착잡하기 이를 데 없었다.

"너네 철십자 기사단에 대해 한 번도 안 들어 봤냐?"

"우리를 바보로 아는 거야? 검으로 빌어먹고 사는 놈들 중
에 철십자 기사단을 모르는 놈이 어디 있어. 막 시골에서 상
경한 촌놈도 알겠…… 잠깐만. 헉!"

지나의 눈이 휘둥그레졌다. 지나는 새삼 주변을 휘휘 둘러
보았다. 기사들의 갑옷 왼쪽 가슴 부근에는 여지없이 검은 십
자가와 검 한 자루가 엇갈려 그려져 있었다.

"뉘 앞에서 난리를 편 건지 이제야 상황 파악이 되냐?"

동료들이 넬에게 달려들었다. 특히나 지나가 넬의 멱살을
쥐고 흔들며 떽떽거렸다.

"켁, 켁! 뭐 하는 짓이야!"

"대장! 설마 철십자 기사단의 여동생을 건드린 거야? 미쳤
어?"

동료들의 멋진 한방에 제대로 타격을 받아버린 넬은 몸을
휘청거렸다.

“아냐!”
“그럼 누나?”
“아니라니까!”
‘어째서 다 그런 쪽으로 밖에 생각을 못하는 거냐.’
평소 자신의 행실은 조금도 염두에 두지 않은 마음속 외침
이었다.
쿵!
붉은 망토로 등을 덮은 말이 앞발로 바닥을 굴렀다. 주인을
대신해 용병대에게 주인의 존재를 다시금 인식시킨 말이 히
힝~ 코 울음을 내며 고개를 치켜들었다.
“무례를 용서하도록. 이별 인사를 충분히 이해해주지 못해
서.”
이별? 인사? 넬과 용병들은 고개를 갸웃했다.
“나는 사랑스러운 여동생의 동료들인 자네들의 대화를 중
간에 잘라내는 것을 안타깝게 여긴다. 하지만 어쩔 수 없군.”
말 한마디 한마디에서 풍겨 나오는 위엄은 그가 귀족이라
는 걸 여실히 느끼게 해주었다. 펠트 하르그의 용병들은 문득
‘어떤 한 단어’에 정신이 아득해졌다.
“잠깐!”
“뭔가 들어선 안 될 단어를 들은 거 같은데?”
대원들의 눈빛이 매섭게 빛났다.
“하하…… 하하하…….”

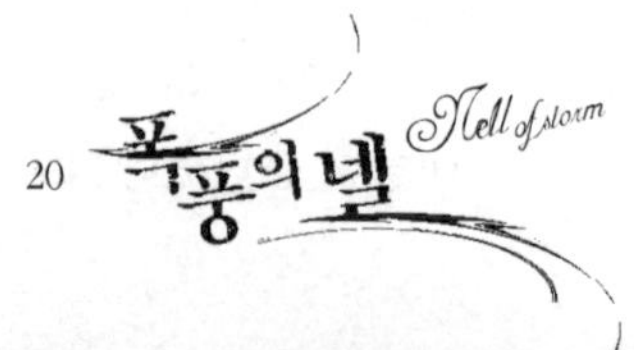

그들의 순수한 의문에 넬은 모르는 척 어색한 웃음을 흘렸
다. 반대로 돌린 얼굴은 금세 울상이 되었다.

"유쾌한 폭풍 넬 에이어, 아니 에일린 데카리온."

'설마' 라는 단어를 흘리며 자신을 빤히 바라보는 동료들
의 눈초리에 넬은 차마 입을 열 수 없었다.

"난 뭐든 두 번 말하는 걸 좋아하지 않는다, 에일린!"

그의 재촉은 넬의 아픈 가슴을 칼로 쿡쿡 찔렀다.

"……예."

툭 고개를 꺾으며 대답했다.

넬의 온몸이 부들부들 떨렸다.

"에일린!"

"……오라버니."

"컥!"

"오메야?"

"저건 또 뭔 짓거리라냐?"

동료들의 비명 소리를 뒤로하며 넬은 고개를 들어 까마득
한 그를 올려다보았다. 휘날리는 붉은 망토는 넬을 내려다보
며 말했다.

"용병 놀이는 오늘부로 끝이다. 아름다운 나의 누이여."

넬에게 사형선고가 내려졌다.

CHAPTER 2

마법에 걸렸어요

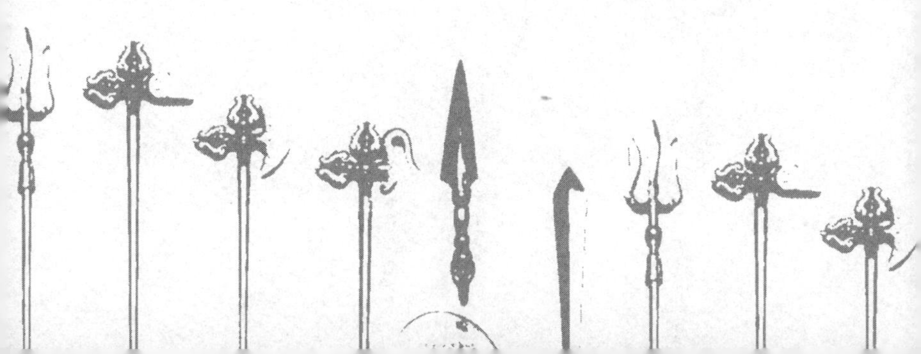

1

끝없이 뻗은 흙길 위로 사륜마차가 달리고 있다. 양 날개를 활짝 편 독수리 뒤로 두 개의 창이 엇갈린 문장이 마차 문에 달려 있다. 검은 십자가와 검이 엇갈린 문양을 단 기사들이 그 마차를 둘러싸고 있다.

화려한 장식은 없지만 누구든 사륜마차 안의 존재가 가볍지 않은 사람이라는 것을 짐작할 것이다.

조금 더 상식이 풍부한 사람이라면 마차와 기사들에게서 보이는 두 개의 문양을 확인하고는 감히 마차를 바라보지 못할 것이다. 그것은 존귀한 가문의 문장과 제국 내 최고라 불리는 기사단의 문장이었다.

하지만 제국 최고의 엘리트 기사단의 몸짓이 어딘가 어색했다. 마차를 호위하는 기사들은 힐끔힐끔 달리는 마차를 보며 한숨을 내쉬었다.

"공녀님 봤지?"

"저 덩치 큰 용병이 공녀라니. 뭔가 잘못된 거 아냐?"

"단장님의 여동생이라잖냐. 설마 단장님도 그렇게 생기신 건 아니겠지?"

"그건 모르는 일이지. 소문으로는 어렸을 적 전신에 화상을 입어 밖에서는 갑옷을 벗지 않는다고 했잖아. 사실 여동생과 비슷하게 생겨서 가리고 다니시는 거 아냐?"

"공녀님을 뵈면 단장님이 어떻게 생겼을지 대충 짐작이 가리라 생각했는데. 정말 단장님이 저리 생기신 건가?"

"단장님을 사모하는 공녀들께서 기절할 만한 사실이군."

수군대는 기사들 위로 우렁찬 목소리가 들렸다.

"제국이 자랑하는 철십자 기사단이 마상 위에서 단장을 험담하는가!"

투구 속의 기사들 얼굴에 아차 싶은 표정이 어렸다. 단장과 함께 앞서 달리던 부단장 플레어가 어느새 다가와 있었다. 부단장은 빠르게 달리는 말 위에서도 흔들림이 없었다.

"언제부터 제국의 철십자 기사단이 말 많은 수다쟁이가 된 거지?"

"시정하겠습니다!"

"우리의 임무는 존경하는 단장님의 하나뿐인 여동생이며 황태자비 후보인 공녀님을 수도까지 무사히 호위하는 일이다. 자신들의 잘못을 되짚어보며 자중하도록."

플레어의 질책에 기사들은 고개를 숙였다.

플레어는 다시 앞으로 달렸다. 눈앞에서 플레어가 사라지자 기사들은 한숨을 돌리며 고개를 들었다.

"그래도 요상한 걸 우리더러 어쩌라고."

단장의 하나뿐인 여동생은 단장을 그토록 존경하고, 존경하는 기사들에게도 받아들여지기 힘든 모습이었던 것이다.

플레어는 선두에서 달리는 단장의 옆에 섰다. 단장은 붉은 망토의 기사였다. 철십자 기사단의 단장, 존귀한 붉은 망토의 기사, 훼일카드민은 별 미동 없이 앞만 보았다.

"기사들은 어찌하고 있던가?"

"열심히…… 지키고 있습니다."

동요하는 기사들을 엄하게 다스리기는 했지만 플레어 또한 인간이다.

"단장님."

플레어는 조심스럽게 말을 꺼냈다. 그의 말은 기사단 전원의 의문이었다.

"뭔가 착오가 있으신 게 아닙니까?"

훼일카드민은 플레어를 보았다.

"이런 말씀을 드리기 송구하지만, 공녀님 말입니다."

“에일린이 뭐가 착오라는 거지?”

“……”

‘그걸 몰라서 묻나, 이 사람아!’

자신의 눈앞에 있는 사람이 누군가! 제국을 떠받치는 사대 제후 중에서도 막강한 입지를 자랑하는 데카리온 동제후다. 그뿐인가? 황제의 신임을 듬뿍 받는 최고의 권력가이며, 철십자 기사단의 단장이기도 하다.

제국의 백성들은 제국을 지키는 수호 검이라 떠받들고, 주변 나라에서는 그를 두려워한다.

대륙의 음유시인들은 앞 다투어 그를 찬양하고, 정숙한 귀부인과 아리따운 처녀들은 그의 에스코트를 받길 희망한다. 얼마나 많은 공녀들이 그의 마음을 얻기 위해 눈물을 흘리고 미소를 짓던가.

두꺼운 철갑옷과 투구로 자신을 가리는 것마저 신비로움을 자아낸다. 무엇을 더 말할까. 동시대에 살고 있는 것만으로도 감격스러운 그를 앞에 두고 플레어는 통탄의 눈물을 금치 못했다.

“기사들 사이에서 이상한 이야기가 돌고 있습니다.”

“이상한 이야기?”

“단장님, 이건 뭔가 잘못된 겁니다.”

플레어는 열과 성을 다했다.

“흠.”

플레어의 진심이 닿은 걸까. 훼일카드민이 침음성을 삼켰다.

"역시, 중간에 뭔가 차질이 빚어진 게……."

"일부 기사들이 에일린의 미모에 빠져 버렸단 말인가?"

"바로 그거…… 에에, 예?"

"아니, 모든 기사들이 다 그러하겠군."

깜짝 놀란 플레어는 입을 떡 벌리다가 투구에 턱을 부딪쳤다. 플레어가 중심을 잃고 말 위에서 휘청거렸다. 훼일카드민이 그를 붙들었다.

훼일카드민 덕분에 낙마를 면한 플레어는 한숨 돌릴 새도 없이 뒤통수를 내리친 충격에 괴로워했다.

"설마, 자네도?"

"단장님! 그게 무슨 말씀이십니까!"

"에일린은 영광스럽게도 황태자 전하의 황태자비 후보에 올랐다. 그런데 감히 에일린을 넘보다니. 이는 황실과 데카리온 가문에 대한 도전이다. 맨 얼굴을 자네들 앞에서 내보였다고는 하나 그렇게 쉽게 내 동생의 매력에 빠져들다니. 철십자 기사단의 자제력이 이렇게도 약했단 말인가? 실망이군."

"단장님?"

플레어는 절망하며 훼일카드민을 향해 부르짖었다.

"그, 그……."

차마 공녀라는 말이 입에서 튀어나오지 못해 한동안 말을 더듬어야 했지만.

"그분은…… 세상에 많이 찌들어 보이셨습니다!"

플레어는 최대한 뜻을 돌려 전하기 위해 애썼다. 그것이 훼일카드민에게 보일 수 있는 최대한의 존경과 경의의 표현이었다.

"모두가 내 불찰이다."

하지만 훼일카드민은 플레어의 충정을 절대 알아주지 않았다.

"조금 더 일찍 동생을 찾았어야 했거늘."

"……!"

"아리따운 미모를 세상에 드러내놓고 다녔으니 에일린도 그동안 홀로 고생이 많았겠지. 동료라는 용병들이 꽤 흥미로워 보였지만 별 도움은 안 돼 보였고."

주르륵.

플레어의 등줄기에 식은땀이 흘러내렸다.

"단장님."

플레어는 부들부들 떨리는 목소리로 훼일카드민을 불렀다.

"에, 에일린 공녀님께서는 저희 기사단 누구보다도 커다라십니다."

"그 점은 나도 꽤 의아한 부분이다. 예전엔 나보다 훨씬 가냘프고 연약했는데 말이야. 그래도 본래의 미모가 가려지지 않아 다행이지 않나.”

“에일린 공녀님의 모습을 정확히 확인하신 겁니까? 설마 옆에 서 있던 은발의 용병과 착각하신 게 아니십니까.”

반짝이는 은발을 샤라랑~ 날리며 하프를 뜯던 용병을 생각하며 물었다. 방정맞아 보였지만 마차 속 존재에 비한다면 그 무엇이 단점이 되랴.

‘단장님께서 그간 많이 피곤하셔서 에일린 공녀님의 모습을 정확히 확인하지 못하신 걸 거야.’

플레어는 확신했지만 현실은 잔혹했다.

“플레어 부단장, 자네가 지금 나를 기만하는가.”

훼일카드민의 서늘한 저음에 숨이 턱 막혔다. 투구 속에 숨겨진 훼일카드민의 두 눈이 무시무시하게 플레어를 노려보았다.

“아닙니다. 제가 어찌 감히!”

플레어가 기겁하며 손을 내젓자 훼일카드민은 잠시 침묵하더니 말했다.

“내가 그동안 자네를 잘못 봤던 모양이군, 플레어 부단장.”

“단장님!”

“앞을 지켜라. 나는 내 동생의 곁에 서겠다.”

훼일카드민은 주저없이 말머리를 돌렸다. 플레어는 쩔쩔매며 연신 훼일카드민의 뒷모습을 돌아보았다.

‘그게 어떻게 여자의 형상이란 말입니까!

플레어는 차마 입 밖으로 꺼내지 못할 절규를 속으로나마
부르짖었다.

"으아아아아악! 미쳐 버리겠네."

마차 안에 덩그러니 앉아 있는 넬, 아니 에일린은 머리를
쥐어뜯고 있었다.

"어떻게 알아챈 거지? 내가 에일린인 걸. 아니, 그보다 내
가 사실 여자가 아니라 남자라는 걸 알게 되면!"

싸아악, 얼굴에서 핏기가 가셨다. 넬은 무의식적으로 양손
을 모아 자신의 분신을 소중히 감싸 쥐었다. 커다란 가위를
철컥이는 훼일카드민의 모습이 머리에 빙빙 맴돌았다.

'그 인간이라면 그러고도 남을 거야.'

"으아아아악!"

쾅쾅쾅!

넬은 문짝에 머리를 박았다. 결코 몸을 사리지 않았다.

"지금의 나는 그때처럼 비리비리하지도 않고, 기집 분장을
하느라 드레스를 입고 분칠을 하지도 않았는데 어떻게 내가
에일린인 줄 안거야!"

졸지에 화풀이를 당한 문짝은 조금의 흠집도 남지 않았다.
대신 넬의 이마만 발갛게 달아올랐다. 마차 곁에 바짝 붙어
말을 몰던 기사들은 굉음에 경악하며 마차를 경계했다.

'괴물이 난동을 부리고 있어!'

‘속에서 도대체 무슨 짓을 하고 있는데 이런 소리가 들리는 거야?’

‘이번 임무가 공녀 운송이 아니라 괴물 운송이었단 말인가.’

검을 빼 들어 마차를 난도질하고 싶은 표정이 역력했다.

기사들이 마차 속 괴이한 소리에 두려워하고 있을 때 훼일카드민이 다가왔다.

“무슨 일이지?”

훼일카드민의 물음에 답할 수 있는 기사는 아무도 없었다. 기사들이 후다닥 길을 비켜주자, 훼일카드민이 마차에 가까이 다가갔다.

똑똑.

마차의 문을 두드렸다.

“에일린, 무슨 일이 있는 것이냐?”

“으헉!”

깜짝 놀란 넬은 반대쪽 문짝에 들러붙었다.

기우뚱.

마차가 기울었지만 아슬아슬하게도 부서지거나 넘어가지는 않았다.

“나는 두 번 말하는 것을 좋아하지 않는다. 무슨 일이지?”

“아, 아무것도 아니야, 요.”

넬의 얼굴이 처참하게 구겨졌다.

"오, 라버니!"

뿌드득, 저절로 이가 갈렸다.

"길이 험하다. 힘들겠지만 조금만 견디거라. 곧 쉴 수 있을 것이다."

밖에서 다시 훼일카드민의 목소리가 들렸다.

"걱정해 주셔서 감사하…… 와요."

넬은 목소리를 쥐어짜 다시 한 번 답했다.

'으아아아아아!'

그리고 다시 마차 안을 뒹굴며 통한의 눈물을 흘렸다.

'나 앞으로 어떻게 되는 거야아아아아!'

2

　마차를 호위하며 전속력으로 달리던 기사단은 해질녘 조그만 마을에 도착했다. 마을은 수십 마리의 말과 기사들이 머물기엔 작았지만 어쩔 수 없었다. 마차에 익숙하지 않은 넬을 배려한 훼일카드민의 결정이었다.

　훼일카드민은 마을에 들어가기 전 플레어에게 말했다.

　"쓸데없는 소문이 떠도는 것은 원치 않는다."

　"걱정 마십시오. 사례를 넉넉하게 해뒀습니다."

　훼일카드민이 이런 작은 마을에서 소문에 신경을 쓰다니? 의아한 일이다. 플레어가 의아해하자, 훼일카드민은 마차를 뒤돌아보며 말했다.

"황태자비가 될 귀한 공녀다. 간택이 며칠 남지 않았으니 쓸데없는 소문이 나는 걸 원치 않는다."

플레어는 훼일카드민의 말을 어렵지 않게 알아들을 수 있었다. 하지만 못들은 척 고개를 돌렸다. 훼일카드민을 모욕하기 위함이 아니었다.

그저, 자신의 정신 건강을 위해서였다.

"안내하게."

"예, 단장님."

플레어가 앞장 서 마을 안으로 들어갔다. 훼일카드민이 그의 뒤를 따랐고, 넬이 타고 있는 마차를 포위하듯 둘러싼 기사들이 뒤따랐다. 호위가 목적이었으나 기사들은 '포위'한 것이라 굳게 믿고 움직였다.

마을 안 공터에는 마을 사람들이 전부 모여 기사단을 기다리고 있었다.

중무장한 기사단을 보며 어쩔 줄 모르던 사람들은 철가면을 쓰고 붉은 망토를 두른 훼일카드민을 보자 넙죽 엎드렸다. 백발의 촌장도 이마를 땅에 박으며 훼일카드민을 맞이했다.

"도, 동제후 가, 각하와…… 처, 철시시시십자 기사단을 마을에 모실 수 이, 있는 것을 여여영광으로 생각하겠사옵니다."

플레어와 대화할 때는 여유를 잃지 않고 기뻐하는 '척' 여유로웠던 촌장이 벌벌 떨며 말까지 더듬었다.

훼일카드민은 촌장을 내려다보며 아무런 말도 하지 않았다. 익숙한 듯 플레어와 다른 기사들도 별다른 반응을 보이지 않았다.

촌장은 위대한 동제후 각하의 심기를 거스를지도 모른다는 겁에 질려 있었다. 마을의 어른인 촌장이 맥을 못 추자 공터에 모인 마을 사람들도 시퍼렇게 떨었다.

'서, 설마 우리 마을도 불태우는 건 아니겠지?'

'이럴 줄 알았으면 아이들을 옆 마을에 보내놓는 건데.'

철십자 기사단이 마을에 머무르다니! 마을의 자랑이 될 거라며 차가워진 화덕을 덥히고 빵을 빚던 아낙들과 집을 비우고 청소를 하던 사내들의 마음에 만감이 교차했다.

"플레어, 에일린과 내가 머물 곳이 어디지? 안내하게."

쉿소리가 섞인 탁한 목소리는 담담했다. 그것만으로도 마을 사람들은 '살았다.'를 마음속으로 연발했다.

"예, 아까 봐두었습니다. 제가 안내하겠습니다."

플레어는 말에서 내려 훼일카드민이 타고 있는 말의 고삐를 잡았다. 훼일카드민과 마차가 플레어의 안내를 따라 공터를 등지고 움직였다.

졸지에 단장과 부단장 모두를 보내버린 기사단들은 웃음을 흘리며 말에서 내렸다.

"촌장."

"예, 옛. 기사님."

촌장은 자리에서 일어나 공손하게 고개를 숙였다. 한숨 놓은 얼굴은 한결 밝아보였다.

"함부로 검을 뽑지 않으니까 너무 걱정하지 마시오."

"우린 하룻밤 쉬러 온 거지 마을을 불태우러 온 건 아니니까."

기사들은 마을 사람들의 긴장을 풀어주기 위해 가볍게 농담을 건넸다.

"촌장, 너무 그렇게 우리 단장님을 무서워하지도 말고."

"남제후의 영지를 돌며 보이는 마을마다 쑥대밭을 만든 그때 이후로 단장님이 완전 악의 대명사가 되셨다니까."

"맞아, 맞아. 원래 웬만하면 화를 안 내는 분이신데, 그때는 화가 많이 나셨었지."

"단장님이 그렇게 화가 나신 건 처음 봤어."

"뭐, 그렇게 화나실 때 아니면 그런 찝찝한 일은 거의 안하시는데 말이야. 어떻게 된 건지 그런 소문만 빨리 돈단 말이야?"

"그러게. 근데 이제 와서 말하는 거지만, 나 그때 좀 찝찝했다. 우리 딸만한 애들이 울면서 도망치는데 족족 잡아 죽여야 했잖아."

"나도 그래. 어머니, 아버지뻘 되는 사람들 머리통을 족족 자르고 나니까 집으로 돌아가서 부모님 얼굴 보기가 좀 그렇더라."

“어허. 철십자 기사단의 일원으로서 그 무슨 나약한 소리!”

잔뜩 겁에 질린 마을 사람들을 위한다는 마음으로 시작된 가벼운 농담은 어느덧 무용담으로 번져 갔다.

이야기를 경청하던 촌장과 마을 사람들의 얼굴은 시퍼렇다 못해 하얗게 질려 버렸다. 하지만 자신들의 이야기에 푹 빠진 기사들은 알지 못했다.

싸늘하게 식어버린 마을 광장의 분위기를 아는지 모르는지, 플레어는 훼일카드민을 인도하다 작게 웃음을 터뜨렸다. 광장에서의 마을 사람들 모습이 떠올랐다. 특히나 나이 어린 소녀들이 서투른 화장을 하고 화려한 옷을 빼입고 서 있던 것이 새삼 기억났다.

‘떠도는 음유시인들이나 허풍 떠는 광대들이 흘리는 단장님의 무용담에 홀려 백마 탄 왕자님을 기대했을 텐데, 어쩌누. 가면으로 얼굴을 가리고 있다는 말에 떠돌이 유랑단이 들고 다니는 번쩍번쩍한 가면을 생각했겠지. 이렇게 날 서고 차가운 철가면을 상상이나 했겠어?

마을을 지나다 하룻밤씩 묵을 때마다 변함없이 일어나는 일들이다. 마치 괴물을 보는 것 같은 시선에 기분이 상했던 것도 옛날 일이다. 변함없는 레퍼토리가 반복되자 이제는 우습기까지 했다.

이런 심정은 비단 그만 느끼는 것이 아니리라. 도통 감정을 알 수 없는 훼일카드민은 몰라도 다른 기사들도 같은 생각일 것이다.

"이곳입니다, 단장님."

촌장의 집이었을, 하지만 오늘 밤은 훼일카드민과 넬을 위해 깨끗이 빈 건물 앞에 말이 멈춰 섰다.

"일단 간단하게나마 식사를 준비해 둔 것 같은데 어찌 하시겠습니까. 입에 맞지 않으셔도 내일을 생각하셔서 조금이라도 드시는 게 어떠신지요."

훼일카드민은 마차를 돌아보며 말했다.

"에일린은 조금 먹어둬야 할 테니 간단히 챙겨주게."

"예. 그리고 기사단 전원에게 숙소를 배정하고 순번을 정해 경비를 서겠습니다."

"긴장을 늦추지 말도록."

플레어는 존경심을 가득 담아 고개를 숙였다.

"불편하시겠지만 부디 편안한 밤 되시기를 바랍니다, 단장님."

훼일카드민은 말에서 내려 마차 앞에 섰다.

"에일린, 오늘 하루 고생이 많았다."

쉿소리가 섞인 거친 목소리지만 플레어는 평소에 없던 온기가 조금이나마 담겨 있는 것 같다는 생각이 들었다. 검으로 찔러도 피 한 방울 나오지 않을 무적 철가면에게 온기라니? 플레어는 자신의 생각에 웃음을 흘렸다.

달칵, 문이 열리고 하루 종일 마차 속에 갇혀 있던 넬이 모

습을 드러냈다.

"으흡."

웃음은 금방 도망갔다. 순간, 욕지기가 목청을 차고 치밀어 올랐다. 플레어는 엄청난 인내심으로 입술을 깨물며 고개를 돌렸다.

'저게 공녀라고?'

차라리 그냥 용병이라고, 전사라고, 험하게 인생을 굴리며 산 건달이라고 한다면 이런 기분을 느끼지 않았을 것이다. 오히려 그 강함에 감탄했을지 모른다.

'그런데 공녀라니!'

어슬렁어슬렁 걸어 나오는 '공녀'의 모습은 마치 구정물을 굴러다닌 뼈다귀 굵은 용병의 모습이었다. 마차 속에서 꽤나 굴러다녔는지 부스스한 머리와 찌그러진 표정은 가관이었다.

아름다운 레이디와 긍지 높은 기사의 로망은 철없는 소녀만의 전유물은 아니다. 훼일카드민이 하나뿐인 여동생을 찾으러 간다는 말에 플레어는 며칠 동안 밤잠을 못 이루고 잠을 설쳤다. 다른 기사들도 마찬가지일 것이다.

반짝이며 살랑거리는 황금빛 머리카락에 하늘하늘한 몸매, 귀여운 레이스가 잘 어울리고, 수줍음이 많아 얼굴이 발그레한 작고 여리고 아름다운 소녀. 하지만 몸매는 드레스의 곡선이 유독 아름다워 보일 만큼 육감적이고……. 이것이 플레어와 기사들이 기대했고, 고대했던 '공녀' 였다.

이 마을에 무슨 원한이라도 있는지 인상을 팍 찌푸리고 주변을 휘휘 둘러보는 자태의 '공녀' 는 그들이 상상하던 공녀가 아니었다.

"하루 온종일 그렇게 달리더니 겨우 여기밖에 못 온 거야…… 요."

우락부락한 덩치는 철갑옷을 두른 훼일카드민보다 컸다. 훼일카드민이 왜소해 보일 정도였다.

"너의 아름다운 모습에 순정을 잃은 기사들이 너를 생각해 천천히 달린 것 같다. 모든 게 너의 아름다움 탓이니 그 고운 입술로 속상해하진 말아라. 내일은 좀 더 빨리 달리도록 하마."

"……"

"……"

플레어와 넬, 둘은 동시에 할 말을 잃었다.

"플레어, 자네도 피곤할 테니 그만 가서 쉬게."

"아, 예."

플레어는 어정쩡하게 허리를 굽혀 인사하고는 얼른 몸을 돌렸다.

"오, 라버니 부하도 어이없어 하잖아…… 요. 그런 말 좀 그만하시지, 요."

"다른 사람의 기분까지 고려하다니. 십여 년간 험하게 지

냈어도 그 고운 마음씨는 잃지 않았구나."

"하, 하하…… 하하하. 아씨!"

"에일린, 네게 어울리지 않는 천한 말이다."

등 뒤에서 들리는 남매간의 정다운 대화에 플레어는 결국 고개를 떨구고 말았다.

'괴물이 예쁘다는 단장님이나 단장님에게 오라버니라고 하는 괴물이나.'

하늘에 뜬 둥근 보름달은 플레어의 좌절을 이해하는 것 같았다. 달도 구름에 고개를 돌려 훼일카드민과 넬을 외면하고 있었다.

'저 아저씨도 다 늙어서 꽤나 고단한 삶을 살고 있겠구나.'

어깨를 축 늘어뜨리고 터벅터벅 걷는 플레어의 뒷모습이 처량해 보였다. 넬은 저도 모르게 혀를 끌끌 차며 고개를 저었다.

'이런 오, 라버니 밑에서 부하 노릇을 하다니. 어지간한 정신머리 아니고서는 버티기 힘들 텐데.'

울컥 동정심이 들었다. 동지애마저 느껴졌다. 자신 또한 비슷한 운명에 처할지도 모른다.

물론 곧 도망칠 예정이지만.

"들어가자."

훼일카드민은 그새 현관문을 열고 넬에게 손짓했다. 연약한 레이디를 에스코트하는 자세였다.

‘아, 지금 내가 남 생각해 줄 때가 아니구나.’

새삼 자신의 처지를 깨달은 넬은 조금 전 플레이어처럼 어깨를 축 늘어뜨렸다.

집안은 깨끗하고 아늑했다. 고급 여관에 비할 바는 아니지만 깔끔했다. 촌장 일가가 목숨을 걸고 청소한 듯했다.

물론 어디까지나 넬의 평가였다. 허름한 여관에서 구멍난 모포를 덮고 자는 날이 행복할 정도로 험하게 살아왔던 넬에게나 감동이지, 훼일카드민에게는 아니었다.

“으아~ 좋다.”

넬은 푹신한 소파에 털썩 주저앉으며 행복한 비명을 질렀다. 훼일카드민은 문에 서서 주변을 둘러보았다. 아무 말도 하지는 않았지만 썩 만족해하는 것 같지는 않았다.

넬은 잠시 훼일카드민이 협소하고 초라한 숙소를 투덜대는 모습을 상상하다가 온몸에 오한이 도는 걸 느꼈다. 넬은 자신의 망상이 한참 현실과 동떨어졌다는 것을 인정해야 했다.

“에일린.”

불평 한마디 없이 소파에 앉은 훼일카드민은 넬을 불렀다.

“에?”

소파의 푹신함에 취해 닥친 고난을 잊고 행복해하던 넬이 고개를 들었다.

훼일카드민은 앉아 있는 모습만으로도 위압감을 풍겼다. 그 모습을 보니 어째서 촌장과 마을 사람들이 쩔쩔맸는지 이해가 갔다.

넬처럼 칼 밥 먹어가며 잘난 맛에 사는 용병에게도 버거운데 평범한 백성들이 어찌 감당할 수 있으랴.

"에일린."

뒷목이 뻐근해졌다.

"……."

넬은 깨달았다. 자신을 부르는 횟수가 반복될수록 낮아지는 목소리에서 느껴지는 갈망을. 훼일카드민이 지금 자신에게 원하는 것을.

'빌어먹을.'

눈치없고 둔해서 알아채지 못했다면 얼마나 좋을까.

'원하는 거야?'

넬은 믿고 싶지 않았다.

"에일린."

하지만 훼일카드민은 요지부동이었다. 그는 더 강한 악센트로 넬을 불렀다.

"나는 여러 번 말하는 걸 좋아하지 않는다. 재회한 첫날부터 나의 인내심을 시험하진 말아라, 에일린."

"예, 오…… 라버니."

뿌드득, 이가 저절로 갈렸다. 이를 가는 소리가 거실 안에 쩌렁하게 울렸다. 제풀에 놀란 넬은 얼른 훼일카드민의 눈치를 살폈다. 철가면 때문에 어떤 표정인지 전혀 감이 잡히지 않았다.

"말해봐라."

"에?"

불경죄를 물어 주먹이나 검이 날아올지도 모른다는 생각에 겁부터 집어먹었던 넬은 고개를 번쩍 들었다.

"뭘 말이야, 요?"

저도 모르게 어깨를 움츠렸다. 천적을 알아보는 동물적 본능이 넬에게 소리쳤다. 앞에 앉은 저것은 장수에 조금도 도움이 되지 않는 해로운 존재라고. 그러니 얼른 멀어지라고. 피하라고.

'피할 수만 있다면 이미 예전에 도망쳤을 거다!'

잠깐의 순간에도 수십, 수백 가지의 생각이 머리에서 떠돌았다.

"어릴 적 모습과는 꽤 많이 달라졌구나."

넬의 복잡한 심경을 전혀 모를 훼일카드민은 넬이 제일 피하고 싶은 화제를 불쑥 꺼냈다.

"시, 시간이 마, 많이 흘렀잖아…… 요."

주르륵, 등 뒤에서 식은땀이 흘러내렸다.

'언젠가 부딪칠 수도 있으리라 생각 안 해본 건 아니지만, 그래도 정말 부딪칠 거라고 생각하진 않았었다고. 나를 어떻

게 찾아낸 거야!'

귀족의 힘과 능력을 얕본 걸까. 주변의 상황이 쉽게 풀릴 거라 생각한 자신의 단순함이 지금 생각해 보니 황당하고 어이없었다.

"시간이 무조건 모든 걸 해결해 주는 건 아니지."

훼일카드민은 간단명료했다. 마차 속에서 머리를 쥐어짜 얻어냈던 변명거리가 눈 깜짝할 새 무력해져 버렸다.

"넌 여전히 내 앞에서 그런 표정이구나."

"무슨 말이야, 요?"

"아니, 아무것도 아니다."

훼일카드민은 말을 이었다.

"그보다 나는 네게 설명을 요구했다, 에일린."

"그게 그러니까……."

넬은 세삼 주변을 휘휘 둘러보며 훼일카드민의 집요한 시선을 피했다.

"그나저나! 내가 유쾌한 폭풍 넬 에이어라는 걸 어떻게 알았어…… 요? 오, 라버니 말씀처럼 내가 예전이랑은 많이 변했는데…… 요."

넬은 겨우 화제를 돌렸다.

"아직 대답을 못 들었지만 어려운 질문이 아니니 답하겠다."

넬은 목구멍까지 치솟은 빈정거림을 마른침을 꿀떡 삼키

며 참아냈다.

'당연히 그러시겠지요.'

불끈 쥔 두 주먹을 슬그머니 등 뒤로 숨기며, 넬은 방긋 웃어 보이려 노력했다. 아니 노력해야만 했다. 살아남기 위해서는.

"유쾌한 용병대 펠트 하르그와 유쾌한 폭풍 넬 에이어는 꽤 유명하더구나. 물론 좋은 의미로도, 나쁜 의미로도 이름 높은 용병 넬 에이어가 너라는 건 몰랐었다. 알게 된 건 최근의 일이지."

넬의 입가에 경련이 일어났다.

넬 스스로도 잘 알고 있었다. 세간에 유쾌한 폭풍 넬 에이어가, 유쾌한 용병대가 어떤 소문에 연루되어 있는지. 그간 자랑스럽게만 생각했던 자신의 경력들이 주르륵 주마등처럼 스쳐 지나갔다. 넬은 그토록 자랑스러웠던 자신의 삶을 처음으로 후회했다.

유쾌한 용병대 펠트 하르그는 소수의, 실력 좋은 용병들로 구성되어 있는 용병대다. 물론 그 어마어마한 실력보다 몇 가지 옥에 티로 더욱 명성을 드높이고 있다.

유쾌한 용병대의 대장인 유쾌한 폭풍 넬 에이어는 동서 대륙을 통틀어 천 명도 되지 않는다는 귀한 에이어 급 용병 중에서도 위세가 높은 용병이다. 그런데 그 뛰어난 실력보다 가벼운 하체로 더욱 유명하다.

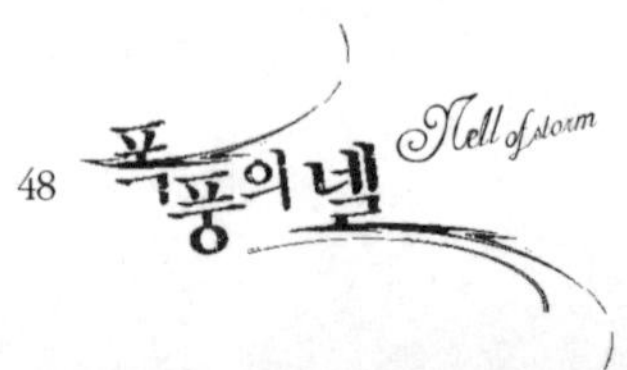

'골고다 언덕의 삼백 여인'의 사건이 증명해 주었다. 그의 진정한 능력이 어떤 것인지를.

그가 침대에서 사랑을 속삭였던 삼백여 명의 여자들이 누가 넬의 진정한 애인인가를 결정짓기 위해 제국의 골고다 언덕에 모였다.

골고다 언덕은 언제부터인지는 모르겠지만, 연인이 함께 그곳에 올라 두 손을 잡고 석양을 바라보면 사랑이 이루어진다는 낭만적인 장소이다.

그러나 언덕은 기선제압을 위한 여자들의 치열한 말싸움으로 시끄러워졌다. 그리고 얼마 지나지 않아 언덕은 난투장이 되었다. 삼백여 명의 여자들이 머리채를 부여잡고 싸우기 시작한 것이다.

그 사태를 진정시키기 위해 골고다 언덕과 그 주변 영지를 다스리던 자작은 급히 기사들을 출동시켰다. 낭만적인 장소를 관광 명소로 만들어 짭짤하게 이득을 보며 평화로운 한때를 보내던 자작에게는 마른하늘에 날벼락 같은 사건이었다.

그 당시 넬, 에일린은 이디스 제국을 벗어나 다른 나라에 가 또다시 그 나라 최고의 미녀를 꾀기 위해 안간힘을 쓰고 있었다.

와이번 슬레이어 지나 에이어 또한 넬 에이어만큼이나 유명하다. 지나는 열 살 이하의 어린 여자아이들만 보면 정신을 못 차리고 환장한다. 때문에 펠트 하르그가 나타나는 곳마다 사람들은 어린 딸들을 숨긴다.

넬과 지나 때문에 펠트 하르그가 지나는 마을마다 나이를 불문하고 여자들 단속하기를 사명으로 삼을 정도다.

사랑을 찾아 떠도는 노망난 가크의 엽기 기행이라든지, 피만 보면 기절하는 엘프 이네아도 당당한 용병대의 일원으로서 명성을 드높이고 있다. 자칭 동서 대륙 제일의 음유시인이라는 트라베가 노래를 부르면 그가 부리는 정령들마저 도망간다는 것도 더불어 유명하다.

물론, 이런 기행이 펠트 하르그의 실력을 가리지는 못한다. 또한 그들이 지나간 자리에는 여자들의 눈물만큼이나 유쾌함이 남기에 유쾌한 용병대라고 불리고 있다.

하지만 고귀한 귀족의 눈으로 보고 귀로 들으시기에 유쾌한 용병대의 유쾌한 소문들이 어떻겠는가.

자신의 오라버니가 얼마나 무시무시한 결벽증을 가졌는지 잘 알고 있는 넬은 생전 처음 자신의 과거가 후회스러워졌다.

'그래서 날 여기까지 잡아끌고 온 건가? 위대한 데카리온 공작 가문의 이름에 먹칠을 하는 못된 여동생을 잡아다 족치려고? 그럼 내가 남자라는 것도 이미 다 알고 있다는 소리잖아!'

절그렁, 절그렁.

날카롭고 커다란 가위를 손에 쥐고 씩 웃는 훼일카드민의 모습이 눈앞에 선하게 그려졌다. 훼일카드민이라면 신께서

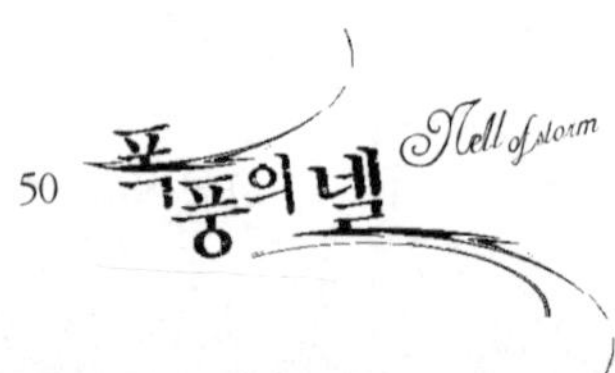

유독 정성스럽게 빚어주신 아들내미를 싹둑 잘라 먹을지도 모를 일이다.

'안 돼!'

본능이었다. 넬은 두 손으로 사타구니를 가리며 뒤로 슬금슬금 물러섰다.

"널 찾다 네가 넬 에이어라는 걸 알게 됐고, 그 뒤로 간간히 네 소식을 접했다."

"그렇군, 요."

넬은 두 눈을 데굴데굴 굴렸다.

"그럼 내 질문에 대답해라."

훼일카드민의 눈빛에 쫄고 또 쫀 넬은 결국 입에 담아서는 안 될 말을 내뱉고야 말았다.

"너무 곤란한 질문은……."

"너는 여전히 사랑스럽고 아름답다. 하지만 지금의 모습은 십 년 전과 같지 않다. 어떻게 된 거지?"

이마에 송골송골 땀이 맺혔다. 넬은 덜덜 떨리는 손으로 이마를 쓱쓱 문지르며 어색하게나마 웃어보였다. 플레어가 본다면 당장에 동제후 암살 미수자로 잡아들일 만큼 사악해 보이는 미소였다.

"나는 두 번 말하는 것만큼이나 거짓말을 듣는 것도 좋아하지 않는다."

훼일카드민은 사랑스러운 여동생이 말꼬리를 흐리는 것을

인내하며 기다려 주었다.

"그러니까……."

그 덕에 넬은 오랫동안 쓰지 않았던 머리를 굴리고 또 굴렸다. 어떻게 해서든 이 상황에서 벗어나야만 했다. 하나뿐인 목숨이 달린 일이었다.

'아!'

필사적으로 머리를 쥐어짜내다 마침내 적당한 구실을 찾아냈다. 넬이 상기된 얼굴을 번쩍 들었다.

넬은 당당하게, 아니 절박하게 외쳤다.

"마, 마법에 걸렸사와요!"

넬은 두 눈을 질끈 감았다. 당장 훼일카드민의 검이 날아올 거라 믿어 의심치 않으며 방어 자세를 취했다.

"북의 마녀가 건 마법에 걸렸다고요!"

턱을 괴던 훼일카드민의 팔이 비틀 미끄러졌다.

휘잉.

창문을 열어 놓지도 않았는데 방 안에 싸늘한 공기가 감돌았다. 두 눈을 질끈 감고 있는 덩치 큰 용병이 이루어낸 업적이었다.

'통할 리가 없지. 으아악!'

넬은 머리를 쥐어뜯으며 죽을 때를 기다렸다. 차마 감은 눈을 뜨지 못했다. 아무리 잔뼈가 굵은 용병이라지만 죽음이 두려운 건 어쩔 수 없는 법. 그간 자신을 스쳤던 수많은 여인들

과 생사고락을 함께 했던 동료들이 주마등처럼 눈앞에 스쳐
지나갔다.

"……."

그런데 어째서인지 넬이 예상했던 공격은 날아오지 않았
다. 당장 칼을 뽑고 분노해야 마땅할 철갑옷의 기사는 말이
없었다. 우아하게 앉아 있다 자세가 삐끗 나 버린 채로 한동
안 굳어 있었다. 덜그럭거리는 철갑옷 소리도 들리지 않았다.

'기가 막혀 그 자세로 기절해 버린 걸까? 그럼 그 틈을 타
얼른 도망가야 하는 거 맞지?'

살길이 트일지도 모른다는 실낱같은 희망이 생겼다. 넬은
슬쩍 실눈을 뜨고 훼일카드민의 동태를 살폈다.

"그렇군."

그때, 훼일카드민이 고개를 끄덕이며 자리에서 일어섰다.

철커덕.

그 쇳소리에 놀란 넬은 두 눈을 휘둥그렇게 뜨며 훼일카드
민을 올려다보았다.

"알았다."

"알았다니, 그 무슨……."

넬은 입을 쩍 벌렸다.

"설마!"

'정말로 믿는 거야? 그런 거냐고!'

훼일카드민이 손을 내밀었다. 평소 같으면 기겁하며 뒤로

도망갔겠지만 지금은 그럴 여력이 없었다. 훼일카드민의 손이 넬의 머리에 살짝 닿았다 떨어졌다.

“모든 건 내가 다 알아서 하겠다. 걱정하지 마라.”

훼일카드민은 몸을 휙 돌려 밖으로 나갔다. 문이 닫히고 방 안에 홀로 남은 넬은 어색함에 몸을 떨었다.

“설마 그 말도 안 되는 말에 납득된 건 아니겠지? 내가 말해놓고도 차마……..”

찬바람을 쌩쌩 몰고 다니는 훼일카드민이 나가자 온몸에 긴장이 쫙 풀렸다. 넬은 소파에서 일어나 비틀비틀 침대로 향했다. 몸을 대자로 쭉 뻗어 침대에 누웠다.

끼익.

침대는 넬의 무게를 이기지 못하고 비명을 질렀다. 넬의 팔과 다리는 절반 이상 침대 밖으로 툭 튀어나왔다.

“제기랄, 정말로 믿었을 리가 없어. 그 인간이 그럴 리가 없지. 그래, 지금 날 가지고 놀고 있는 게 분명해.”

으아아악.

넬은 비명을 지르며 자신의 머리카락을 마구 쥐어뜯었다.

“빌어먹을. 으악, 으아악! 왜 하필 거기서 그런 말이 나오냐! 내가 미쳤지, 미쳤어!”

＊　　　＊　　　＊

"단장님, 아직 안 주무셨습니까?"

플레어는 훼일카드민과 넬이 머무는 숙소의 문을 막 열려던 참이었다. 손잡이에 손이 닿기도 전에 닫혀 있던 문이 열리자 플레어가 얼른 한 걸음 뒤로 물러났다.

문을 연 사람이 훼일카드민이란 걸 확인하자마자 깍듯이 고개를 숙였다.

두 눈만 쾽하게 뚫려 빛나는 철갑옷을 어둠 속에서 본다는 것은 달가운 일이 아니다. 플레어는 놀란 가슴을 진정시키며 고개를 숙였다.

"자네는?"

"공…… 아니, 그분께 식사를 가져다 드리려고 왔습니다."

"고생이 많군."

플레어는 살짝 입술로만 웃으며 고개를 저었다.

훼일카드민은 문 밖으로 나오며 플레어에게 길을 비켜주었다. 플레어는 훼일카드민에게 편이 쉬시라고 공손히 말하고 문 안으로 들어가려 했다.

"플레어 부단장."

불현듯 훼일카드민이 플레어를 불러 세웠다.

"예, 단장님."

"어쩌면 마녀를 사냥하러 가야 될지도 모르겠네."

"네?"

"북의 마녀라……. 별로 달가운 존재는 아니지만 에일린을 위해서라면 어쩔 수 없지."

혼잣말 하듯 중얼거리는 훼일카드민의 말에 플레어는 기겁했다.

"무슨 말씀이십니까?"

"좀 더 생각해 봐야겠지만 말이야."

"다, 단장님?"

"아니, 아닐세. 놀라지 말고 하려던 일을 계속하게나."

훼일카드민은 철컥 철컥 갑옷 소리를 내며 숙소 밖으로 나갔다. 플레어는 음식이 한가득 든 쟁반을 든 채 훼일카드민의 뒷모습을 멍하니 바라보았다.

'단장님이 변했어. 진짜 단장님 맞아?'

플레어 레 지롱드. 존경하는 분을 곁에서 모실 수 있다는 것에 만족하며 살아왔던 한 젊은 기사는 서글픔에 훌쩍이고야 말았다. 세상 모든 것이 하루아침에 뒤엎어진 듯 제정신인 게 없어 보였다.

3

철십자 기사단이 점령한 마을에도 어김없이 잠기운이 몰려들었다. 환히 불을 밝혀 대낮 같던 마을에 하나둘 불이 꺼지고 시끌벅적하던 소란스러움도 잦아들었다.

기사단에게 집을 내준 마을 사람들은 이웃의 집에서 비좁게나마 잠을 청했다. 기사들은 배정받은 숙소에서 무장을 풀고 편히 누웠다. 모두들 아침 해가 밤의 어둔 장막을 거둘 때까지는 편히 쉴 수 있으리라 믿었다.

그런데 예상치 못한 곳에서 그들의 편안한 휴식과 동떨어진 움직임이 포착됐다.

마을 촌장의 집 문이 삐걱거리는 소리를 내며 열렸다. 기사단의 단장, 훼일카드민의 하나뿐인 여동생이라는 귀공녀 넬이 머무는 방이었다.

까치발을 든 거대한 덩치의 사내가 슬그머니 방 밖으로 나왔다. 어둠 속에서 두리번거리는 흉흉한 그 눈빛은 웬만한 산적, 도적, 해적 모두 저리 가라 할 정도였다.

'무슨 변덕에 날 죽이거나, 거세시키지 않고 가만두는 건지는 모르겠지만 그 변덕을 후회하게 만들어주지. 나, 천하무적 넬 에이어를 얕본 걸 후회하게 해주겠어. 도망쳐 버릴 테다!'

한 손에 검을 단단히 틀어쥐며 의욕에 불타올랐다. 넬은 불도 켜지 않은 채 어둠에 익숙해진 자신의 눈을 의지해 가며 현관으로 갔다.

공들여 소리없이 현관문을 연 넬은 뒤돌아볼 새도 없이 집을 뛰쳐나와 마을의 입구로 향했다.

거대한 체구가 믿어지지 않을 만큼 날쌔게 마을 입구를 막 벗어나려 할 때였다. 갑자기 넬의 눈앞에 검은 그림자 넷이 나타나 그에게 달려들었다.

"대장!"

"대장아!"

넬은 놀랄 새도 없이 엉덩방아를 찌며 바닥을 굴렀다.

"켁! 뭐야!"

넬이 기겁하며 밀어냈지만, 그들은 꿋꿋하게 넬을 뭉갰다.

"역시 지나의 말이 맞았어. 기다리고 있으면 대장이 알아
서 도망칠 거라고 했거든."

"대장, 도대체 이게 어떻게 된 일이야?"

"대장이 공녀라니? 그리고 철십자 기사단이랑은 또 어떻게
연결된 거야?"

"이게 도대체 뭔 일이야?"

펠트 하르그의 동료들이었다. 지나, 가크, 이네아에 트라베
까지. 기사단 몰래 뒤를 쫓으며 넬을 구해낼 틈을 노리던 중
이었다.

알아서 도망쳐 나오지 않겠느냐는 지나의 주장에 밀려 마
을 근처를 서성거리고 있었는데, 정말로 넬이 달려 나오니 얼
씨구나 그를 덮쳤다. 넬을 구해낸 넷은 왁자지껄하게 떠들어
댔다.

"쉿! 조용히! 제기랄, 도로 잡혀 들어가겠다."

넬은 죽을 둥 살 둥 힘을 써 동료들을 떼어놓고 자리에서
일어섰다. 넬의 말에 네 명의 동료들은 그제야 아차 싶은지
입을 다물고 고개를 끄덕였다.

다섯은 뒤도 돌아보지 않고 앞으로 달려 나갔다. 마을 밖으
로 난 길을 벗어나 숲 속으로 뛰어들었다. 뒤에서 누가 쫓아
오기라도 하듯 맹렬히 도망쳤다.

그렇게 한참을 뛰어 마을이 안 보일 정도로 멀어졌을 즈음,
조그만 공터가 보였다. 다섯은 약속이라도 한 듯 공터에 쓰러

졌다.

거친 숨소리가 공터는 물론 숲 속까지 쑤석거렸다.

"이제 설명 좀 해보라고. 도대체 뭐 때문에 대장이랑 우리가 꽁지가 빠져라 도망을 쳐야 되는 거야? 그것도 제국 최강의 기사단을 뒤통수에 두고."

성질 급한 지나가 씩씩댔다.

"아까 낮에 자길 훼일키드 어쩌구 뭐시기라고 소개한 그 기사, 철십자 기사단 단장 맞지? 제국의 동제후 말이야. 그 어마어마한 귀족 나으리가 왜 대장을 보고 여동생이라고 하는 거야?"

"그러고 보니 대장, 그 귀족 기사한테 오라빈가 오라버닌가라고 하지 않았어?"

이네아와 트라베는 그런 지나의 양팔을 잡고 말리느라 애써야 했다.

"도대체 어떻게 된 거야. 정말 황제 바로 다음이라는 그 동제후의 여동생이라도 건드린 거야? 너무 궁합이 잘 맞아서 둘이 합체라도 했어? 엉? 그런 거야?"

결혼하고 싶어 떠돌다 용병대에 합류하게 된 가크는 부러워 죽겠다는 눈빛이었다.

"제기랄."

넬은 물음들 앞에서 단 한 마디를 내뱉었다. 절절한 마음을 함축적으로 표현한 것이었다.

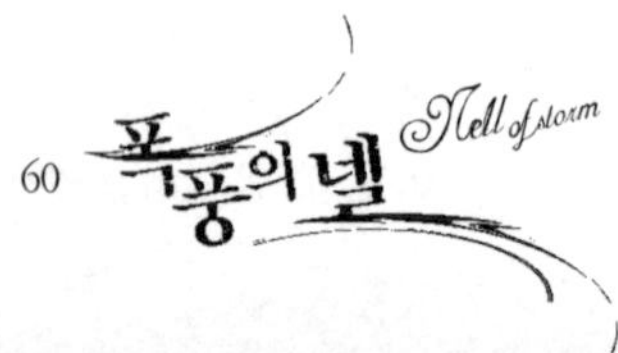

“지금 입에서 제기랄이 나와? 제기랄!”

깊은 의미를 이해하지 못한 지나가 분노하며 몸부림을 쳤다. 그 덕에 지나에게 매달린 이네아와 트라베는 허공을 빙빙 날아다녔다.

“뭐가 어떻게 된 건지 말을 해줘야 우리도 널 도울 거 아냐. 말하기 좀 곤란해도 그냥 말해봐, 엉?”

가크가 굵고 짤막한 팔로 넬의 등짝을 퍽퍽 내려치며 재촉했다. 넬은 길게 한숨을 내쉬며 고개를 숙였다.

“맞아.”

“뭐?”

“뭐가 맞아?”

“지나, 진정해. 왜 이렇게 흥분하는 거야.”

“지금 내가 흥분 안 하게 생겼냐?”

넬이 두 손으로 머리를 움켜쥐며 버럭 소리를 질렀다.

“그 귀족 나부랭이가 내 오라비가 맞다고.”

“…….”

흥분하던 지나는 그대로 석상처럼 굳었다. 이네아와 트라베는 지나의 양팔에 매달린 채로 흔들렸다.

“머리가 어떻게 된 거냐?”

가크는 손을 쭉 뻗어 주저앉은 넬의 머리를 손가락으로 쿡쿡 쑤셨다.

“이거 맛이 갔나 봐. 내 안 그래도 언젠가 이 어깨 위 장식물을 바꿔주려고 생각하던 참이었는데.”

넬은 가크의 손을 밀치며 한숨을 푹 내쉬었다.

“내 어머니는 데카리온 동제후 가문의 시녀였어.”

입 안이 씁쓸해졌다.

“우연히 전대 데카리온 동제후의 눈에 들어 날 낳았고.”

지나가 눈살을 찌푸렸다.

“뭐야, 그럼 너 귀족이냐?”

“귀족? 이 제국 어느 마음씨 좋은 귀족이 반쪽짜리를 인정해 줄까나?”

넬이 삐딱하게 웃으며 말을 이었다.

보통의 귀족들은 결혼은 단지 가문과 핏줄을 잇기 위한 수단으로 생각한다. 결혼은 아이를 낳기 위한, 혹은 가문을 위한 의무에 지나지 않는다.

그런데 전대 데카리온 동제후의 아내는 달랐다. 그녀는 전대 데카리온 동제후를 사랑했다. 그가 다른 여자와 서 있는 것조차 끔찍해했다.

그런데 전대 동제후가 어쩌다 저택의 어린 하녀를 건드려 임신까지 시켰다. 그 사실을 알게 된 귀족 부인은 미쳤다. 애를 밴 하녀를 핍박하고, 어떻게 해서든 하녀를 죽이려 들었다.

겨우겨우 살아남은 하녀는 아이를 낳았다. 사내아이였다. 하녀는 귀족 부인이 알면 아이를 죽일지도 모른다는 생각에

아이를 여자처럼 키웠다. 그 아이가 바로 넬이다.

"전대 동제후가 살아 있을 때까지는 그럭저럭 괜찮았어. 오, 라버니. 그러니까 지금의 동제후는 어린 내가 보기에도 뛰어났지. 덕분에 그 여자의 신경은 온통 오, 라버니에게로 쏠렸고 나와 어머니는 그럭저럭 편안하게 살 수 있었어. 그리 오래 가진 못했지만."

동료들은 넬 주변에 옹기종기 모여 앉아 그의 말을 경청했다. 넬은 그들의 뜨거운 눈빛을 피해 고개를 수그렸다. 바닥에 굴러다니는 나뭇가지를 주워 바닥의 흙을 파고 찌르며 손장난을 쳤다.

오랫동안 가슴에 묻어두고 잊으려 애썼던 과거를 마주하는 건 그다지 기분 좋은 일이 아니다. 하지만 말려든 동료들에게 계속 숨기고 싶진 않았다.

이러니저러니 해도 생사고락을 함께한 소중한 동료들이다. 그들에게는 말해야 했다. 말하고 싶었다.

"전대 데카리온 동제후가 죽으면서 상황은 완전히 변했어. 내 오, 라버니가 정식 동제후로서 충성서약을 하러 황제를 향해 떠나자, 그 여자는 내 어머니를 독살하고 나까지 죽이려고 했어. 제기랄, 어머니가 죽은 뒤 나는 저택 하인들의 도움을 받아 가까스로 도망쳤고 지금까지 살아남아 이 자리에 있는 거야."

넬은 진지했다. 흉금을 터놓고, 오랫동안 동료들에게 말하지 못했던 치부를 드러냈다.

넬의 소중한 동료들은 한동안 아무 말이 없었다.

"거짓말."

지나가 침묵을 깼다.

"미안. 그냥 속아 넘어가 주기에는 어디선가 많이 들어본 것 같은 이야기다."

"소설 쓰냐? 그 정도의 개연성 없는 스토리로는 이 트라베 님을 속일 수 없어."

뒤이어 트라베가 코웃음 치며 고개를 홱 돌렸다.

"쯧, 이래서 남자는 나이를 먹으면 장가를 가야 하는 거야. 남자 나이 스물에 결혼을 못하면 남자는 거짓말쟁이가 되지."

가크는 눈물이 글썽글썽한 눈으로 넬을 보며 한숨을 푹 내쉬었다.

"소설이 아냐."

넬은 두 주먹을 꼭 쥐며 동료들을 지그시 노려보았다. 제각기 잡다한 감상을 늘어놓던 넷은 하나같이 이마를 찌푸리며 넬을 보았다.

"설마, 진짜?"

"설마."

"차라리 동제후의 여동생을 꼬여 가출하게 만들었는데, 그 여자애가 불치병에 걸려 죽어버렸다고 하지? 동제후는 자신

의 여동생이 죽은 게 병 때문이란 걸 모르는 거야. 그저 무지막지한 건달 용병 때문에 여동생이 고생고생하다 죽은 거라 생각한 거지. 그래서 대장을 죽이려고 쫓아온 거야!"

트라베가 손뼉을 치며 소설 시나리오를 짰다.

"거짓말은 아닌 것 같은데."

아무 말 없이 지켜보고 있던 이네아가 무감동한 목소리로 대꾸했다.

"그래서 귀족이라면 이를 갈았던 거냐?"

이네아가 물었다. 넬은 두말없이 고개를 끄덕였다.

귀족이라면 치가 떨리고, 이가 갈릴 정도로 끔찍하다. 상종하고도 싶지 않았다. 어머니의 복수를 할 거라는 생각이 없는 건 아니지만, 그보다는 평생 귀족과는 상종도 하고 싶지 않은 마음이 더 간절했다.

'그런데 그쪽에서 나를 찾아오다니.'

헛웃음이 나왔다.

"얼레? 진짠가 벼?"

"그러게?"

지나와 트라베, 가크는 얼떨떨한 표정으로 넬과 이네아를 번갈아 보았다.

"동제후가 왜 대장을 찾는 거지? 대장이 자기 여동생이라는 건 어떻게 확신하고 있는 거고?"

"나도 그게 궁금해."

넬은 얼굴을 구겼다.

"어렸을 때, 어머니는 날 여자처럼 보이게 하려고 굶겨가며 가늘게 키웠어. 어렸을 때니까 무리가 없었지. 하지만 지금은 아니야. 난 어딜 봐도 남자야. 유쾌한 폭풍 넬 에이어라고!"

넬은 두 주먹을 불끈 쥐며 울부짖었다. 그 절절함에 동료들은 고개를 끄덕였다. 넬이 남자이기에 그들이 겪어야 했던 고통은 어마어마했다.

"어떻게 날 알아챈 건지 모르겠어. 으으……."

넬은 신음을 흘리며 머리를 감싸 쥐었다. 오랫동안 쓰지 않던 어깨 위 장식물을 사용하려니 무리가 가는 듯했다. 동료들은 힘내라고 넬을 응원했지만, 그의 고뇌를 덜어내 줄 수는 없었다.

"지금도 널 여자라고 알고 있는 거냐?"

가크가 슬쩍 묻자 넬은 괴로워하며 답했다.

"날 여자라고 믿고 있는 건지, 아니면 단지 날 가지고 노는 건지. 도통 모르겠어."

훼일카드민은 '마법에 걸렸다.'는 말에 수긍하며 떨어져 나갔다. 그 모습을 도대체 어떻게 생각해야 하는 걸까. 아직도 머릿속이 정리 되지 않았다.

"그동안 무시해서 미안하다. 머리에 가야 할 영양까지 다리 사이에 집중되는 짐승인 줄로만 알고 있었는데, 그 큰 대

갈통 속에 이토록 슬픈 사연이 있는 줄 몰랐어.”

트라베는 비련의 여주인공처럼 쓰러지듯 넬의 품에 안겨 그의 머리를 두 손으로 감싸 안았다.

“내가 반드시 이 슬픈 사연을 장편 대서사시로 만들어 세상에 알릴게. 천재 시인 트라베 비로드의 절대음감으로!”

트라베는 넬의 머리에 얼굴을 박고 눈물을 찔끔 거렸다.

“컥!”

트라베의 눈물은 오래가지 않았다. 트라베는 금세 넬의 향긋한(?) 머리 냄새에 취해버렸다.

“수, 숨이!”

트라베는 얼굴이 시퍼렇게 질린 채 정말로 쓰러졌다. 넬은 기절한 트라베를 어깨에 짊어지고 자리에서 벌떡 일어섰다.

“어찌 됐든 지금 중요한 건 도망치는 거야. 얼른 도망쳐 국경을 넘어야 해. 국경을 넘으면 저쪽도 어쩔 수 없겠지.”

“그래, 좋았어!”

“우린 유쾌한 용병대 펠트 하르그라고. 동서 대륙을 누비는 우리에게 국경 따위가 문제가 되겠어?”

지나가 얼른 지도와 나침반을 꺼내려 할 때였다.

“정숙한 공녀에게 밤공기는 차갑다, 에일린.”

부스럭.

높게 우거진 수풀이 흔들렸다. 그리고 화려한 술로 장식된 철투구가 불쑥 튀어나왔다.

“으악!”

모두들 얼른 넬의 뒤로 숨어 고개만 빠끔히 내밀었다. 조금 전의 박력은 보이지 않았다.

“귀, 귀신?”

“철갑옷 귀신이다!”

오두방정 떠는 동료들에게 밀려 앞으로 나선 넬은, 입가를 부들부들 떨었다.

“오, 라버니.”

훼일카드민은 말 위에 올라 앉아 넬과 넷을 내려다보았다.

“어떻게!”

“나는 네 옆방에 있었다. 너의 우아한 걸음 소리가 내 귀에 닿지 않을 리 있겠느냐.”

훼일카드민의 여유에 지나와 가크가 에일린에게 귓속말로 물었다.

“귀신 아냐?”

“아까 낮에 본 동제후 맞지?”

넬은 한숨을 내쉬며 고개를 끄덕였다. 그제야 지나와 가크가 울컥하며 버럭 소리를 질렀다.

“제기랄. 철십자 기사단이고 나발이고 간에 우리 대장은 절대로 못 데리고 가!”

“그, 그래. 아무렴! 대장은 우리들의 대장이라고!”

넬의 뒤에 숨어 있던 지나, 가크, 이네아, 트라베는 앞으로

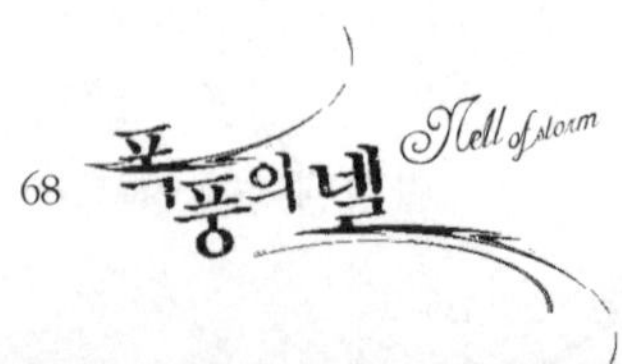

뛰어나왔다. 넬을 보호하려는 듯 그를 감싸고 훼일카드민을 올려다보는 그 기상은 참으로 가상했다. 하지만 오우거를 지키는 네 명의 난쟁이 같아 진지해 보이지는 않았다.

"이미 에일린의 매력에 빠져 버린 건가? 그토록 오래 함께 지냈으면 그럴 수밖에 없었겠지. 에일린의 아름다움을 취하고자 하는 더러운 욕망을 한낱 용병 따위가 이겨낼 수 없을 터."

휘청.

말이 끝나기가 무섭게 네 명의 다리가 휘청거렸다.

"이런 비겁한."

"그런 말로 우리의 사기를 꺾으려 하다니!"

역시 훼일카드민은 철십자 기사단의 위대한 단장이었다. 단번에 잔뼈가 굵은 네 용병의 사기를 꺾어 기선을 제압한 것이다. 네 명은 믿을 수 없다는 눈빛으로 훼일카드민과 넬을 번갈아 바라보았다. 이미 그들의 어깨는 축 늘어져 있었다.

'정말 우리 대장을 여자라고 믿고 있는 거야?'

'제국 귀족들의 미적 감각은 우리들과 다른 건가? 저놈들이 보기엔 우리 대장이 미인?'

'아직 장가도 못 갔는데 귀가 멀어 소리가 이상하게 들리다니, 원통한 일이로군.'

넷은 서로 눈빛을 교환했다.

'아무리 사고를 많이 쳐도 대장은 대장인데, 저런 변태 귀

족에게 끌려가게 할 순 없어.'

오랜만에 마음이 하나로 모인 넷은 다시금 힘을 내 어깨를 폈다. 그리고는 훼일카드민을 향해 몸을 날렸다.

"죽어랏!"

"기사가 별거냐."

기선제압을 당했다고 하지만 그들은 펠트 하르그다. 흔히 볼 수 없는 최고의 조합인데다 오랫동안 생사고락을 함께해 왔다. 공격은 손발이 착착 맞아 떨어져 손톱만큼의 빈틈도 없었다.

훼일카드민은 말에서 뛰어 내려 곧바로 허리에 찬 검을 빼들었다. 감히 자신의 여동생을 탐하려는 극악무도한 용병 떼를 타도하기 위해.

검과 검이 부딪치는 소리가 요란하게 울렸다.

훼일카드민은 지나의 검을 맞부딪쳐 흘려내며, 발을 들어 가크를 찼다.

훼일카드민은 쇄도해 들어오는 이네아의 공격을 몸을 틀어 흘리며, 동시에 트라베를 피했다. 이어 빈틈을 찾으려는 이네아의 공격을 막았다. 이네아의 날카로운 공격이 훼일카드민의 왼손에 잡혔다.

훼일카드민은 사방에서 공격해 오는 넷의 절묘한 공격을 잘 막아냈다. 그는 잠시 고전하는가 싶더니 힘 있게 반격해 나갔다. 훼일카드민은 공격을 막아내며 그들 하나하나를 압

박해 들어갔다.

넷이 밀리기 시작했다.

동료들과 합세하기 위해 검을 빼 든 넬은 자신의 눈을 믿지 못했다.

먼저 트라베가 배를 움켜잡고 바닥을 뒹굴었다. 다음 순서는 가크였다. 가크는 어깨를 베이며 무기를 놓쳤다. 지나와 이네아는 치고 빠지며 좀 더 버텼지만, 곧 피를 뿜으며 쓰러졌다.

"안 돼!"

믿을까 말까 고민은 했지만 일단 믿기로 했다. 이러니저러니 해도 실력들은 있었기에 동료들이 쉽게 무너진 게 믿어지지 않았다.

"그간 에일린의 곁을 지켰던 공을 생각해 죽이지는 않겠다."

탁한 쇳소리가 전투의 종결을 알렸다. 에일린이 끼어들 새도 없었다.

훼일카드민은 피 묻은 검을 허공에 휘둘렀다. 검에 묻은 피가 이슬처럼 허공에 맺혔다. 훼일카드민은 깔끔한 동작으로 검을 집어넣고 넬을 돌아보았다.

"……!"

투구 속 차가운 눈과 마주하자, 등골이 오싹해졌다.

훼일카드민의 발아래에는 고통에 신음하며 땅바닥을 뒹구

는 동료들이 있다. 그들을 구해야 했다. 그들처럼 훼일카드민에게 맞서야 했다. 하지만 그럴 수 없었다. 훼일카드민 앞에만 서면 비참해질 정도로 작아지는 자신이 절망스러웠다.

"이제부터 에일린을 지키는 것은 나다. 그러니 그만 포기하고 물러나라. 너희에게 에일린은 과분하다."

훼일카드민이 협박을 한 것도 검을 뽑은 것도 아닌데, 넬은 저도 모르게 뒷걸음질을 쳤다.

"에일린, 나는 두 번 말하는 걸 좋아하지 않는다."

훼일카드민은 걸음을 멈추고 자리에 섰다. 넬도 도망치는 걸 멈췄다.

"용병 놀이는 이제 끝이라고 말했을 텐데?"

"가까이 오지 마!"

넬은 버럭 소리를 질렀다.

푸드득.

곤히 잠들어 있던 숲 속의 새들이 처음 들어보는 괴성에 놀라 날아올랐다. 밤하늘이 새 떼들로 엉망이 되었다.

"역시 마녀의 마법은 네게 너무 벅차고 힘든 것이었나 보구나."

"뭐?"

넬이 두 눈을 휘둥그레 뜨자, 훼일카드민은 그에게 손을 내밀었다. 투구 때문에 표정이 보이지 않아 훼일카드민의 생각을 알 도리가 없었다. 그래서 넬은 선뜻 손을 잡지 못했다.

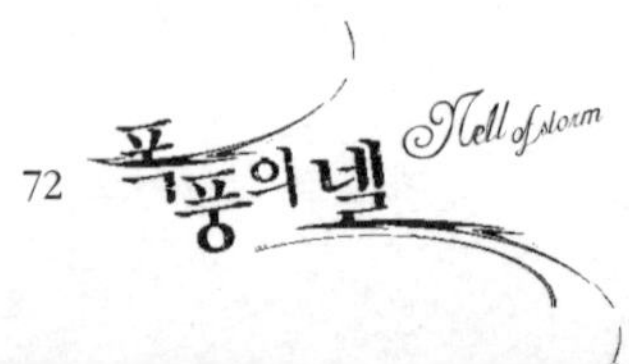

"너의 마음은 잘 알고 있다. 두렵겠지. 데카리온이라는 이름이 네게 무거울 거란 걸 안다. 마녀의 마법은 더 무거울 테고."

투구 속 얼굴은 웃고 있지 않을까? 문득 그런 생각이 들었다.

"마법은 반드시 내가 풀어주겠다. 마녀를 잡아 죽여서라도. 나, 훼일카드민 데르 류 데카리온의 명예를 걸고. 너는 내가 지킨다. 그러니 두려워하지 마라."

훼일카드민이 당당하게 선언했다. 넬은 그 뜨거운 선언에 현기증을 느꼈다. 무슨 일이 있어도 반드시 잡아가겠다는 의지가 분명했다.

'나, 워쪄.'

세상은 좁고도 요지경이다. 넬은 그걸 오늘에서야 실감했다.

CHAPTER 3

용병, 공녀로 거듭나기

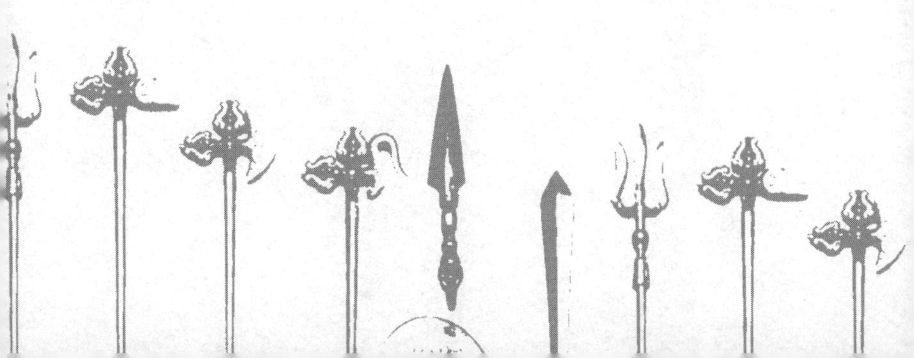

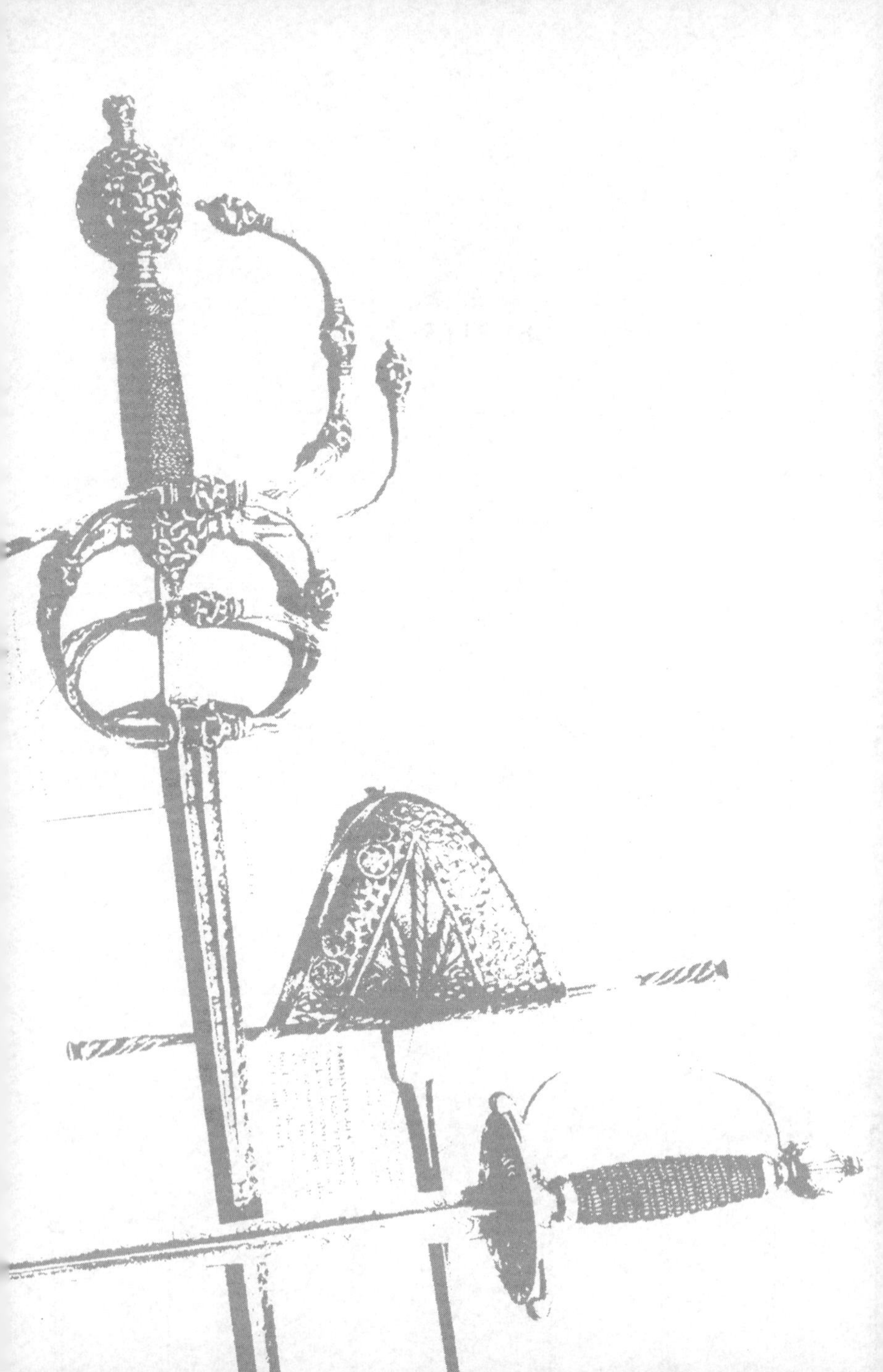

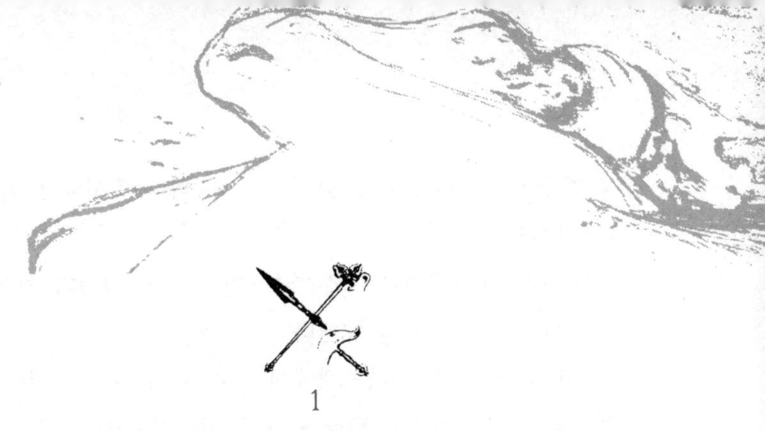

1

이디스 제국의 수도 아라디함은 동서 대륙 제일의 도시다. 도시의 화려함만큼이나 뒷골목의 어두움도 만만치 않지만, 그림자를 등졌기에 더 아름다워 보이는지도 모른다. 음지의 신음이 짙어질수록 겉으로 드러나는 모습은 더욱 화려해졌다.

이른 아침, 수도에 잠깐의 소란이 일었다. 철십자 기사단과 데카리온 동제후 훼일카드민이 돌아온 것이다.

꾸벅꾸벅 졸며 수도의 외성을 지키고 있던 수비병들은 화들짝 잠에서 깨 그들을 맞이했다. 철십자 기사단과 훼일카드민은 떠날 때와 다름없는 상태로 입성했다. 달라진 것이 있다

면 그들이 빈 채로 끌고 갔던 마차가 꽤나 묵직해 보이는 것
뿐이었다.

마차와 마차 곁에 선 훼일카드민을 감싼 철십자 기사단은
곧바로 수도의 동쪽을 향했다.

아라디함의 중앙에는 제국의 황제가 거하는 황성이 있다.
동서남북 귀퉁이에는 황궁에 버금가는 화려한 저택이 있다.
황성을 수호하듯 선 네 저택은 네 제후들의 저택이다.

훼일카드민 데르 류 데카리온. 제국의 제1 기사단인 철십
자 기사단의 단장을 역임하며 황제의 절대적 신임을 받고 있
는 데카리온 동제후는 동쪽 저택의 주인이다.

훼일카드민과 마차, 철십자 기사단이 동 저택에 도착하자
저택은 자신의 주인을 맞이했다.

굳게 닫혀 있던 철문이 기기긱 쇳소리를 내며 열렸다. 훼일
카드민과 마차는 문을 넘어 안으로 들어갔다. 철십자 기사단
은 훼일카드민과 마차를 배웅했다.

저택엔 동제후가 허락한 사람 외에는 함부로 발을 들일 수
없다. 황제라면 모를까, 설사 황족이라 할지라도 그 불문율을
깰 수 없었다.

다른 세 저택도 마찬가지다. 수도의 동서남북 네 저택은 제
국의 동서남북 네 제후들의 신성한 상징과도 다름없는 곳이
다. 철십자 기사단도 훼일카드민의 부름 없이는 동 저택에 들
어가지 못한다.

훼일카드민과 마차를 무사히 안으로 들여보낸 철십자 기사단은 안도하며 한숨을 돌렸다. 괴물 공녀를 잡아 수도에 도착하기까지의 여정은 너무도 길고 고됐다.

수도에 도착할 때까지 기사들의 고생은 엄청났다. 시도 때도 없이 탈출하려는 마차 속 괴물 공녀를 지켜내는, 아니 막아내는 것은 쉽지 않았다. 게다가 간간히 마차를 사랑스럽게 바라보는 단장의 모습이라니.

제일 마음고생이 심했을 플레어는 축 늘어진 기사들을 달랬다. 오늘 진탕 마셔보자는 플레어의 말에 기사들은 힘없이 환호했다.

플레어는 기사들을 이끌고 자신의 저택으로 향했다.

돌아오자마자 술이냐고 타박할 아내의 뾰로통한 얼굴이 마음에 걸렸지만, 지친 기사들을 그냥 돌려보낼 수는 없었다. 플레어, 그는 꽤 여린 사내였다.

훼일카드민과 넬이 탄 마차는 철문 안으로 들어가서도 더 가야 했다. 드넓게 펼쳐진 정원은 끝이 보이질 않았다. 한참을 가서야 겨우 저택의 모습이 보였다.

훼일카드민은 말을 마차에 가까이 붙이고 마차의 문을 톡톡 두드렸다.

"당분간 네가 머물 곳이다. 집사에게 준비해 놓으라고 말해뒀으니 불편하지는 않겠지만, 나 혼자 지냈던 곳이라 네가 머물기엔 부족함이 많을 거다.”

“내 동료들은 어떻게 한 거야, 요.”

마차 안에서 풀 죽은 목소리가 들렸다.

“치료한 후 근처의 용병 길드로 보냈다. 그동안 나와 가문을 대신해 너의 곁을 지켰던 용병들이니 죽이진 않았다.”

넬은 이를 뿌드득 갈았다. 분을 못 이겨 두 주먹을 불끈 쥐었지만, 그 불타오르는 모습도 오래 가지 못했다. 이를 가는 소리가 생각보다 크자 문 밖의 훼일카드민이 들었을지도 모른다는 생각에 가슴이 조마조마했다.

‘나는 왜 이렇게 저 인간 앞에만 서면 쪽도 못 쓰는 걸까.’

본능적으로 약해지는 자신이 원망스러웠지만, 말 그대로 본능이기에 어쩔 수 없었다. 훼일카드민의 그림자만 봐도 가슴이 벌떡벌떡 하는 걸 어찌하란 말인가.

“에일린, 이제 내려야 한다.”

훼일카드민의 말이 끝나기가 무섭게 마차가 멈춰 섰다.

넬의 몸이 균형을 잡지 못하고 기우뚱했다. 마차도 넬을 따라 덜컹 흔들렸다. 마부는 마차가 부서지는 줄 알았는지 기겁하며 마차에서 뛰어내렸다가 훼일카드민의 따사로운 눈총에 부들부들 떨며 용서를 빌었다.

훼일카드민은 말에서 뛰어내려 그 마부를 발로 걸어찼다. 마부가 저만치로 데굴데굴 굴러갔다.

훼일카드민은 마차의 문 앞에 서서 작게 문을 두드린 후 문

을 열었다. 마차 안에서 웅크리고 앉아 있던 넬은 훼일카드민을 껌벅껌벅 바라보았다.

"내리 거라, 에일린."

훼일카드민은 넬을 향해 손을 내밀었다. 넬은 잔뜩 얼굴을 구기며 차가운 철장갑을 붙잡고 다소곳이 마차에서 내렸다.

넬은 마차에서 내리자마자 슬쩍 손에 힘을 주었다. 훼일카드민에게 잡힌 손을 빼내려했지만 실패했다. 깃털을 잡듯 잡고 있건만 어찌 된 영문인지 그 힘이 꽤 셌다. 넬이 얼굴이 시뻘게질 정도로 애썼지만 손을 빼내진 못했다.

힘이라면 누구와도 붙어 지지 않을 자신이 있었건만, 간단하게 제압당한 것이다.

넬은 이를 악물며 훼일카드민을 노려보았다. 투구 속 표정이 어떨지는 확인할 수 없지만 분명 여유만만하리라.

결국 넬은 포기하고 훼일카드민이 이끄는 대로 터벅터벅 걸었다. 구부정하게 앉아 있느라 쑤셨던 허리를 펴고 길게 기지개를 펴던 넬은 입을 쩍 벌렸다. 눈앞에 떡하니 서 있는 저택의 모습에 입이 다물어지지 않았다.

저택은 어마어마했다. 용병 일로 여기저기 떠돌며 볼 거 못 볼 거 다 보았던 넬이 보기에도 감당이 안 되는 규모였다. 끔찍한 기억으로 남아 있는 본 가보다 더 컸다.

"각하, 오셨습니까."

막 저택의 긴 계단 앞에 도착했을 때, 저택의 문이 활짝 열렸다. 말끔하게 차려 입은 집사와 하인, 하녀들이 쏟아져 나왔다.

"어서 오십시오."

"공녀님, 어서 오세요."

모두들 방긋 웃으며 훼일카드민과 넬을 맞이했지만 그 미소는 오래가지 못했다.

"공녀님은 어디에?"

"저 용병은 누구지?"

고용인들의 목소리가 넬의 귀에까지 들렸다.

"공녀님은 어디에 계시는 겁니까?"

집사가 구르듯 계단을 뛰어내려와 공손히 물었다.

"내 옆에 있지 않은가."

훼일카드민의 말에 집사의 얼굴은 사색이 되었다. 집사를 따라 계단을 종종 거리며 내려오던 고용인들은 단번에 얼어붙었다.

여동생을 데리러 다녀오겠다는 훼일카드민의 말을 철석같이 믿은 집사와 고용인들은 꽤 들떠 있었다. 저택을 깨끗하게 청소하고, 공녀님이 쓸 방을 아름답게 꾸몄다. 예쁜 가구와 옷 장신구 따위를 사들여 옷장과 방을 채워 넣었다.

모두들 공녀가 오면 썰렁한 저택 안에 풋풋한 봄바람이 불 것이라 생각했다. 폭풍우 몰아치는 훼일카드민을 정화시켜 줄 연약하고 아리따운 공녀를 간절히 바랐다.

그런데, 그들의 눈앞에 보인 현실은 그들의 자그만 소망을 철저히 배신했다.

"⋯⋯."

전대 데카리온 동제후 때부터 수도 아라디함의 동 저택을 총책임 졌던 집사는 지금 이 상황을 어떻게 이해해야 할지 판단이 서지 않았다. 누구도 좋으니 지금 이 상황이 꿈이라고 말해주길 바랐다. 하지만 현실은 그리 호락호락하지 않았다.

"데카리온 가문의 단 하나뿐인 공녀요, 나의 소중한 여동생이다. 무례를 범하지 말도록."

집사와 고용인들이 한참을 멍하니 정신을 잃고 있자 훼일카드민이 날카로운 쇳소리를 냈다. 놀란 집사와 고용인들은 얼른 넬에게 고개를 숙였다. 엎드려 절 받게 된 넬은 난처한 듯 얼굴을 구기며 뒤로 물러섰다.

"에일린, 들어가자꾸나."

훼일카드민은 넬과 집사, 고용인들의 타는 속도 모른 채 재촉했다. 넬은 질질 끌려 저택의 긴 계단을 오르기 시작했다.

고용인들은 믿을 수 없다는 눈빛으로 넬을 보았다.

"집사에게 말해 고용인들을 새로 뽑으라고 해야겠군. 처음 보자마자 에일린의 미모를 넘보니, 앞으로 에일린을 사심없이 보살필 수 있겠는가."

한숨은 채 입 밖으로 털어낼 수조차 없었다. 스치듯 들린 훼일카드민의 혼잣말에 한숨마저 사치스럽게 느껴졌다.

‘이 빌어먹을 오, 라버니.’

＊　　　＊　　　＊

집사는 집사답게 가장 먼저 제정신을 차렸다. 그는 오랜 경륜을 충격에 날리지 않았다. 얼빠진 고용인들을 흔들어 원상복귀 시키고 분주하게 움직일 수 있게 일을 분배했다. 그리고는 훼일카드민과 넬을 저택으로 안내했다.

“에일린의 방으로.”

훼일카드민의 짧은 주문에 그들의 갈 길이 정해졌다. 훼일카드민과 넬은 집사를 따라 긴 복도를 걸었다. 복도엔 넬이 보기엔 돈이 좀 될 것 같은 그림들과 조각들이 가득했다.

‘저것들 들고튀면 도망 자금 정도는 뽑을 수 있을 거야.’

이왕 들고 도망칠 거, 가장 비싼 걸 들고튀어야 한다. 넬은 살아남아야 한다는 처절한 생존본능에 사로잡혀 복도를 두리번거렸다.

금으로 도금 된 건지 전체가 금으로 만들어진 건지, 황금빛으로 번쩍 번쩍 빛나는 미켈롯 조각상을 발견하자 넬의 두 눈이 번들거렸다.

‘그래, 저놈이다!’

넬은 도망 자금을 확보했다.

“여깁니다.”

집사는 커다란 방 문 앞에 멈춰서 훼일카드민과 넬에게 각듯이 고개를 숙였다. 넬을 보는 눈빛엔 두려움과 의심이 가득했지만 티를 내지는 않았다. 눈과 경련하는 입가만 빼면 완벽했다. 역시 나이는 허투루 먹는 게 아니다.

집사가 방문을 열었다. 나무로 만들어진 고풍스러운 문이 활짝 열리고 방 안의 모습이 여실히 드러났다.

넬의 입이 다시금 떡 벌어졌다.

"흠, 신경을 썼군."

훼일카드민은 철투구의 턱 부분을 만지작거리며 중얼거렸다. 집사가 희미하게 미소 지으며 고개를 끄덕였다.

"가문의 공녀님께서……."

집사는 말하는 도중 슬쩍 넬을 보았다. 넬은 방 안을 보며 꽤나 충격을 받은 듯 떡 벌어진 입가로 침이 질질 흐르고 있었다. 그 모습에 집사의 눈가가 부르르 떨렸다. 잠시 입술을 깨물며 괴로워하던 집사는 겨우 울렁이는 마음을 진정시키고 말을 이었다.

"데카리온 가문의 소중한 공녀님께서 머무실 곳입니다. 시간이 촉박했지만 최선을 다해 준비했습니다."

방은 말 그대로 소녀용 방이었다. 분홍색과 하얀 레이스로 도배 되어 있었다. 넬은 감히 그 안으로 발을 디딜 엄두도 내지 못했다.

'저 늙은이가 방을 꾸민 거라고? 이놈의 할아범, 다 늙어

뭔 노망이야. 미, 미쳤어. 오…… 라버니도 저 늙은이도 다 미친 거야. 미친 게 분명해.’

넬은 슬금슬금 엉덩이를 뒤로 뺐다. 아직까지 훼일카드민에게 손이 잡혀 있어 도망치지는 못하고 있지만, 여차하면 집사를 훼일카드민에게 밀어버리고 당황한 틈을 노려 도망가기로 계획을 짜기 시작했다.

“에일린, 네가 머물 방이다.”

넬이 한참 도망 계획에 몰두해 있을 때 훼일카드민이 넬의 손을 잡아당겼다.

“우왁!”

거칠게 잡아당긴 건 아니지만 묘하게 거부할 수 없는 강한 힘이었다. 얼떨결에 끌려간 넬은 저도 모르게 방 안으로 한 발자국 들어섰다.

“으아아악!”

푹신한 바닥을 밟자마자 온몸에 수천마리 지렁이가 기는 듯 소름이 오싹 돋았다. 구역질이 치밀었다.

“이런 건 내 취향이 아니야.”

넬은 비명을 지르며 훼일카드민에게 잡힌 손을 마구 흔들었다. 어떻게 해서든 방 밖으로 도망쳐야 했다.

‘이런 달달한 분위기는 결코 내 취향이 아니야! 아니란 말이다!’

훼일카드민은 집사에게 가만히 있으라고 손짓한 뒤 넬의

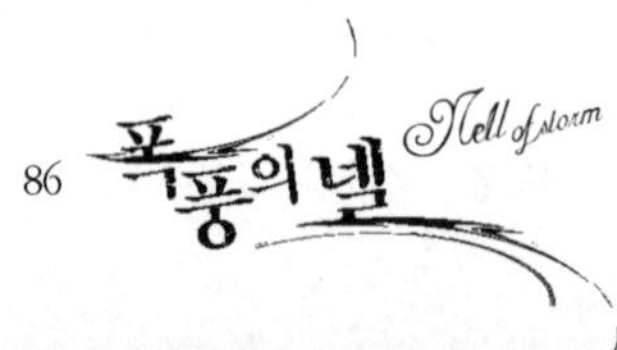

풍풍의 넬

양팔을 붙잡았다. 넬은 금세 훼일카드민에게 잡혀 옴짝달싹 못하게 됐다.

훼일카드민은 넬을 질질 끌어 침대 위에 앉혔다.

대리석으로 만들어진 침대 곳곳에는 굵은 진주가 박혀 있었다. 사방엔 분홍색의 하늘거리는 베일이 드리워져 있고, 하얀 프릴로 가득한 이불은 금실로 여러 문양이 수놓아져 있었다.

침대에 앉자마자 넬은 펄쩍 뛰며 침대에서 일어났다. 훼일카드민은 넬을 다시 침대에 앉혔고, 넬의 일어났다 앉았다가 무한 반복 되었다.

지켜보던 집사는 표정 관리를 하지 못하고 뒤돌아서 버렸다.

"진정이 됐나?"

훼일카드민은 한쪽 무릎을 꿇고 앉아 넬과 눈높이를 맞췄다. 철투구 속에서 번뜩이는 두 눈을 마주하자 넬은 고개를 돌렸다.

"급하게 준비한 것이라 허술하다. 며칠만 기다려다오. 더 화려하고 아름다운 것들을 새로 준비해 주겠다."

"필요없어!"

"네 아름다움에 비하면 이 방은 초라하기 그지없구나."

쿨럭.

집사는 사래에 걸려 어깨를 떨며 마른기침을 쏟아냈다. 넬은 어깨를 축 늘어뜨렸다.

"이, 이걸로 충분해…… 요."

정말 천장부터 바닥까지 진주와 프릴로 도배 된 분홍방에 갇히게 될지도 모른다. 차라리 이 정도 선에서 그치는 게 가장 옳은 선택이 아닐까. 넬은 공포에 어깨를 떨었다.

"마음이 곱구나. 방을 준비한 집사를 걱정한 거겠지? 너의 아름다운 미모는 그 고운 마음에서 나온 것이구나, 에일린."

넬은 아니라고 말할 기력조차 잃었다.

"그 고운 마음을 하찮은 일에 쓰지 말길 바란다. 너는 데카리온 가문의 공녀다. 그 고운 마음을 품위로 지켜내야 한다."

훼일카드민은 자리에서 일어나 넬을 데리고 침대 옆의 조그만 문으로 갔다. 문을 연 훼일카드민은 넬을 안으로 먼저 들이고 뒤따랐다.

안은 화려한 드레스와 보석들이 가득했다. 지금 제국에서 유행하는 모든 디자인의 드레스가 가득하고, 값비싼 보석들이 산더미처럼 쌓여 있다. 여느 귀부인과 귀공녀들은 이 방에 들어오자마자 탄성을 질렀을 것이다. 하지만 고귀한 동제후의 공녀, 넬은 보자마자 현기증을 느꼈다.

"네가 사교계에 데뷔하는 그 순간부터 모든 사람들의 눈이 널 향할 것이다."

턱이 부르르 떨렸다.

'만약에라도 내가 그런다면 정말 모든 사람들이 날 보겠

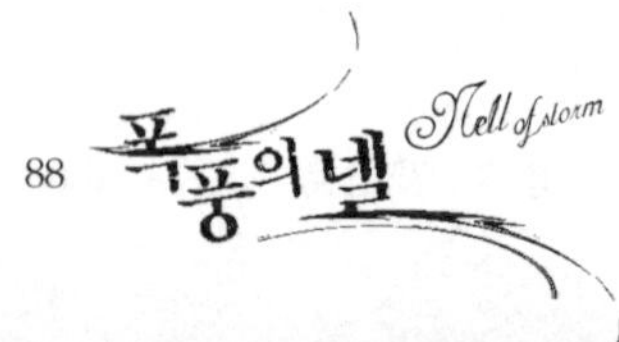

지. 미친 짓도 그런 미친 짓이 없을 테니까.’

훼일카드민의 망언은 계속됐다.

“네가 입는 드레스가 사교계의 새로운 유행이 될 것이고, 모든 미혼 귀족들이 네 발밑에 엎드려 너의 미모를 찬양할 것이다. 너는 이 제국에서 가장 존귀한 여인이 될 테니.”

왜 귓가에 들리는 목소리가 들떠 있다는 생각이 드는 것일까. 넬은 자신의 귀를 의심했다. 아니, 자신이 감당해 내야 할 현실의 무게에 좌절했다.

훼일카드민은 충격에 몸을 떠는 넬을 놓아주고 성큼 드레스 속으로 들어갔다. 많은 드레스를 뒤적거리다가 하나를 선택한 훼일카드민이 그 드레스를 두 손으로 조심스레 들고 넬에게 다가왔다.

순간, 넬은 뭔가 불길한 예감이 들었다. 아직도 훼일카드민이 연타로 때린 충격에서 벗어나지 못했건만 지금까지가 단지 시작에 불과할지도 모른다는 생각이 뒤통수를 스쳤다.

넬의 떨리는 눈동자 속의 훼일카드민이 점점 더 커졌다.

“자, 한번 입어 보거라. 더 이상 누더기로 너의 미모를 가릴 필요가 없다.”

“……!”

신전에 찾아가 예지능력이 생겼으니 신관으로 받아달라고 해야 할까. 아니길 간절히 바랐던 예상이 여지없이 맞아 떨어져 버렸다.

넬은 부들부들 떨리는 손으로 드레스를 받았다. 드레스의 부들부들한 감촉에 머리가 지끈거리며 아파왔다.

"나는 나가 있겠다."

사랑하는 여동생이 너덜너덜한 옷에서 예쁜 드레스로 갈아입어야 하니 자리를 비켜주겠다는 것일까. 훼일카드민은 밖으로 나가며 문을 꼭 닫아주었다.

'나 지금 뭐하고 있는 거지?

손에 쥔 드레스를 쫙 펴 들었다. 드레스는 작았다. 아주 작았다. 넬의 단련된 두툼한 발이나 들어가면 다행일까 싶을 정도로.

"아!"

얼빠진 표정으로 드레스를 보고 있던 넬의 눈에 생기가 돌았다.

"훗."

어딘지 비열해 보이는 미소가 넬의 얼굴에 한가득 그려졌다. 넬은 묘한 눈빛으로 방에 가득한 드레스들을 둘러보았다.

"미친놈은 미친 짓으로 상대해야 하는 법. 더 이상 당하고만 있지 않겠다!"

무언가를 단단히 결심한 듯 넬은 들고 있는 드레스의 목에 발을 불쑥 집어넣었다.

찌이익.

당연한 말이겠지만 드레스는 여지없이 찢어졌다. 드레스

는 넬의 굵은 발을 견뎌내지 못했다.

넬은 드레스 찢어지는 소리에 마음이 가뿐해졌다. 그동안 자신을 괴롭혔던 고민이 싹 사라지는 느낌이었다.

"호호호."

넬은 눈을 가늘게 뜨고 음흉하게 웃으며 드레스들을 향해 전진했다.

찌이익, 찌익, 찌익, 찌이익.

방 안에 드레스들의 비명이 울려 퍼졌다. 아름다운 드레스들은 주인을 잘못 만난 죄로 잔인하게 죽임을 당했다. 한 벌도 남김없이, 전부.

*　　　*　　　*

"빌어먹을! 동제후, 이 애송이. 감히, 감히!"

알레키드 서제후는 이를 갈며 앞의 탁자를 주먹으로 내려쳤다. 값비싼 오크목 탁자가 부서질 리는 없지만 흠은 날 터. 집주인 올리사데베 남제후는 인상을 찌푸렸다. 분노한 서제후를 막아서지는 않았지만 함부로 남의 집 집기를 까부수려는 그의 행동이 곱게 보이지는 않았다.

"지금의 동제후를 애송이라 부를 수 있는 사내는 오직 당신뿐일 거요, 서제후."

"화가 나지도 않습니까, 남제후? 지금 여유작작하게 그런 소리를 할 때가 아니란 말입니다.”

알레키드 서제후는 올리사데베 남제후에게 벌컥 화를 냈다. 그는 벌떡 일어나서 이리저리 왔다갔다 거렸다. 발에 채이는 족족 가리지 않고 뻥뻥 차댔다. 올리사데베 남제후의 찡그린 얼굴 따위는 안중에도 없는 듯했다.

우아하게 앉아 팔짱을 끼고 있던 올리사데베 남제후는 알레키드 서제후에게 손짓했다.

“일단은 앉으시오. 진정하고, 흥분해서는 안 되오. 이런 상황 일수록 더욱 냉정해야 하지 않겠소이까.”

타고난 성격일까. 살아온 세월로 쌓은 연륜일까. 반백의 올리사데베 남제후는 혈기왕성한 알레키드 서제후의 열기를 능숙하게 다독였다.

곁에 서 있던 하인이 알레키드 서제후가 넘어뜨린 의자를 다시 세웠다. 알레키드 서제후는 그 의자에 털썩 앉으며 다시 탁자를 주먹으로 쳤다.

올리사데베 남제후는 하인들을 모두 밖으로 내보냈다.

“우리가 고용인들을 매수했다는 걸 어떻게 알았단 말입니까.”

알레키드 서제후는 허공에 주먹을 흔들며 고함을 질렀다.

“그 쥐새끼 같은 녀석이 지금쯤 희희낙락하고 있을 게 분명합니다. 너희가 아무리 날뛰어봐야 나를 당해내진 못할 거라고 말입니다!”

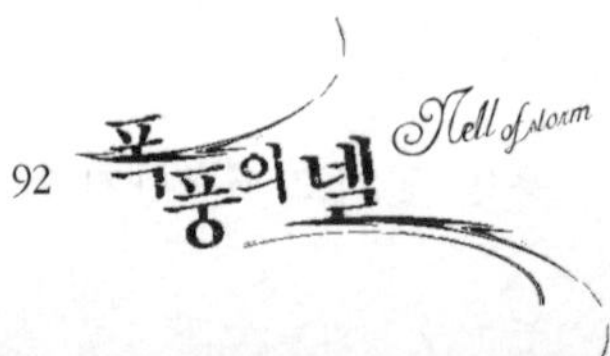

"예상하지 못한 우리의 잘못도 있소. 설마 이렇게 급작스럽게 하인들 물갈이를 싹 해버릴 줄이야."

"고용인들을 새로 모집한 게 아니라 자신의 본 가 하인들을 끌어 왔으니 그들을 매수하는 건 사실상 불가능하지 않습니까. 저 저택의 집사처럼 고개를 빳빳이 들 게 분명합니다."

올리사데베 남제후는 한숨을 푹 내쉬며 고개를 끄덕였다.

"그건 서제후의 말이 맞소이다. 다른 방법을 생각해야겠소. 고용인을 매수해 동제후의 동향과 듣도 보도 못한 동제후의 공녀에 관해 알아보려는 건 너무 얕은 수였으니. 동제후도 충분히 예상을 하고 있었겠지."

고용인을 매수하자고 말을 먼저 꺼낸 건 알레키드 서제후였다. 자신의 얕은꾀를 탓하는 올리사데베 남제후의 말에 알레키드 서제후는 얼굴을 붉혔다.

올리사데베 남제후는 알레키드 서제후의 기색을 눈치 챘지만 모른 척했다. 그보다 이쪽이 아무 소득이 없었다는 게 문제였다.

'서제후가 얕은 수를 쓰긴 썼지만 그걸 알고 즉각적으로 대처하다니. 역시 만만히 볼 상대가 아니야. 훼일카드민, 젊은 데카리온 동제후. 젊은이가 늙은이의 연륜까지 넘보는 건 실례일세.'

언제나 철갑옷과 투구로 자신을 감추는 젊은 데카리온 동제후의 모습이 절로 그려졌다. 어디에도 빈틈은 보이지 않왔다.

훼일카드민이 철십자 기사단과 함께 듣도 보도 못한 여동생을 데리러 간다는 소식이 수도에 퍼졌다. 이에 알레키드 서제후는 자신에게 맡기라 큰소리를 치며 저택의 고용인들을 매수했다.

훼일카드민이 수도로 돌아오고, 이제는 편히 앉아서 그들이 물어오는 소식만 듣고 있으면 될 줄 알았다. 그런데 매수한 고용인들이 해고당해 털레털레 돌아왔다.

서제후와 남제후는 그들에게 동제후의 공녀에 대해 물어보았다. 두 제후는 물론 제국 전체가 동제후의 공녀에 관해 알고 있는 것이 없었다. 동제후에게 여동생이 있다는 건 물론 그 공녀를 동제후가 직접 맞이하러 간 것조차 아는 사람이 몇 없었다.

하다못해 공녀의 외모라도 알고 싶어 고용인들을 다그쳤다. 고용인들은 하나같이 믿을 수 없는 설명을 늘어놓았다.

"우락부락하기 이를 데 없었습니다. 그건 여자가 아니에요. 남자입니다. 남자가 분명하다고요!"

"남자도 그냥 남자가 아니라 거대한 용병이었습니다. 철갑옷 입은 동제후가 작아 보일 정도였어요."

"끔찍합니다. 말도 안돼요! 그건 여자가 아니라고요. 공녀는 더더욱 아니고요."

알레키드 서제후와 올리사데베 남제후는 믿지 않았다. 믿

을 수 없었다.

'어쩌면 동제후의 수작일지도 모른다. 우리가 고용인들을 매수했다는 걸 알고 수를 쓴 건지도 몰라. 기민하게 움직였건만 들통이 난 게지. 다 알고 있으면서 어찌 순순히 공녀를 고용인들에게 보여 줬을까. 분명 어디서 굴러먹던 용병을 고용해 우리를 놀리려는 심산이리라.'

올리사데베 남제후는 새삼 훼일카드민의 주도면밀함에 혀를 내둘렀다.

'하긴 애초부터 이 계획이 성공하리라 생각하진 않았으니.'

그는 알레키드 서제후를 경멸 어린 눈으로 바라봤다.

"으으윽! 두고 보자, 애송이 녀석!"

흥분을 가라앉히지 못하고 다시금 열을 내는 알레키드 서제후는 올리사데베 남제후의 눈빛을 알아채지 못했다.

2

세바스웰은 수도 아라디함의 동 저택을 관리하는 집사다. 일평생 데카리온 동제후 가문을 섬기며, 수도 아라디함의 동 저택을 지켰다. 전대 데카리온 동제후는 세바스웰을 믿고 수도 아라디함의 저택을 관리하는 전권을 그에게 맡겼다. 세바스웰은 전대 데카리온 동제후의 믿음에 성실로 보답했다.

지금의 데카리온 동제후 훼일카드민 대에 이르러 세바스웰은 바쁜 나날을 보내고 있다. 특히나 요즘은 더더욱.

훼일카드민은 수도로 돌아오자마자 황궁에 호출됐다. 그는 제국의 굳건한 기둥이다. 그가 잠시 여동생을 데리러 다녀온 사이, 그가 처리해야 할 일이 제국의 행정을 흔들었다.

이에 훼일카드민은 집사에게 자신을 대신해 넬을 잘 보살펴 달라고 했다. 한동안은 바빠 저택에 들를 수도 없으리라.

세바스웰은 훼일카드민의 신뢰를 영광으로 받들었다.

훼일카드민이 오래전에 헤어졌던 여동생을 찾으러 간다고 했을 때, 품위 있고 아름다운 귀공녀를 바라지는 않았다. 어렸을 때 헤어졌다 했으니 데카리온 동제후 가문의 격식과 품위를 아는 귀공녀일리 만무했다. 험하게 자랐을 것이다. 그러니 외모도 기대해 선 안 될 것 같았다.

하지만 적어도 '여자' 가 올 줄 알았다.

사랑스러운 여동생이라며 곱게 모셔온 공녀님은 각오를 한 세바스웰이 보기에도 뒷목이 뻐근할 정도였다. 아무리 세파에 찌들었다 한들, 여자란 존재가 어찌 이리 망가질 수 있단 말인가.

충격은 거기에서 끝나지 않았다.

공녀님의 목욕 수발을 들던 하녀들이 울며 뛰쳐나왔다. 공녀님의 두 다리 사이에 이상한 게 있다는 것이었다. 세바스웰은 믿을 수 없었다. 하지만 눈물을 질질 짜는 하녀들의 증언은 너무도 생생했다.

목욕 사건이 아니더라도 공녀님에게는 수상한 점이 너무 많았다. 이에 세바스웰은 겨우 짬을 내 저택에 들른 훼일카드민에게 물었다. 훼일카드민은 아무렇지 않게 말했다. 저 경악스러운 공녀님이 마녀의 마법에 걸렸다고.

"후우."

세바스웰은 길게 한숨을 쉬었다.

"저, 저기…… 집사님?"

바닥을 닦다 꾸중을 듣던 하녀들은 조심스레 세바스웰의 눈치를 살폈다. 자기만의 세계로 빠져든 세바스웰에게선 감히 다가갈 수 없는 오로라가 방출되고 있었다.

가면을 벗지 않는 주인님에 괴물 같은 공녀로도 벅찬데 믿었던 집사까지 이렇게 되다니. 하녀들은 불안해했다.

세바스웰은 하녀들이 자신을 이상하게 보고 있다는 것조차 눈치 채지 못했다. 며칠 새 폭삭 삭아버린 세바스웰의 얼굴에 근심이 가득했다.

"공녀님께 가봐야 되겠군."

'공녀님께 가기 싫어 괜히 잘하고 있는 하녀들을 트집 잡다니. 동제후 각하께서 아시면 얼마나 실망을 하실꼬.'

그는 하녀들을 꾸중하던 것을 마무리 짓고 긴 복도를 바삐 걸었다. 바삐 걷기는 했지만 걸음은 점점 늦어졌다.

한숨을 쉬며 복도 끝의 방문 앞에서 걸음을 멈췄다. 노크를 하려다 망설이며, 슬쩍 문에 귀를 대고 안의 동태를 살폈다. 무슨 말을 하는지는 들리지 않았지만 꽤나 시끌시끌했다.

세바스웰은 누가 볼까 얼른 자세를 바로 하고, 다시 노크를 시도했다. 하지만 손은 머리의 명령을 배신하고 노크하기 직전에 멈췄다.

'안 돼. 이러면 안 돼! 나는 이 저택을 관리하는 집사다. 각하께옵서는 나를 믿고 이 저택과…… 공녀님을 부탁하셨는데 내 어찌 그 임무를 소홀히 할 수 있단 말인가!'

훼일카드민의 목소리가 귓가에 맴돌았다. 세바스웰은 마음을 다부지게 먹었다.

똑똑!

떨리는 손으로 노크했다.

"실례하겠습니다."

힘차게 문을 열었다.

"아아, 성스러운 신 미켈롯이시여! 부정함으로 더럽혀진 이 몸을 정화하여 주소서!"

믿을 수 없는 광경이 눈앞에 펼쳐 졌다.

"죽음의 약을 먹고 절망의 속된 말로 귀를 더럽힌 저를 용서하여 주소서. 저를 버리지 말아 주시옵소서!"

예법 선생 루드릭 경이 탁자 위에 쓰러져 있었다. 천장을 향해 우아하게 손을 꺾어 올리며 신을 부르짖었다. 루드릭 경은 눈물을 흘리며 입에 게거품을 물고 있었다. 그 절절함이 세바스웰의 가슴을 쳤다.

"백날 불러봐라. 그런다고 그 잘난 신이 내 코딱지를 정화시켜주겠냐?"

넬은 의자에 불량스럽게 앉아 두 다리를 턱하니 탁자 위에 올린 채 손가락으로 콧구멍을 후비고 있었다.

"신이시여, 저 극악한 입술을 꿰매 주소서!"

넬의 말을 부정하듯 루드릭 경은 세차게 고개를 저었다.

그러다가 우연히, 정말 우연히 루드릭 경은 넬의 발에 얼굴을 묻었다. 물론 세바스웰은 넬이 자신의 발을 루드릭 경의 얼굴 쪽으로 가져다 댄 걸 보았다.

"우욱!"

루드릭 경은 호흡 곤란을 일으키며 탁자에서 굴러 바닥으로 쓰러졌다.

우당탕!

대리석으로 만들어진 큰 탁자가 흔들리고 의자가 넘어가는 등 소란이 일었다.

고결함의 대명사 루드릭 경이 침몰했다.

얼굴이 시퍼렇게 질린 루드릭 경은 당장 숨이 넘어갈 듯 헐떡이며 상쾌한 공기를 호소했다.

"고, 공녀님."

세바스웰은 문의 손잡이를 부여잡고 겨우겨우 몸을 지탱했다. 세바스웰의 떨리는 목소리에 그가 들어온 것을 몰랐던 넬은 기겁하며 벌떡 일어섰다.

"헉, 언제 왔수?"

세바스웰은 알고 있었다. 넬이 어째서 자신을 저리 어려워하는지. 세바스웰이 무서운 게 아니다. 세바스웰 뒤에 서 있는 무시무시한 존재, 훼일카드민이 두려운 것이다.

"집사 할아범, 선생이 뭔가 발작하는 병이라도 있나 본데 어쩌지? 이거 내 잘못 아냐, 절대로 아냐. 응? 집사 할아범도 알지?"

넬은 어색하게 웃으며 루드릭 경을 가리켰다.

"아아……."

세바스웰은 울컥 치솟는 눈물을 참기 위해 두 눈을 질끈 감았다. 엄지와 검지로 눈가를 꾹 눌러 이 북받치는 감정을 참아냈다.

"루드릭 경을 다른 방으로 모시고 의사를 부르겠습니다. 공녀님께서는 마담 루르드와 만나기로 한 거울의 방으로 가 주십시오. 다음 공부 시간을 앞당기겠습니다. 마담 루르드께 는 하녀를 보내 말씀드리겠습니다."

"그, 그러지 뭐."

넬은 기다렸다는 듯 후다닥 바람처럼 사라졌다.

세바스웰은 여전히 바닥에서 요동치고 있는 루드릭 경의 상태를 살폈다.

"하아."

한숨이 절로 나왔다.

세바스웰은 예법 선생 루드릭 경을 옮기고 의사를 불러 살 폈다. 다행히 큰 이상은 없었다. 간단한 진단을 마친 의사가 문을 닫고 밖으로 나왔다. 문 밖에 서서 기다리고 있던 세바스웰은 의사에게 루드릭 경의 상태를 물었다.

"크게 어디가 아프거나 다치진 않은 것 같습니다. 크게 놀란 것 같은데 조금 안정을 취하면 괜찮아 질 겁니다. 그런데 어째서인지는 모르겠지만 환자가 계속 헛구역질을 하며 깨끗한 물을 찾고 있습니다. 뭔가를 잘못 먹은 것 같습니다. 뭘 먹은 거냐고 물어도 영 대답을 안 해 주시는군요. 뭔가에 크게 놀란 것 같기도 하고……. 뭔지 아십니까?"

"글쎄요."

"아니면……."

세바스웰은 양심을 버렸다. 모시는 가문과 모시는 분을 위해.

"당분간은 환자가 크게 놀랐던 상황을 다시 만나지 않게 신경 써주십시오. 놀랐던 당시의 상황을 다시 마주했다가는 정말 숨이 넘어갈지도 모릅니다. 허허허."

사람 좋아 보이는 의사는 그리 웃으며 당부하고는 다시 안으로 들어갔다. 좀 더 루드릭 경을 살피려는 것 같았다.

세바스웰은 옆에 서 있던 하인에게 의사의 배웅을 부탁하고는 넬을 찾아 무거운 발걸음을 옮겼다.

넬은 춤 선생 마담 루르드와 거울의 방에서 수업을 받는다. 춤은 몸으로 익혀 배워야 하는 것이니만큼 방 안이 온통 거울로 도배 된 거울의 방만큼 좋은 수업 장소는 없었다.

세바스웰이 막 거울의 방에 당도했을 때였다.

“집사님!”

“어떡해! 집사님, 큰일났어요.”

세바스웰이 넬에게 붙여준 하녀들이 울며 세바스웰에게 달려들었다.

“무슨 추태인가, 당장 울음을 그치지 못할까. 대낮부터 눈물을 보이다니!”

호통도 소용이 없었다. 하녀들은 세바스웰을 보자 구세주라도 만난 듯 반가워하며 그를 잡아당겼다.

“집사님, 어서 가보셔야 해요!”

“어떻게 하면 좋아요.”

“난 몰라! 난 몰라!”

세바스웰은 하녀들의 이끌림에 뛰듯 걸으며 거울의 방으로 갔다.

“꺄아아아악! 내 발, 내 발! 내 발이!”

마담 루르드가 양발을 부여잡고 바닥을 뒹굴고 있었다. 우아하게 틀어 올렸을 머리는 엉망이 되어 있었다. 얼굴은 눈물로 얼룩져 더 엉망이었다. 치마는 밑단이 여기저기 찢겨져 있었다.

“이게 어찌 된 영문입니까!”

놀란 세바스웰은 넬을 돌아보았다. 넬은 어깨를 으쓱였다.

“춤은 몸으로 익혀 배워야 한다고 나와 함께 춤을 춘 것뿐이라고. 내가 실수로 발 몇 번 밟았다고 아파 죽으려 하네. 초보가 춤 좀 배우다 발 밟는 건 당연한 거 아녀? 그걸 가지고 저렇게 엄살을 피우다니. 저 선생 가짜 같아.”

넬은 억울하다며 주저주저 변명을 늘어놓았다.

“거짓말! 마담 루르드의 발이 밟힐 때마다 뼈 부러지는 소리가 거울의 방을 쩌렁쩌렁 울렸는데.”

“발뼈가 다 으스러졌을지도 몰라요.”

“마담 루르드께서 그래도 포기하지 않고 계속 가르치시겠다고 무리를 하시다가 그만…….”

뒤에 선 하녀들이 세바스웰에게 소곤소곤 사건의 정황을 알렸다. 혹시라도 넬에게까지 들려 봉변을 당할까 걱정스러운지 목소리는 작고 작았다.

“하아.”

대충 사건의 전말을 알게 된 세바스웰은 폐부에서 숨을 끌어들여 길게 내쉬었다. 속에서 뜨거운 무언가가 보글보글 끓어올랐다. 하지만 세바스웰은 참아냈다. 귓가에 훼일카드민의 쉿소리 섞인 저음이 울렸다.

‘동제후 각하를 생각하자. 참자, 참아야 한다. 참아야 하느니.’

세바스웰은 이를 악물고 넬을 보았다. 강렬한 세바스찬의 눈빛에 넬은 움찔하며 몸 둘 바를 몰라 했다.

“미타렝님께는 제가 사람을 보내 알리겠습니다. 오늘 마담 루르드와의 공부는 여기까지 하고, 미타렝님께 가주십시오.”

벌써 기운이 쭉 빠졌다. 세바스웰은 오늘만큼 주인인 훼일 카드민이 원망스러운 적이 없었다. 이런 생각 따위는 해선 안 된다며 생각을 털어낼 기운조차 없었다.

'각하, 제게 어찌 이리 험한 시련을 주시나이까.'

차라리 루드릭 경처럼 물 건너온 신 미켈롯이라도 외쳐 볼까. 세바스웰은 심히 고민했다.

*　　　*　　　*

루드릭 경을 치료하고 돌아가던 의사는 가던 도중 다시 불러 왔다. 마담 루르드는 척 보기에도 예법 선생 루드릭 경보다 상태가 심각해 보였다. 두 발은 흐물흐물해져 있었다. 뼈가 온건히 남아 있을까 걱정스럽기까지 했다.

급히 달려온 의사는 땀 닦을 새도 없이 마담 루르드를 진찰했다. 확실히 마담 루르드는 루드릭 경보다 심했다. 양발 뼈가 모두 으스러져 장기간 재활 치료를 받아야 한다고 했다.

의사는 기가 막힌 지 사방을 휘휘 둘러보며, 도대체 이 저택 안에 무엇이 살고 있기에 환자들 상태가 이런 거냐고 물었다.

세바스웰은 질문의 대답은 하지 않고 입단속을 단단히 시킨 채 의사를 돌려보냈다. 그리고 마담 루르드가 누워 있는 방 안으로 들어갔다.

치료가 끝나고 겨우 고통을 잊은 채 잠든 마담 루르드의 표정은 편안해 보이지 않았다. 꿈속에서도 넬에게 쫓기고 있는 걸까. 식은땀이 이마에서 줄줄 흘러내렸다. 세바스웰은 하녀를 시켜 마담 루르드의 땀을 닦아내 주었다.

마담 루르드의 양발은 붕대로 칭칭 감겨 있었다. 적어도 몇 달은 움직이지 못할 거라고 했다. 그러니 새로운 춤 선생을 구해야 한다. 아니, 그보다는 이 상황을 어떻게 하면 아무런 소문도 나지 않게 은밀히 처리할 수 있을지가 고민스러웠다.

세바스웰은 우울한 얼굴로 마담 루르드를 내려다보며 고민했다.

'루드릭 경께서도, 마담 루르드께서도 다시 공녀님을 가르치려 하지 않으시겠지. 그렇다고 이분들을 내보내고 새로운 선생님을 구할 수도 없고. 공녀님께서 황궁으로 들어가실 때까지 이분들을 어떻게 해서든 저택 안에 잡아둬야 한다. 새로운 선생님도 구해선 안 돼. 소문이 이상하게 날지도 모르니까.'

머리를 싸매고 괴로워하던 루드릭은 문득, 스치는 끔찍한 예감에 고개를 번쩍 들었다.

'설마!'

마지막 남은 가정교사, 역사 선생 미타렝이 걱정되었다.

"아, 안 돼!"

세바스웰은 버럭 소리를 지르며 문을 박차고 뛰어나갔다.

마담 루르드를 간호하던 하녀는 들고 있던 수건을 놓치고 세바스웰이 사라진 문을 멍하니 바라보았다. 차분하고 냉철하던 집사님이 이상해졌다는 동료들의 말이 이해가 될 것도 같았다.

나이를 잊고 맹렬히 달린 세바스웰은 미타렝과 넬이 공부하고 있을 방으로 뛰어들어 갔다. 노크 같은 복잡한 절차는 머리에서 사라진 지 오래다.

역시나 안은 평범한 공부 시간이 아니었다. 학식 높은 선생님과 성실한 학생은 보이지 않았다.

"그러니까, 선생. 선생도 잘 알아둬야 한다니까. 그런 재미없는 걸 공부해서 뭐해? 남자에게 중요한 건 힘! 힘이라고. 황제의 업적을 정리하며 가장 먼저, 심도 있게 살펴봐야 할 것도 다름 아닌 후궁의 수야. 물론 자식이 몇 있었는지도 꼭 봐야 하지. 후궁은 많은데 자식이 적다. 그건 꽝이야! 후대에 약골이란 소리 듣지 않으려고 후궁만 늘여놓은 꼴인 거지."

"그, 그렇군요."

"고럼, 고럼. 선생, 요즘에 하고 있는 황제 치적 연구인가 뭔가가 잘 진행되지 않고 있다고 했지? 콱! 막혀 진척이 없다고. 그럼 길을 좀 틀어 생각해 보라고. 이런 거야 말로 세상 모든 사람들이 원하는 연구라고. 힘, 힘! 황제의 힘!"

"오오!"

선생님과 학생은 멀쩡한 의자를 팽개치고 탁자 밑에 쭈그리고 앉아 있었다. 학생이 순진한 선생님을 물들여 고매한 지성의 세계를 빨간 금단의 영역으로 끌어들이려는 극악무도한 음모를 실행하고 있었다.

배워야 할 학생이 순진한 선생님을 살살 꼬드기며 킬킬댔다. 선생님은 얼굴을 붉히면서도 학생의 말을 귀담아 들으며 고개를 끄덕이고 있었다.

'아아! 동제후 각하, 이를 어찌하면 좋습니까!'

세바스웰은 손을 부들부들 떨며 문을 똑똑 두드렸다. 뒤늦은 노크였다.

"아! 집사 할아범."

넬은 세바스웰을 발견하고는 손을 흔들며 반갑게 인사했다. 참으로 뿌듯해 보였다.

"앗, 그, 그게!"

미타렝은 얼른 탁자 밖으로 기어 나와 흠흠 헛기침을 하며 세바스웰의 매서운 시선을 피해 딴청을 피웠다.

"역사 선생이랑 나랑은 뭔가 통하는 게 있는 거 같아. 그래서 이번엔 정말 열심히 공부했다고."

넬의 천연덕스러운 말에 뿌드득 절로 이가 갈렸다. 히죽 웃는 얼굴을 보니, 절로 젊었을 때 혈기가 되살아날 것만 같았다. 아아, 내가 10년만 젊었어도! 세바스웰은 뒷목을 부여잡고 흘러간 세월에 좌절했다.

"오늘은, 그게…… 그러니까."

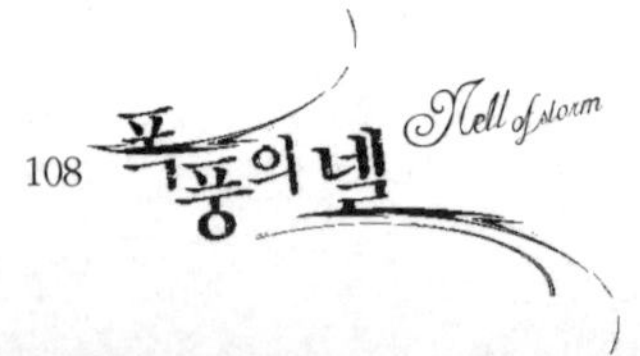

미타렝은 괜히 책을 뒤적이며 깃펜을 찾아 부산하게 돌아
다녔다. 세바스웰은 그를 보며 또박또박 말했다.

"여기까지 하시는 게 어떻습니까? 공녀님도 선생님도 많이
피곤하실 테니."

"하하, 그러죠. 그러도록 하겠습니다. 그럼 저는 먼저 실례
하겠습니다."

얼굴이 새빨개진 미타렝은 얼른 책과 펜을 챙겨 방을 빠져
나갔다.

"모처럼 흥미진진한 수업이었는데. 집사 할아범도 꽤나 심
술쟁이야."

넬은 엉금엉금 탁자에서 기어 나와 늘어지게 기지개를 폈
다.

더 이상 무슨 말을 하랴. 세바스웰은 고개를 푹 숙이며 평
소 별로 안 친했던 신 미켈롯을 외쳤다. 오, 신이시여!

3

넬은 한동안 훼일카드민을 보지 못했다. 영영 보지 않았으면 좋겠다는 마음이 간절했다.

간절한 마음으로 집사 세바스웰에게 물으니 워낙 바쁜 몸이라서 저택에 머무는 시간은 적다고 했다. 넬에게는 더없이 감사한 답변이었다.

저택에서의 생활은 훼일카드민만 마주치지 않는다면야 그럭저럭 견딜 만했다. 굽실거리는 하인, 하녀나 다 늙어빠진 선생들은 지겨웠지만 훼일카드민에 비한다면야 아무것도 아니었다.

집사의 매서운 눈길이 부담스럽지만 훼일카드민이라는 절

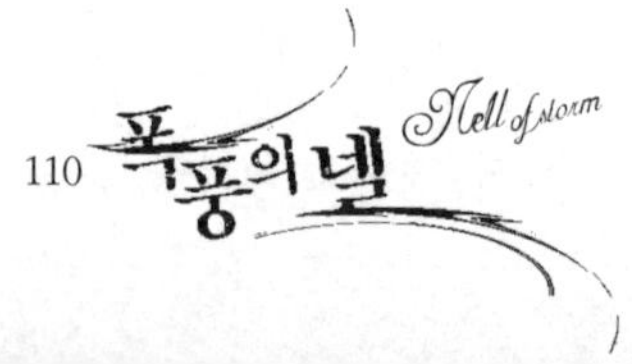

대 사악의 존재가 곁에 없는 것만으로도 신께 감사드릴 일이
었다.

하지만 그 감사는 오래가지 않았다. 어쩐 일인지 훼일카드
민이 넬을 호출한 것이다. 때문에 오늘 아침, 넬은 한상 가득
차려진 진수성찬을 울상으로 맞이했다.

평소보다 느리게 식사를 마치고 떨어지지 않는 발걸음을
겨우겨우 떼어 훼일카드민에게 갔다.

훼일카드민은 넬을 반갑게 맞이했다. 넬은 어색하게 웃어
보였다. 그저 생존을 위해서.

"엄청 오랜만에 뵙습니다요. 오, 라버니."

훼일카드민은 넬을 올려다봤다. 흔한 커튼 하나 달지 않은
커다란 창문을 등지고 앉은 훼일카드민은 쏟아져 들어오는
햇빛 덕분에 더 싸늘해 보였다. 표정을 알 수 없도록 하는 철
투구도 톡톡히 한몫을 했다.

"전적이 화려하더구나."

대수롭지 않게 건넨 말에 넬은 화들짝 놀라 고개를 푹 숙였
다.

"일주일 동안 서른두 번."

"……."

"나는 분명 네게 주의를 주었다, 에일린."

수도에 도착하기 전까지, 틈만 나면 도망칠 기회를 엿보았
다. 매번 도망치다 붙잡혀 화려한 전적이 더해갈 때마다 훼일

카드민은 조용히 타일렀다. 넬은 그때마다 쓴 눈물을 삼키며 고개를 끄덕이곤 했다.

수도에 도착해 철십자 기사단은 황궁으로 복귀하고, 훼일카드민과 넬만이 저택의 철문 안으로 들어섰다. 저택을 호위하는 병사들이라고 해봤자 철십자 기사단보다 한참 실력이 떨어졌다.

그렇기에 좀 더 수월하게, 쉽게 탈출할 수 있으리라 생각한 넬은 도착 첫날부터 탈출을 감행했다. 하지만 넬에게는 언제나 서글픈 실패만이 존재했다. 저택 탈출은 생각보다 만만치 않았다.

도망칠 때마다 집사와 고용인들이 귀신같이 알아채고 넬의 발목을 잡았다. 저택을 지키는 병사들은 미리 연습이라도 했는지 떼를 지어 넬에게 덤벼들었다. 무기도 갑옷도 없는 상황에서 죽자 사자 달려드는 사람 떼를 이겨내기란 쉽지 않은 일이었다.

실패 뒤에는 집사의 한숨과 병사들의 신세 한탄, 고용인들의 눈물 공격에 맥을 못 췄다. 자신이 도망가면 다 훼일카드민 손에 살아남지 못할 거라며 집에서 골골거리는 병든 노모, 밤낮으로 품팔이 하느라 고생하는 아내, 배가 고파 앵앵 우는 아이들 이야기를 줄줄이 늘어놓았다.

"아름다운 장미에는 날카로운 가시가 존재하는 법. 데카리온 가문의 긍지 높은 공녀로서 그 정도는 애교로 봐 넘어가

줄 수도 있다."

"애, 애교?"

넬의 입가가 파들파들 떨렸다. 근 2미터에 달하는 키에 잘 발달된 근육이 울퉁불퉁 건장함을 뽐내고 있고, 그 위에 크고 작은 상처들이 지렁이 기어가듯 꿈틀대고 있다. 그것을 애교라고 부르다니. 자신의 모습은 가장 자신이 잘 아는 법. 넬은 훼일카드민의 찬사에 정신이 혼미해졌다.

"그보다."

"에?"

뭔가 더 중요한 이야기가 남았단 말인가? 넬은 긴장한 채 경계 어린 눈초리로 훼일카드민을 바라보았다.

"흠."

훼일카드민은 옆을 보았다. 넬 또한 덩달아 고개를 돌렸다.

"……아아."

넬은 훼일카드민이 무엇을 말하고 싶은지 깨달았다.

응접실 구석에 넬의 세 가정교사가 서 있었다. 그들은 하얗게 센 머리가 안타까울 만치 오들오들 떨고 있었다.

넬의 눈빛이 자신들에게 닿자, 자지러지듯 비명을 질러대며 구석으로 몸을 숨기려 했다.

우아하고 품위 있을 동제후의 공녀를 가르친다는 것을 영광스러워하며 감격했었을 이들은 일주일 만에 피폐해졌다.

그들은 진심으로 동제후의 공녀를 두려워하고 있었다.

"수도에 돌아온 직후, 너를 데리러 갔던 동안 처리하지 못한 일들을 처리하느라 조금 분주했다. 그런 내가 못내 섭섭했느냐? 너를 저택에 두고 나서는 나도 못내 가슴이 아팠다. 하지만 에일린, 내 마음은 언제나 너만을 향하고 있었다. 그런 내 마음을 모르고 많이 섭섭해했던 것 같구나. 그래서 심한 장난으로 선생들을 놀라게 한 거고?"

"자, 장난이라니요오오오오오오!"

훼일카드민의 말이 끝나자마자 세 선생은 믿을 수 없다는 듯 꽥꽥 소리를 질러댔다.

"마담 루르드, 에일린의 깜찍한 장난이 조금 도가 지나쳤다고는 하나 그것이 그대가 내 말을 끊을 만큼의 것인가?"

훼일카드민은 춤 선생 마담 루르드를 바라보며 물었다. 말 한마디로 사람을 얼려 죽일 수 있다면 그 존재는 바로 훼일카드민이리라.

얼굴엔 세월의 흐름이 느껴지는 잔주름이 조글조글하지만, 염색으로 백발을 숨기고 품위 있는 모습을 잃지 않았던 왈츠의 대가, 마담 루르드는 꽝꽝 얼었다.

"도, 동제후 각하! 그것이 아니오라……."

넬은 자신을 대하는 훼일카드민의 태도에 지극한 애정이 담겨 있다는 것을 새삼 깨달았다.

"소중한 내 여동생의 선생을 함부로 대하고 싶은 마음이

없으니 예의에 어긋나는 행동으로 날 거스르지 말도록.”

마담 루르드는 떡 벌어진 입을 채 다물지 못하고 열심히 고개를 끄덕였다.

훼일카드민은 다시 넬을 보았다. 순간, 자신에게도 마담 루르드만큼이나 냉랭하게 대할지 모를 거란 생각에 넬은 몸을 움찔거렸다. 그 모습에 훼일카드민은 아무런 말도 하지 않았다.

‘선생들, 미안하구만.’

행복하게 잘살아 오다가 생각지도 못한 변을 당하고 있는 세 선생에게 넬은 눈빛으로나마 미안함을 전했다. 물론 그 눈빛을 받은 세 선생은 더욱 몸을 떨었다.

“예법 선생이 네가 인사하지 않는 것을 지적하자 코를 후벼 거대한 코딱지를 선생의 입속으로 넣었다지?”

“그게 아니라 코를 후비고 튕겼는데, 그게 참으로 우연스럽게도 선생의 입속으로 들어간 거야, 요.”

“보약이라고, 정력제니 힘이 불끈 날 거라며 오늘 밤에 힘 좀 쓰라고 말했다고?”

“······.”

‘그런 거까지 일렀냐?’

예법 선생이 기절을 해서 그날은 수업을 시작하지도 못했다는 말은 집사가 전하지 않은 듯했다. 다행인지 불행인지는 모르겠지만, 넬은 입 무거운 집사가 언제까지나 그 뒷이야기를 입 다물어주길 간절히 바랐다.

"정말 실수였다구, 요."

"마담 루르드와의 춤 연습 때에는 연달아 발을 밟아 마담 루르드의 발뼈를 여러 번 으스러뜨렸다는 건?"

"……."

춤을 추다보면 초보는 필연적으로 상대편의 발을 밟기 마련이다. 그건 모든 춤 초보들에게 적용되는 기초적인 실수다. 어느 정도 춤을 익힐 때까지는 웃어 넘겨줄 수 있는 것이다. 그런데 그것이 그 덩치와 힘의 차이에 의해 패륜적인 행동으로 오해받아 버린 것이다.

'내가 그러니까! 할멈이랑 춤추기 싫다고 했잖수!'

상대역을 해주겠다는 마담 루르드를 꽤 말렸던 넬은 이것만큼은 억울한 듯 눈을 껌벅이며 마담 루르드를 바라보았다. 하지만 마담 루르드가 부들부들 떨면서도 손으로 치마를 올려 붕대를 칭칭 감아놓은 양발을 보여주자, 그 억울함이 자취를 감췄다.

"전쟁의 역사를 설명해 주는 역사 선생에게는 역대 왕들의 후궁 열전을 나열해 줬다고?"

수업 첫날, 어렵지 않게 늙은 역사 선생께서 지금까지 딱지를 못 뗀 노총각이라는 것을 알아냈다. 연구에 전념을 하다가 결혼 시기도 놓치고, 여자 손 한 번 잡아본 적 없다는 순진하디 순진한 역사 선생.

넬은 뒤늦게나마 이 역사 선생에게 진정한 남녀 간의 오묘
한 순리와 조화를 알려주기 위해 노력했다.

'말해줄 때는 좋아했으면서! 이제 와서 배신을 때리다니!'

매번 얼굴이 시뻘개져서 버럭 버럭 소리를 지르긴 했지만
단 한 번도 넬의 말을 중간에 끊어버린 적이 없었다. 물론 넬
이 그럴 틈을 주지 않고 능글맞게 굴었지만.

"선생 셋이 울며불며 내게 와 매달리더구나, 에일린."

"제길."

'선생이면 학생이랑 대화로 문제를 풀어야지, 학부모에게
쪼르르 달려가 다 일러 버리다니. 이런 치사한!'

넬은 수그렸던 고개를 번쩍 들고 훼일카드민에게 말했다.

"그러니까 내가 하기 싫다고 했잖아…… 요!"

의뢰주가 계약 내용이나 보수를 속일지도 모르기에 글자
는 겨우겨우 배워 익혔다. 생존을 위해 억지로 글을 공부했던
유쾌한 폭풍 넬 에이어에게 춤이라니? 예법이라니? 역사라
니?

동료들이 들었음 배꼽을 잡고 웃었을 상황을 훼일카드민
은 강행했고 오늘에 이르렀다.

"하기 싫다고 하지 않는다면 귀족과 한낱 평민과 무엇이
다르지? 에일린, 너는 나의 단 하나뿐인 여동생이요, 데카리
온 가문의 유일한 공녀다. 이런 어리광은 용서할 수 없다."

자신의 반항이 어리광으로 치부되었다는 사실에 넬은 할

말을 잃었다.

'어리광이라고?'

철없는 괴물 공녀의 어리광에 휘둘린 꼴이 된 세 선생들도 얼굴의 경련을 숨기지 못했다. 이 자리에서 당당한 사람은 오직 한 명, 훼일카드민뿐이었다.

"각하, 마담 소피아와 약속하신 시간에 당도하시려면 지금 출발하셔야 합니다."

닫힌 문으로 노집사의 목소리가 들렸다. 세 선생도, 넬도 한결 밝아진 얼굴로 훼일카드민을 바라보았다.

"마차를 준비하게."

"이미 준비를 끝마쳤습니다."

집사의 말에 훼일카드민은 자리에서 일어섰다. 훼일카드민은 세 선생에게 넬을 잘 타일렀으니 걱정 말고 앞으로도 넬을 잘 가르쳐 달라 당부했다.

당장이라도 동 저택을 뛰쳐나가고 싶어하는 세 선생의 절실한 심정을 모르는 걸까. 훼일카드민은 세 선생을 나락의 구렁텅이에 밀어넣었다.

"하지만 오늘은 드레스와 장신구를 맞춰야 하니 여러모로 하루가 빠듯할 거다. 그러니 오늘 하루 수업은 쉬도록 하지."

세 선생은 훼일카드민의 말에 안도의 한숨을 내쉬었다.

"드레스? 자, 장신구?"

넬은 준비되어 있던 드레스들을 모두 찢어 쓰레기통에 던

지고 하인들이 입는 펑퍼짐한 셔츠와 바지를 입고 다녔다. 아들내미가 똑 떨어져 버리지 않는 이상 치마 따위는 입지 않겠노라고 선언했건만, 훼일카드민은 다른 뜻으로 알아들은 듯했다.

"모든 것을 최고급으로 맞춰주겠다. 어떤 작은 것 하나도 황녀나 황후와 비교해도 뒤지지 않도록 해주겠다, 에일린."

넬의 뒤통수에 천둥이 내리쳤다.

＊　　　＊　　　＊

덜컹덜컹.

마차가 흔들릴 때마다 넬은 조금이라도 훼일카드민에게 닿지 않기 위해 애썼다.

훼일카드민은 넬 혼자 들어가도 벅찬 마차에 함께 타겠다며 덜컥 마차에 올라탔다. 넬을 태우고 부서질 듯 말 듯 아슬아슬 했던 마차는 훼일카드민까지 태우고도 용케 버텼다. 대신 사륜마차를 다섯 마리의 말이 몰아야 했다.

넬은 어떻게 해서든 훼일카드민에게 닿지 않으려 문에 바짝 붙어 안간힘을 썼다. 시선이라도 마주칠까 무서워 이리저리 눈을 피하고 있었다.

자신을 뚫어져라 바라보는 훼일카드민의 시선을 느꼈지만 눈을 마주치고 싶지는 않았다.

‘으으, 어떻게 해서든 도망을 가야 했어, 제기랄!’

넬은 이런 상황이 오기 전까지 필사의 노력으로 도망쳐야 했었노라 자책했다.

쾅쾅!

머리로 마차를 들이받으며 자해까지 시도했다.

“에일린, 정숙한 공녀에게 어울리지 않는 행동이다.”

훼일카드민이 마차에 앉은 이후 처음으로 말을 내뱉었다. 훼일카드민의 말이 끝나기가 무섭게 넬은 머리 박던 걸 멈췄다. 생각 같아서는 저 건방진 투구에 머리를 박고 싶었지만 참았다. 엄두가 나지 않았다.

넬에게 훼일카드민은 절대적인 두려움, 그 자체였다. 두루 뭉술한 두려움과 공포가 형상화되어 훼일카드민이 된 것 같았다. 넬은 훼일카드민 앞에서는 맥을 못 췄다.

‘나는 아직도 어렸을 때의 기억에서 벗어나지 못하고 있는 걸까?’

넬은 덤빌 엄두조차 내지 못하고 깨갱 꼬리를 마는 자신이 싫었다. 비참했다. 하지만 그런 마음조차도 두려움을 이겨내지 못했다.

“넌 여전히 날 어려워하는구나.”

기가 죽어 어깨가 축 쳐진 넬을 보며 훼일카드민이 말했다. 넬의 울적한 얼굴은 곁에서 보기에도 참 불쌍해 보였다.

“그럴 리가요.”

‘어떻게 안 그럴 수 있겠냐!’

정작 하고 싶은 말은 가슴에 묻어두고, 다소곳이 답했다. 목소리가 마음을 채 외면하지 못하고 부들부들 떨렸다.

“어렸을 때도 그랬지.”

훼일카드민은 추억에 젖은 듯 평소보다 낮은 목소리로 말했다.

넬은 그 말에 힘입어 기억을 더듬었다. 워낙 어렸을 때고, 기억하고 싶지 않아 잊으려 했던 시절이라 잘 기억이 나진 않았다.

하지만 훼일카드민의 어머니와 훼일카드민을 무서워했던 건 기억이 났다.

훼일카드민은 훼일카드민의 어머니와 달랐다. 넬에게 조금도 피해를 준 적이 없었다. 기억이 희미해 잘은 모르겠지만, 아직까지 기억나는 옛날의 단면 중에는 그런 장면이 없었다. 그런데도 훼일카드민이 두려웠다. 시도 때도 없이 자신과 어머니를 괴롭힌 훼일카드민의 어머니보다 훼일카드민이 더 무서웠다. 그저, 훼일카드민의 어머니에 대한 두려움이 훼일카드민에게 전가된 것이었을까.

‘어라?’

그런데 이상하게도 훼일카드민이 어떻게 생겼었는지가 기억이 나지 않았다. 분명, 훼일카드민은 어렸을 때 투구나 갑옷으로 얼굴을 가리지 않았다. 평범하게 옷을 입고 얼굴을 들고 다녔다.

'그러고 보니 어떻게 생겼었지?

얼굴만 하얗게 지워져 보이지 않았다. 어떻게 생겼는지, 어떤 표정으로 말하고, 웃었는지가 전혀 기억이 나지 않았다. 기억이 날 듯 말 듯 했지만 끝내 조금도 기억나지 않았다.

"에일린."

넬은 훼일카드민의 부름에 상념에서 벗어났다. 그리고 이어지는 훼일카드민의 말에 가지고 있던 의문을 획하니 날려 버렸다. 날려 버릴 수밖에 없었다.

"나는 너를 아낀다. 너는 내가 사랑하는 나의 유일한 여동생이다."

"……!"

책을 읽듯 딱딱 끊어졌다. 고백도 이렇게 무시무시한 고백은 없을 것이다. 가면으로 얼굴을 가린 채 쇳소리 섞인 목소리로 사랑한다니.

순간 머리가 띵 해져와 머리를 부여잡고 고개를 숙였다.

"제발 그런 말 좀 하지 마…… 요!"

"수줍은가?"

"그런 게 아니라!"

"말하지 않으면 아무것도 알지 못한다. 숨길 게 아니라면 말로라도 표현을 해야 한다. 에일린, 나는 너를 사랑하고 아끼는 내 마음을 숨길 이유가 없다."

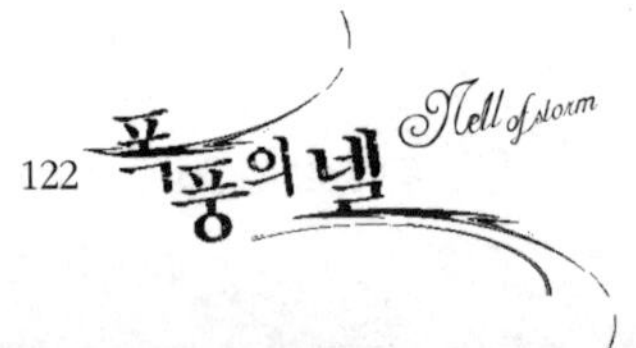

오싹! 소름이 돋았다.

'차라리 트라베 같이 호리호리하게 생긴 놈이라면 모르겠는데 우락부락한 철갑옷을 뒤집어쓴 오, 라버니한테 고백을 받다니.'

유쾌한 용병 넬 에이어로서 세상을 떠돌던 때가 벌써 멀고 먼 옛날 같다. 그런 때도 있었는가 싶은 마음까지 든다. 세상 모든 여자들과 유쾌한 시간을 보내겠다는 목표 아래 밤낮으로 힘냈던 그 시절이 진정 행복했던 것을.

넬은 그리운 과거를 회상하며 시큰하게 저려오는 코를 문질렀다.

'그나저나 이 녀석들, 정말 죽지 않고 살아 있는 건가? 살아 있으면 나 좀 구하러 와 달라고!'

어디에 있는지, 정말 훼일카드민의 말대로 살아 있긴 한 건지. 연락 끊긴 동료들을 생각하니 더 울적해졌다.

대화가 끊긴 마차 안은 다시 조용해졌다. 인상을 구기고 뭔가를 곰곰이 생각하는 넬 덕분에 마차 안 분위기는 더 쌀쌀맞았다.

"다 도착한 것 같다. 내릴 준비를 하거라."

칙칙한 분위기를 침묵으로 버티던 훼일카드민은 커튼을 들어 밖을 보며 말했다.

잠시 후, 그의 말대로 마차가 멈췄다. 훼일카드민은 먼저 마차에서 내려 넬에게 손을 내밀었다.

그 자상한 배려에 넬은 이가 갈릴 정도로 고마웠다. 차마 손을 안 잡을 수 없는 노릇인지라, 넬은 미약한 저항을 시도했다. 자신의 힘을 믿고 훼일카드민의 손을 꽉 잡고 내렸다. 정말 있는 힘을 다해 훼일카드민의 손을 쥐어짰다. 우지끈하고 철장갑이 찌그러지는 소리가 들렸다.

넬은 그제야 뿌듯한 마음으로 훼일카드민의 손을 놔줬다.

"……."

훼일카드민은 잠시 자신의 손을 확인했다. 철장갑은 누가 봐도 쉽게 알아챌 정도로 심하게 찌그러져 있었다. 안의 손이 무사할리 없었다. 나중에 손을 빼낼 때에도 한참을 고생해야 될 듯싶었다.

하지만 훼일카드민은 신음하지도, 아파하지도 않았다. 아무렇지도 않게 다시 고개를 들고 앞을 바라봤다.

예상했던 것과 다른 결말에 넬은 김이 빠지는지 구시렁거리며 발로 바닥을 톡톡 찼다.

"오셨습니까."

마차가 멈춰 선 곳은 커다란 드레스 숍 앞이었다. 숍 안에서 이제나 올까 저제나 올까 기다리고 있던 사람들이 일제히 달려 나오며 훼일카드민과 넬을 맞이했다.

훼일카드민은 당연하다는 듯 그들의 굽실거리는 안내를 받으며 숍 안으로 들어갔다. 넬도 얼떨결에 훼일카드민을 따라갔다.

“숍은 오늘 문을 열지 않았다. 오늘 하루는 오직 너만을 위한 드레스 숍이다, 에일린.”

훼일카드민이 넬의 귀에 조그맣게 속삭였다.

“무, 무진장 감동스럽구만, 요.”

‘이런 돈지랄을!’

넬은 어색하게 웃으며 맞장구를 쳐줬다. 속은 부글부글 끓었지만 도리가 없었다.

“호호호, 어서 오십시오. 동제후 각하, 기다리고 있었습니다.”

드레스 숍의 주인인 마담 소피아는 훼일카드민에게 우아하게 인사했다. 훼일카드민은 고개를 끄덕이며 인사를 받고는 준비된 듯한 푹신한 의자에 앉았다. 넬은 어정쩡하게 훼일카드민의 옆에 섰다.

마담 소피아. 그녀는 귀부인들의 살롱에서 훼일카드민만큼 숭배 받고 있는 존재다.

남제후 휘하의 어느 이름 모를 호족의 딸로 태어난 그녀는 아버지의 도박 빚을 대신하여 수도로 팔려 왔다. 운 좋게 수도의 유명한 옷가게 주인에게 팔린 그녀는 옷 만드는 데 천재성을 발휘하여 십 년 만에 자신만의 가게를 냈다.

그야말로 자수성가의 모범적인 표본이다. 그 자신도 노력의 중요성을 항상 잊지 않고, 머리가 하얗게 센 지금도 실력연마에 노력을 아끼지 않고 있다.

　제국의 유행은 그녀의 손끝에서 시작되어 다시금 그녀의 손끝에서 사라진다. 패션 업계에서는 살아 있는 전설로 추앙되는 독보적인 존재다. 제자가 되겠다고 찾아오는 사람들과 그녀를 모시려는 마차와 손님들로 커다란 숍은 매일 문전성시를 이룬다.

　수도에 사는 귀족은 물론 수도에서 멀리 떨어진 호족들마저 그녀를 모시고 싶어 발을 동동 구른다. 웬만한 귀족들마저 그녀를 만나기 위해, 혹은 그녀가 만든 컬렉션을 입기 위해 몇 년을 기다려야 한다.

　황후가 매번 연회장에 입고 나오는 드레스를 전부 그녀가 담당하니, 웬만한 귀족보다 그 위세가 드높은 것은 당연지사이리라.

　하지만 그런 그녀도 훼일카드민 앞에서는 함부로 콧대를 높일 수 없었다.

　"그런데 저의 옷을 입으실 공녀님은 어디에?"

　마담 소피아는 공녀님을 찾아 고개를 휘휘 저었다. 숍 어디에도 데카리온 동제후 가문의 공녀로 보이는 사람은 없었다. 여자라고는 숍에 고용된 사람들이요, 훼일카드민과 함께 들어온 건 거무칙칙한 사내 한 명뿐이었다. 마담 소피아는 넬을 힐끗 쳐다보고는 더럽다는 듯, 경멸어린 시선을 던졌다.

　"흠."

　훼일카드민이 넬을 턱으로 가리켰다.

“설마 저분?”

마담 소피아는 뒤로 두어 걸음 물러섰다.

“마, 말도 안 돼! 어, 어떻게 저…… 저런!”

믿을 수 없다는 듯, 말도 채 잇지 못하고 철푸덕 바닥에 쓰러졌다.

“선생님!”

“괜찮으세요?”

제자들이 달려들어 마담 소피아를 일으켜 세웠다.

“에휴.”

넬은 쓸쓸히 웃으며 고개를 저었다. 이제는 꽤 익숙해진 반응이기에 마음의 상처는 없었다. 다만 언제까지 이런 취급을 받아야 하는 건지, 처량한 생각이 들 뿐이었다.

“선생님!”

주변의 제자들이 마담 소피아를 잡아주어 그녀가 다시 바닥에 쓰러지는 일은 일어나지 않았다.

데카리온 동제후 가문의 공녀가 자신의 드레스를 입고 싶어 한다는 연락을 받고 얼마나 기뻐했는지 모른다.

데카리온 동제후에게 여동생이 있었고, 오랫동안 그 존재 여부를 알 수 없었던 공녀가 지금 수도에 있다는 은근한 소문에 수도 아라디함이 들썩이고 있다.

훼일카드민이 동생을 위해 최고급 드레스와 온갖 아름다운 보석들을 싹 쓸어 모으고 있어 그 소문이 진실로써 힘을 얻고 있다. 연일 동 저택으로 이어지는 드레스 물결과 보석들의 행렬에 데카리온 동제후의 여동생에 관한 관심이 집중되고 있다.

이 와중에 마담 소피아는 사교계와 살롱들을 휩쓰는 이 귀공녀에 대한 이야기에 촉각을 곤두세우고 있었다. 데카리온 동제후의 여동생이 유독 마담 소피아의 숍에서는 드레스를 사가지 않은 것이다.

혹시라도 이 사실이 잘못 소문으로 퍼졌다가는 그녀의 자존심과 숍의 명예에 큰 타격이 될 것이다. 마담 소피아는 하루하루 속이 타들어가 자신의 드레스를 선물로 보낼까도 생각했다. 그러던 차 훼일카드민이 여동생과 함께 직접 드레스를 사러 온다했으니 그 기대가 오죽했겠는가.

훼일카드민의 명령을 받고 드레스를 모으던 집사는 함부로 자신의 드레스를 팔지 않는 마담 소피아의 자존심을 알고 있었기에, 그녀의 숍에 들르지 않았다.

괜한 소란을 만들 필요는 없다는 생각에서였다. 그런 집사의 깊은 뜻을 몰랐던 마담 소피아는 그저, 훼일카드민과 넬이 자신의 드레스를 최고로 알고 있기에 직접 찾아오려고 시간을 낸 거라 생각했다.

"모든 드레스를 보여주게."

훼일카드민이 담담하게 말했다. 그녀의 모습을 보고 있으면서도 그녀의 충격을 몰라보는 것 같았다.

"에일린, 너의 아름다움에 어울리는 드레스가 이곳에 있을 지는 모르겠지만, 마음에 드는 걸 마음껏 골라라."

훼일카드민의 말에 마담 소피아는 혼미해지는 정신을 다 잡으며 힘을 냈다. 걱정하는 주변 제자들의 손을 뿌리치고 휘청이는 몸을 바로 했다.

'나는 프로야! 나는 쓰러지지 않아. 이대로 물러설 수는 없어!'

마담 소피아는 멀뚱하니 서 있는 넬에게 눈을 돌렸다. 그리고 뒤의 제자들에게 힘껏 외쳤다.

"드레스란 드레스 다 꺼내와!"

이건 피할 수 없는 진검 승부였다.

곧이어 화려한 드레스들이 날아들어 왔다. 제자들은 선생님의 마음을 이해하고, 숍의 최고급 드레스들을 모조리 꺼내왔다.

"에일린, 입어 보렴."

훼일카드민의 말 한마디에 제자들이 넬을 둘러쌌다. 그들의 겁에 질린 안색이 더없이 안타까워 넬은 그들이 이끄는 대로 향했다.

넬을 보는 마담 소피아의 눈이 광기로 번뜩였다. 마담 소피아는 자신이 최근에 완성한 아름다운 작품을 넬에게 내밀었다.

찌이이익.

자잘한 꽃무늬를 가득 수놓은 산뜻한 드레스가 육중한 두 다리를 집어넣자마자 여지없이 찢겨졌다. 예상을 벗어나지 않은 정확한 결과였다.

"오호호호호. 고, 공녀님께서는 무척 건강하시군요."

마담 소피아는 아직 이성을 잃지 않았다.

"그, 그러면 이것을."

대신 숍 내에서 가장 큰 드레스를 꺼내 부들부들 떨리는 손으로 그것을 내밀었다. 그 드레스 또한 만만치 않은 크기를 자랑하고 있기에 마담 소피아는 일말의 희망을 드레스 자락에 담았다.

'부디 이것으로!'

두툼한 손이 그것을 받아들었다.

찌지지지직, 찍!

여지없이 옷은 제대로 입혀져 보지도 못한 채 갈가리 찢겼다.

"호호…… 호, 호, 호!"

마담 소피아는 턱까지 부들부들 떨면서 가게에 걸려 있는 각종 드레스를 계속계속 내왔다. 한 벌 한 벌 찢겨져 나갈수록 마담 소피아의 표정은 사나워져갔다.

찌직!

또다시.

지지지직!

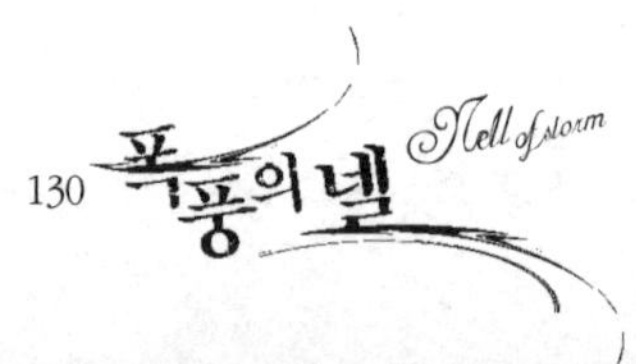

맑고 경쾌한 소리가 울렸다.

빠직!

우아하고 귀품 있는 마담 소피아의 이마에 굵은 힘줄이 주렁주렁 맺혔다.

"바느질이 덜 됐나 보군."

커다란 소파에 앉아 그 모든 상황을 관람하고 있던 훼일카드민은 짤막하게 감상을 토해냈다.

"제대로 된 옷을 내오게."

넬, 아니 데카리온 동제후 가문의 고귀한 공녀 에일린은 눈앞의 전신 거울을 차마 바라보지 못하고 고개를 돌렸다.

"나의 아름다운 봄의 왈츠 제 15호가!"

마담 소피아는 넬이 입고 있는 드레스의 찢어진 자락을 움켜쥐고 몸을 부들부들 떨었다.

당장이라도 숨이 넘어갈 듯 헐떡대는 모습이 오늘 내로 장례식을 치를 듯 보였다.

'미안하우, 할멈. 나도 절대 이러고 싶지 않았어.'

넬은 이해한다는 듯 작게 고개를 끄덕였다. 동질감이 왈칵 일었다.

"동제후 각하!"

마담 소피아는 반짝이는 프릴을 소중히 껴안고 훼일카드민을 보며 부르짖었다. 움찔. 넬은 두 눈을 번뜩이며 자신을 노려보는 노부인의 시선을 피해 고개를 돌렸다.

"이곳의 옷들은 바느질이 제대로 돼 있지 않은가?"

마담 소피아는 품위도 잊은 채 입을 쩍 벌렸다.

"무슨 말씀을 하시는 겁니까!"

이미 넬 만한 손자를 두어도 두서넛 두었을 법한 나이의 마담 소피아의 목소리가 끝없이 치솟았다. 넬 또한 예상외의 말에 놀라 훼일카드민을 바라보았다.

"정말 이곳이 수도 제일의 옷가게가 맞나?"

"도, 동제후 각하!"

마담 소피아의 얼굴이 붉게 달아올랐다.

마담 소피아의 가게를 하루 종일 전세 내고 거대한 동생을 데려다 놓은 데카리온 동제후 훼일카드민은 조금도 미안해하지 않았다.

주변에 산더미같이 쌓인 찢어진 드레스와 조각들이 그의 눈에는 들어오지 않는 듯했다. 오직 자존심 하나로 평생을 살아온 마담 소피아는 비틀거리며 옆의 의자에 주저앉았다.

사건의 피해자이자 가해자인 넬은 어쩌지도 못하고 훼일카드민과 마담 소피아를 번갈아 바라보았다.

"이틀 뒤, 황성으로 들어가니 좀 더 신경을 써주게."

"이분께서도 황태자비 후보이신 겁니까?"

훼일카드민의 말에 마담 소피아는 기겁했다.

"에일린은 나의 동생이자 데카리온 가문의 소중한 공녀다. 에일린 외에 어떤 여자가 데카리온 가문의 명예를 드높일 수

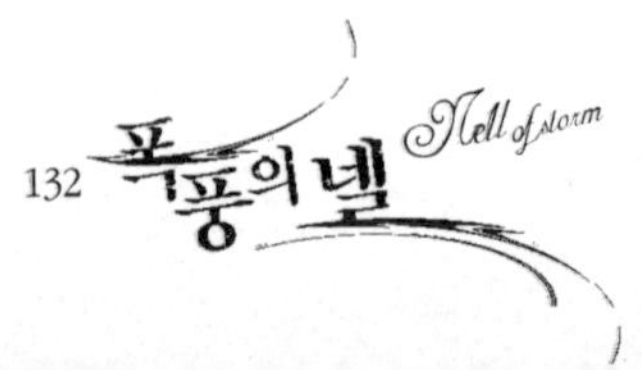

있다는 건가.”

마담 소피아는 할 말을 잃고 고개를 수그렸다.

‘이 나라가 드디어 망하려는 건가.’

훼일카드민은 조금의 흐트러짐 없는 태도로 일관했다.

둘의 대화에 당황한 건, 값비싼 프릴로 만들어진 누더기를 입고 전신 거울 앞에 선 넬이었다.

“자, 잠깐만. 그게 뭔 소리야…… 요!”

“뭐지? 에일린, 다른 사람이 대화를 할 때 끼어드는 것은 상당히 무례한 일이다. 아무리 네가 아름답고 소중하다 해도.”

“컥!”

“오늘이 이 늙은 것이 죽는 날이로구나.”

“흠.”

넬과 마담 소피아의 행동이 마음에 들지 않는지 훼일카드민이 작게 신음을 토했다.

넬은 비틀거리다가 앞에 놓인 전신 거울을 껴안았다. 그 커다란 전신 거울이 넬의 품에서는 손거울처럼 작디작게 느껴졌다. 그 모습에 마담 소피아는 다시 한 번 현기증을 느끼며 의자에 쓰러지듯 엎어졌다.

‘저, 저런 덩치에게 나의 아름다운 컬렉션들을 입히려 했다니! 내 아름다운 컬렉션들이 결국 제대로 피어보지도 못하고 사그라지는구나.’

이미 수십 벌이 누더기가 되어 주변 바닥에 늘어져 있다.

다른 공녀들이 보면 그 조각이라도 가지고 싶어 안달을 낼 터. 소피아는 상황이 허락만 된다면 당장이라도 그 옷 조각들을 껴안고 엉엉 울고 싶었다. 체면이고 뭐고 다 던져 버릴 수 있을 만큼 처참한 심정이었다.

"방금 황태자비 후보라니? 그게 무슨 소리야…… 요?"

"내가 말하지 않았던가?"

"저, 전혀…… 요!"

"그렇군. 내가 말을 안 했었군."

홀로 고개를 끄덕이며 수긍하던 훼일카드민은 마치 아침밥 먹었느냐는 말투로 답했다.

"제국의 사대 제후 가문은 대대로 장차 황제가 되실 황태자 전하의 황태자비 후보로 가문 내의 공녀를 한 명씩 입후보시킨다."

넬운 잘 알고 있다는 듯 열심히 고개를 끄덕였다. 여차하면 오늘부터 당장 예절, 교양 수업을 시킨다고 나설지도 모를 일이었다.

'그런데 그게 나랑 무슨 상관있냐고요!'

넬은 어깨가 간지러워 손으로 벅벅 긁었다.

찌이익.

물론 어깨 위에 얹혀 있던 옷이 찢겨져 나갔다.

"허억!"

옆에서 다시 숨넘어가는 소리가 들렸지만 넬은 무시했다.

"데카리온 가문에서도 당연히 황태자비 후보로 공녀를 입후보해야 하지 않겠느냐."

"그, 그렇지요."

"그리고 손이 귀한 우리 데카리온 가문에서 현재, 황태자비 후보가 될 수 있는 공녀는 단 한 명뿐이지."

"그, 그럴까요?"

"그렇다."

"하하…… 하, 하하하…… 그, 그럼, 설마 밖에서 잘 놀고 있는 나를 새삼 찾으신 이유가……."

"공녀로서 제국의 황태자비가 되는 것보다 영광스러운 일은 없지, 안 그런가?"

"끄어어어어어어어억!"

"대화 중에 그런 기묘한 신음 소리를 내는 것은 예의가 아니다, 에일린."

"으아아아아악!"

훼일카드민은 오크 먹따는 소리를 내는 넬에게 주의를 주었다. 하지만 넬의 귀에는 훼일카드민의 진심 어린 충고가 들리지 않았다. 넬은 옷 조각 위를 미친 듯 굴러다니며 머리를 쥐어뜯었다.

"내가 황태자비 후보라니! 이 무슨 소금물로 드래곤 똥구멍 쑤시는 소리야!"

"공녀님, 지금 무슨 짓입니까! 나, 나의 컬렉션들이!"

“으아아아악! 이건 있을 수 없는 일이야! 나는, 나는 건장한 남자란 말이다!”

“나의 컬렉션들이, 나의 컬렉션들이!”

가게 안은 금세 난장판이 되었다. 이성을 잃은 넬은 미친 듯 움직이며 잘 걸려 있던 옷들까지 모조리 엉망진창으로 만들어 놨다. 큰 실의에 잠겨 있던 마담 소피아는 기겁을 하며 넬에게 달려들었다.

“누, 누가 이딴 거 입을 줄 알아!”

“뭐하는 짓입니까! 동제후 각하, 어서 말려주세요!”

마담 소피아는 방방 뛰며 넬의 뒤를 쫓아다녔지만, 거대한 넬을 막기란 무리였다. 사방팔방으로 날리는 찢겨진 드레스 자락이 마담 소피아를 기절 직전까지 몰고 갔다.

“이런 미친 세상! 나는 하룻밤에 다섯 여자도 상대할 수 있는 제국의 자랑스러운 건아란 말이다!”

그 아수라장 속에서도 훼일카드민은 꿋꿋하게 소파에 앉아 우아하게 자세를 잡고 펼쳐지는 광경을 그저 바라만 보았다.

“많이 놀랐나 보군. 이렇듯 기뻐하니, 나도 기쁘다. 마녀의 마법이 조금 독한 것 같지만 제국 제일의 공녀에게 이 정도의 티는 아무것도 아니지.”

훼일카드민, 그는 진정 흐뭇해 보였다. 비록 표정은 가면에 가려 보이지 않았지만.

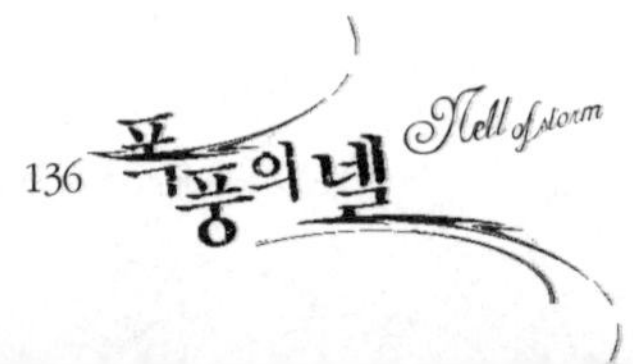

4

　프릴과 꽃향기가 가득한 분홍색 방. 자신을 위해 준비된 그곳에서 넬은 여전히 이방인이었다. 종일 훼일카드민에게 끌려 다녀 지쳤지만 결코 분홍색 침대에 눕지는 않았다. 구석에 웅크려 새우잠을 잤다. 화장대에서 뽑은 호신용 몽둥이를 소중히 품은 채로.

　하늘 꼭대기에 하얀 달이 걸려 있는 깊은 밤, 침까지 질질 흘려가며 곤히 졸던 넬은 눈을 번쩍 떴다. 눈꺼풀엔 채 도망가지 못한 잠기운이 덕지덕지 끼어 있었다.

　넬은 몽둥이를 지팡이 삼아 더듬더듬 방 안을 걸어 옷 방 앞에 섰다. 옷 방 앞에만 서면 잠기운이 단번에 달아났다.

넬은 옷 방의 문을 활짝 열었다.

어둠 속에서 드레스와 보석이 반짝반짝 빛을 내고 있었다. 창 너머로 쏟아지는 달빛 덕택에 은은히 빛나기까지 했다. 그것들을 바라보는 넬의 얼굴에 음울한 그림자가 드리워졌다. 두 눈이 퀭하게 패여 안 그래도 험악한 얼굴이 더 괴기스러워 보였다.

옷 방에 가득한 드레스는 모두 지금까지의 것들과는 차원이 달랐다. 모두가 넬을 위해 특별 제작한 특대 사이즈 드레스들이다. 드레스의 대부분이 넬이 입을 수 있는 것들이었다. 물론, 넉넉하게 맞는 드레스는 없었다. 특별 제작이라도 한계는 있는 법.

'안 돼, 이러다간 정말로 공녀가 될 지도 몰라. 나, 넬 에이어가 황태자비 후보라니! 이럴 순 없어. 이럴 순 없다고!'

옷 방의 문을 있는 힘껏 발로 찼다.

쾅!

문이 부서질 듯 요란한 비명을 지르며 닫혔다. 넬은 이글이글 타오르는 눈빛으로 옷 방을 노려보며, 두 주먹을 꼭 쥐었다.

더 이상 죽었는지 정말 살아 있는지 연락조차 없는 용병대 동료들을 기다리고 있을 수는 없다. 동료들이 구하러 달려오리라는 믿음은 변하지 않았지만.

계속 기다리고 있다가는 정말 공녀가 되어 드레스를 입고

하하, 호호 웃으며 황태자비 후보로 황성에 갇힐지도 모른다. 그렇게 되면 탈출은 영영 머나먼 이야기가 될 것이다.

지금까지 수없는 탈출 시도가 실패로 돌아간 건 탈출에 전력을 다하지 않아서다. 넬은 스스로를 위로했다. 훼일카드민에 대한 막연한 두려움과 동료들을 믿는 마음, 그리고 집중력 부족. 이 삼박자가 어긋났기 때문이리라.

'오늘은 반드시 탈출하리라!'

훼일카드민에 대한 두려움을 애써 잊는 거다. 동료들 따위 무시하고, 탈출에 전력을 다할 것이다.

넬은 눈을 번쩍 빛내며 문으로 몸을 날렸다. 어둠 속에서 바람과 같이 달렸다. 발자국 소리는 조금도 나지 않았다.

'나는 동서 대륙을 합쳐 채 천 명도 되지 않는 에이어 급 용병이다. 그 에이어 급 용병들 중에서도 최고인 사내, 유쾌한 폭풍 넬 에이어!'

넬은 불안한 마음을 잠재우고자 한껏 용기를 끌어올리며 문을 열었다. 복도는 벽에 드문드문 등불이 달려 있어 어스름했다. 넬은 긴 그림자를 드리우며 복도를 달렸다.

넬은 벽에 몸을 붙인 채 그 거대한 덩치가 믿겨지지 않을 만큼 날래게 움직였다. 그와 그림자 중 어느 것이 그림자이고 어느 것이 정말 넬인지 쉽게 알아채지 못할 정도였다.

막, 복도의 커다란 창문을 조심스럽게 열고 저택 밖으로 뛰어내렸을 때였다.

안전하게 착지해 주변을 살피던 넬의 눈에 점점이 불빛들이 보였다. 덜컹이는 쇠 부딪치는 소리와 함께 소란한 외침도 들렸다. 불빛들은 점점 넬을 향해 가까워졌다.

"제기랄!"

넬은 급히 그들과 정반대되는 쪽을 향해 달렸다.

"공녀님 잡아랏!"

"절대로 놓치면 안 된다!"

불빛들은 넬을 발견하자마자 크게 소리 지르며 그를 따라 뛰었다. 덜그럭 덜그럭. 갑옷 소리가 요란하게 들렸다. 단순한 수비 병졸이 아니라 기사급인 듯했다.

'기다렸다는 듯 나타나다니.'

넬은 이를 악물고 마냥 달렸다.

추격자들은 금세 넬에게 따라 붙었다. 정말 갑옷을 입고 있는지 의심스러울 정도로 빠르게 넬을 추격해왔다.

"제기랄!"

등 뒤에서 발자국 소리가 가깝게 들리자 넬은 갑자기 멈춰서 추격자들을 마주했다. 그리고 다짜고짜 들고 있던 몽둥이를 그들에게 휘둘렀다.

퍽!

넬이 멈춰 설 것을 예상치 못한 기사들은 계속해서 달리다가 넬의 몽둥이 은총을 내리받았다.

가장 앞서 달려오던 기사는 넬의 몽둥이에 투구를 맞고 근

처의 나무까지 날아가 처박혔다. 다른 두 기사는 동시에 어깨
와 배를 얻어맞고 그 자리에 꼬꾸라져 뒤따라오는 동료들에
게 무지막지하게 밟혔다.

"히이익!"

"공녀님이 공격을 해온다. 모두들 주의해라!"

"맞붙으려 하지 말고 무조건 피해. 맞으면 죽는다!"

기사들은 넬을 둥그렇게 감싸며 조금씩 거리를 좁혀 왔다.
맹수를 잡는 듯 신중하기 이를 데 없는 행동이었다.

몇몇 기사들이 들고 있는 횃불 덕택에 갑옷에 그려진 문양
이 보였다. 철십자 기사단의 문양이다. 저택을 지키는 동제후
의 사설 기사단 기사들이 아니었다.

'이름값 하는 건가? 얘네들이 좀 낫군.'

좀 때리려고 하면 병든 노모, 고생하는 마누라, 배고파 우
는 자식들 운운하며 울고불고 난리치던 저택 수비 기사들을
생각하면 이가 갈렸다.

넬의 마음이 더없이 곱고 따뜻하다 믿어 의심치 않은 훼일
카드민의 안배였다. 일부러 입만 살아 나불대는 기사들만 골
라 넬의 탈출 저지 임무를 맡긴 것이다.

확실히 팔다리에 매달려 엉엉 우는 막무가내들을 떨쳐 내
는 건 결코 쉬운 일이 아니었다.

오늘도 그들과 마주칠까 걱정했다. 그래서 최대한 조심스
럽게 움직였다. 그들과 마주치지 않는다면 탈출할 수 있는 확

률은 배로 높아질 터이니 말이다.

그런데 어찌 된 영문인지 오늘은 철십자 기사단이 떼거지로 넬의 탈출을 막아서고 있었다.

'차라리 이놈들이 나을지도. 몇 놈만, 몇 놈만 작살내주마!'

몽둥이를 움켜잡은 손에 진득하니 땀이 배었다. 오랜만에 유쾌해졌다. 유쾌한 용병 넬 에이어로서의 투지가 끓어올랐다. 공녀랍시고 갇혀 지내왔던 분노와 스트레스가 폭발하니 눈에 뵈는 게 없었다.

"다 죽어라!"

휙휙.

넬이 휘두르는 몽둥이에서 바람 소리가 났다. 어둡다하나 달빛이 주변을 환하게 비추고 있었다. 그러나 기사들은 몽둥이의 움직임을 따라잡지 못했다. 몇몇 기사들은 위협을 느끼고 뒤로 물러섰지만, 많은 기사들은 넬의 요란한 움직임에 코웃음 치며 달려들었다. 그것이 노련한 기사와 아닌 기사의 차이였다.

"날 원망하지는 말고, 원망은 네놈들의 단장에게 돌려랏!"

넬은 달려드는 기사들에게 힘껏 몽둥이를 내려쳤다. 기사들이 감히 검은 휘두르지 못하고 방패만 들고 있었기에 넬은 마음껏 공격할 수 있었다.

퍽!

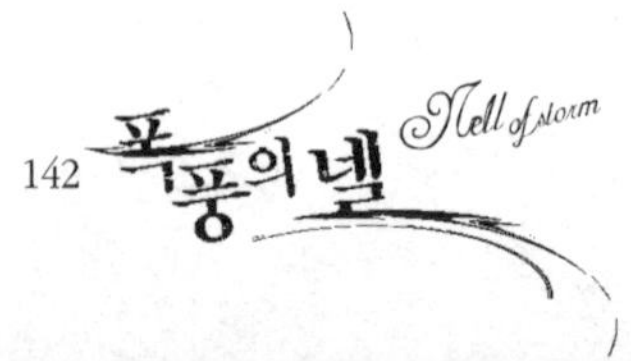

"억!"

퍽!

"으아악!"

갑옷도 넬의 공격을 모두 막아낼 순 없었다. 넬의 강한 한 방에 투구와 갑옷이 찌그러지기 일쑤였다. 넬의 공격을 받은 기사들은 단말마의 비명을 지르며 쓰러졌다. 이에 기사들은 분노하며 동료의 원한을 갚기 위해 사납게 달려들었다.

만일 기사들이 검을 들고 있었다면 넬이 이렇게 선전할 수는 없을 것이다. 기사들의 임무는 어디까지나 도망치는 괴물 공녀를 저지하는 것이다. 넬의 목표는 이 죽일 놈의 기사들을 쓰러뜨리고 도망가는 것이다. 무기와 의욕의 차이가 심했다.

대여섯 명의 기사들은 넬의 공격을 받고 바닥에 쓰러져 대굴대굴 굴렀다. 이에 기사들은 개별 공격을 자제하며 넬을 압박해 들어왔다. 기사들은 서로 협력하여 넬의 공격을 피하거나 흘렸다.

그들은 제국 최강의 기사단이다. 실수를 만회하여 승기를 잡는 데는 이골이 난 기사들인 것이다. 그들을 홀로 상대하는 넬은 초반과 달리 점점 밀리기 시작했다.

기사들은 한마음 한뜻이 되어 넬을 공격했다. 공격이라고 해봤자 손에 든 방패로 내려찍거나 미는 수준이었지만, 티끌 모아 태산이었다. 기사들의 단결된 힘은 거대한 넬을 넘어뜨릴 정도로 강력했다.

결국 넬은 견디지 못하고 엉덩방아를 찧으며 바닥에 쓰러졌다.

"우와아아아!"

"어서 공녀님 도망 못 가게 눌러!"

기사들은 환호하며 넬 위에 차곡차곡 몸을 던졌다. 넬을 기초로, 기사들의 높은 탑이 쌓였다.

"커억!"

그 모든 기사들의 몸무게를 다 감당해 내야 하는 넬은 손발로 바닥을 치며 연신 항복을 외쳤다. 기사들은 못들은 척 함성만 질러댔다.

넬을 생포하되 공녀의 품위에 손상되지 않게 묶거나 때리지 말라는 훼일카드민의 엄명이 있었다. 기사들은 넬을 묶지 않은 채로 도망치지 않게 잡아둘 방도가 생각나지 않았다.

고민하던 기사들은 어느 한 순수한 기사의 건의로 그간 쌓아온 명예와 권위를 잠시 달빛에 맡겨두고 어릴 적 동심으로 돌아갔다.

넬이 한참을 괴로워하며 헐떡이고 있을 때, 훼일카드민이 나타났다. 훼일카드민의 하얀 가면이 달빛을 받아 빛났다. 하늘의 달이 지상으로 떨어져 둥둥 떠다니는 것 같았다. 넬은 태어나 처음으로 그 달덩이 같은 가면이 반가워졌다.

"사, 살려줘…… 요! 오…… 라버니!"

넬은 허우적거리며 훼일카드민에게 구원의 손길을 내밀었

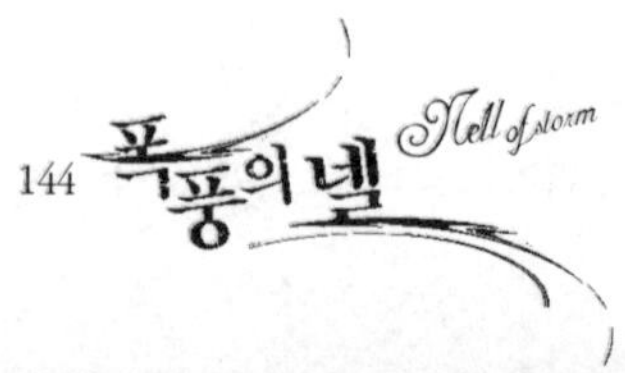

다. 허공에서 간절하게 파닥거리는 넬의 두툼한 손이 훼일카드민에게 닿을 듯 말듯 아슬아슬했다.

"흠."

훼일카드민은 달밤에 산책 나온 듯 여유로웠다. 사랑하는 여동생의 위기를 보고도 어찌 이리 담담할 수 있을까. 넬은 입에 게거품을 물며 비명을 질러댔다.

"어서 이것들을 치워줘! 제발!"

기사들과 그들의 갑옷 무게는 어마어마했다. 그것들이 한꺼번에 짓누르는 느낌은 당해보지 않은 사람은 모르리라. 오장육부가 위에 입과 아래 입으로 쭉 하고 빠져 나올 것 같은 불안감과 갈비뼈가 부러질까 숨도 제대로 못 쉬는 답답함을.

넬의 간절함이 통한 것일까? 훼일카드민이 넬에게 다가왔다. 넬 위에 높다랗게 쌓인 기사들은 저마다 손으로 경례를 함으로써 훼일카드민을 향한 경의와 존경을 표현했다.

"나의 아름다운 누이여. 데카리온 가문의 소중한 공녀, 에일린."

훼일카드민은 한쪽 무릎을 세운 채로 앉으며 넬과 눈높이를 마주했다. 당장이라도 숨이 넘어갈 듯 절박한 넬으로서는 미치고 환장할 노릇이었다.

"으아악! 그런 느끼한 말은 집어치우고, 일단 나부터 좀 꺼내 달란 말이다!"

"뭐가 부족하지? 뭐가 부족해서 도망치려 하는 거냐."

“허억, 헉!”

넬의 얼굴이 시퍼렇게 질렸다. 숨쉬기도 힘겨운 상황이었다.

“너의 고결한 마음을 드레스 몇 벌과 보석 몇 개로 잡을 수 있으리라고는 생각하지 않았다. 에일린, 말해 봐라. 원하는 게 뭐지?”

“허억, 내가 원하는 건…….”

‘당장 이놈들을 내 위에서 치우는 거다!’

넬은 부들부들 떨며 훼일카드민을 올려다봤다.

“지금 내가 원하는 건 딱 두 가지야. 당장 오, 라버니의 부하들을 내 위에서 치우는 것과 자유! 내가 원하는 건 자유야. 귀족 생활 따위 원하지 않아!”

“……”

넬의 대답이 의외였던 걸까? 훼일카드민은 잠시 뜸을 들이더니 말했다.

“그런 말을 쉽게도 하는구나.”

“나는 귀족이 아니니까. 나는 오…… 라버니와 다르다고!”

‘이왕 깔려 뭉개 죽을 팔자라면 죽기 전에 할 말이나 다하고 죽자.’

훼일카드민이 영 자신을 구해줄 기색이 아님을 눈치 챈 넬은 자포자기한 채 바락바락 소리를 질렀다.

“아니, 넌 귀족이다.”

훼일카드민은 높낮이 없는 목소리로 넬의 말을 정정했다.

"아니야."

넬은 반박했다.

"난 귀족이 아니야!"

"넌 에일린 데카리온이다. 나의 단 하나뿐인 여동생이며 데카리온 가문 최고의, 아니 이 제국 최고의 공녀다. 그만 현실을 인정해라, 에일린."

훼일카드민은 자리에서 벌떡 일어섰다. 이제야 기사들을 치워주고 구해주려는 걸까. 넬은 일말의 희망을 담아 훼일카드민을 따라 목을 최대한 꺾어 올렸다.

하지만 훼일카드민은 그런 넬의 간절한 소망을 저버리고, 한 손으로 기사들의 탑을 잡고 넬을 내려다보았다. 훼일카드민은 달빛을 받아 한 폭의 그림처럼, 조각처럼 아름다웠다.

"너는 왜 도망치려고 하는 거지?"

훼일카드민의 목소리는 쓸쓸했다. 철십자 기사단의 기사들마저 버둥대며 신음하던 걸 일제히 멈추고 훼일카드민을 살필 정도로.

"내겐 오직 두 부류의 인간이 접근한다. 나를 우러르는 자, 나를 경멸하는 자. 나는 나를 우러르는 자에게 걸맞은 대우를 해준다. 하지만 나를 경멸하는 자는 나도 경멸한다. 사정없이 짓밟지. 나를 모욕하는 자는 그 누구도 용서하지 않는다."

훼일카드민은 잠시 숨을 고르더니 말을 이었다.

"그런데 .너는 모욕에 도망치려고까지 하고 있다. 에일린, 네 몸에 흐르는 피에 부끄러운 줄 알아라. 너의 몸에 흐르는 피의 반은 위대한 데카리온 동제후 가문의 것이다. 그 누구보다 고귀하고 영광스러운 피임을 명심해라."

"크윽!"

철저히 귀족다운 귀족의 말에 넬은 대꾸할 말을 잃었다. 뭐라 말해야 하는 걸까. 철저히, 뼛속까지 귀족인 귀족에게.

"나는 너를 믿는다."

훼일카드민은 허리를 숙여 넬의 머리를 쓰다듬어 주었다. 그리고는 휙 하니 몸을 돌려 어둠 속으로 사라졌다.

"……."

"……."

넬과 기사들은 모두 멍하니 사라지는 훼일카드민의 뒷모습을 바라보았다.

"아악! 으아아악!"

잠시 후, 뒤늦게 정신을 차린 넬은 그나마 자유로운 주먹으로 땅바닥을 퍽퍽 치며 가버린 훼일카드민을 애타게 불렀다.

"이것들은 치워주고 가야지. 정말 날 죽일 셈이냐. 이 망할!"

분노가 머리끝까지 차올라 폭발했지만, 그래도 넬은 마지막 선을 넘을 수는 없었다. 생명은 단 하나뿐이고, 정말 소중한 거라는 걸 알고 있기에.

“이 망할…… 오, 라버니야!”

* * *

“이 망할…… 오, 라버니야!”

넬의 목소리가 쩌렁쩌렁하게 울렸다. 그 목소리는 훼일카드민에게도 닿았다. 훼일카드민은 걸음을 멈추고 뒤를 돌아보았다. 이미 넬과 기사들은 보이지 않았지만 훼일카드민은 마치 그들을 보듯 오랫동안 어둠 속에 서 있었다.

“짓궂으시네요, 단장.”

훼일카드민의 등 뒤, 한 남자가 기척도 없이 모습을 드러냈다. 나무 뒤에 서 있었던 듯 나무에 등을 기댄 채였다.

“레니언 프리델트.”

훼일카드민은 그의 존재를 눈치 챈 듯 담담하게 그를 불렀다.

“옙, 단장!”

레니언은 쾌활하게 대답하며 앞으로 휘적휘적 걸어 나왔다. 훼일카드민은 몸을 돌려 그를 마주했다.

레니언은 훼일카드민의 철십자 기사단 소속의 기사로, 어깨까지 닿는 밝은 갈색 머리카락과 맑은 녹색 눈을 가진 잘생긴 청년이다.

“한동안 안 보여서 플레어 부단장이 걱정하더군. 작센 자작도."

"아아, 잠시 종교에 귀의했었거든요. 세상의 진리와 이치를 알고 싶었다고나 할까요?"

"그런데 그게 잘 안 됐나 보군."

"이런. 단장은 내게 너무 관심이 많은 것 같아. 나에 대해서 모르는 게 없다니까."

레니언은 곤란스럽다는 듯 팔짱을 낀 채 고개를 설레설레 저었다. 훼일카드민은 별다른 부정 없이 화제를 돌렸다.

"에일린은 보았나?"

"기대 이상이었습니다."

레니언은 어깨를 으쓱이며 대답했다. 얼굴에 웃음기가 가득했다.

"당연하지. 데카리온 동제후 가문의 공녀이며, 제국에서 가장 존귀한 여인이 될 나의 여동생이다."

훼일카드민은 진지하게 레니언의 말을 받아쳤다.

"나는 에일린을 황태자비로 만들 것이다. 황태자께서 제국의 주인이 되는 그날, 그 곁에 설 여인은 에일린뿐이다."

"확신하시는군요."

"나의 여동생, 데카리온의 공녀가 아니라면 그 누가 황태자 전하의 곁에 설 수 있지? 황태자 전하의 옆자리에 어울리는 여자는 오직, 에일린뿐이다."

레니언은 어색하게 웃으며 대답을 얼버무렸다.

"하지만 에일린은 황태자비 후보로서, 황태자비로서, 미래의 황후로서는 아직 어려. 아름답고 순수하며 고결하나 너무 착하고 여리지. 황궁의 암투에 맞서기엔 아직 부족해."

"아름답다라……."

레니언은 훼일카드민의 말을 음미하며 이마의 땀을 닦았다. 훼일카드민은 레니언의 불손하다고도 할 수 있는 행동과 말은 아랑곳하지 않았다.

"에일린을 부탁한다."

휘익.

찬바람이 한줄기 날아와 훼일카드민의 가면을 휘감고 지나갔다.

"걱정 마세요, 단장."

레니언은 그 바람에 붙잡혀 날아가던 잎사귀를 가볍게 잡아채며 대답했다.

"단장의 소중한 공녀님은 내 소중한 공녀님이기도 하니까."

잎사귀를 비벼 바스러트린 레니언은 손을 털며 훼일카드민에게 말했다.

"그나저나 서제후와 남제후는 여전히 무슨 꿍꿍이가 있는 것 같은데, 그냥 놔둬도 괜찮겠습니까? 단장의 그 소중한 공녀님께 찝쩍거리면 어쩌시려고요?"

"훗."

바람결에 훼일카드민의 마른 웃음소리가 실렸다.

레니언이 잘못 들은 게 아닌지 고민하고 있을 때, 훼일카드민은 레니언에게 등을 보였다. 레니언도 따로 답을 바라지는 않은 듯, 훼일카드민의 답없는 등을 원망하지 않았다.

CHAPTER 4

마법에 걸린 제국 최강의 미녀

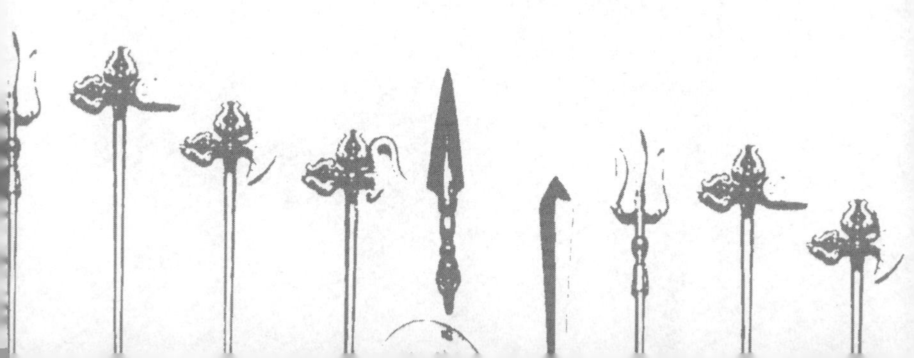

1

“…….”

“…….”

“정말로…….”

“아무 말도 하지 마!”

훼일카드민이 어렵사리 말을 꺼내려하자 넬은 곧바로 그
의 말을 잘라먹었다.

“남의 말을 중간에 끊는 것은 예의에 어긋난다, 에일린.”

“끊어 먹을 만하니까 끊은 거야.”

“그 새침한 말조차 네 아름다움을 가리지는 못하는구나.
나의 아름다운 누이여.”

“우아아악!”

“정말로 아름답구나. 세상의 모든 꽃들이 네 앞에서는 그 꽃잎들을 떨어뜨릴 것이다. 네 앞에서 함부로 아름다움을 뽐낼 수 없을 테니.”

“으아아아아악!”

“부끄럽다고 그렇게 수줍게 머리를 쥐어뜯지 말도록. 애써 준비한 머리 장식이 부서지고 있다.”

훼일카드민의 지적은 정확했다.

넬이 머리를 마구 쥐어뜯자 그의 손에 머리 장식들이 처참하게 부서지고 망가져 바닥에 떨어졌다. 조금 전까지 넬의 머리를 가지고 사투를 벌이던 미용사들과 하녀들의 얼굴이 하얗게 질렸다.

넬은 값비싼 마법 물약으로 매일 머리를 감으며 그 짧은 머리를 허리까지 길렀다. 하지만 전지전능한 마법 물약이라 하더라도 넬의 머리카락의 감촉까지 변화시킬 순 없었다. 빗자루에 비유한다면 빗자루가 화를 낼 정도로 넬의 머리카락은 뻣뻣하고 거칠었으며 절망적으로 엉망이었다.

하녀들은 매일 밤 목숨의 위협을 느껴야 했다. 훼일카드민의 분노를 두려워한 하녀들은 필사적으로 넬을 꾸미고 또 꾸몄다.

하루가 멀다 하고 보석들을 잔뜩 실은 마차가 동제후 저택을 오갔다. 귀부인들의 살롱을 기웃거리던 상인들은 발바닥

에 땀이 나도록 동제후의 저택 현관을 찾았다.

훼일카드민은 매일 어마어마한 양의 보석과 옷, 장신구들을 사들였다. 물론 끝없이 사들인 보석과 장신구들은 끝없이 망가져 갔다. 옷들은 말할 것도 없었다.

훼일카드민은 굴하지 않고 수도 아라디함 내의 명성 높은 미용사들을 모두 불러 들였다. 하녀들과 미용사들은 필사적으로 노력했다. 그 노력에 유일신 미켈롯, 혹은 네 마탑의 네 마녀들이 감복했는지 그녀들은 성공하고야 말았다. 넬의 머리를 가까스로 꾸며낸 것이다.

오늘 그 노력이 빛을 발했다. 화려한 머리 장식들로 재앙의 머리카락을 꼬고 틀어 올렸다. 제국 내에 생산되는 리본 중 가장 강력하다는 리본까지 그의 머리카락을 견디지 못했기에 질긴 붕대에 직접 색을 물들여 리본 대용으로 사용해야 했다.

그런데 지금, 넬이 스스로 그 머리를 망치고 있다. 냉기를 풀풀 풍기는 동제후만 없었다면 미용사들과 하녀들이 모두 달려들어 넬을 막았을 것이다.

똑똑.

닫힌 문밖에서 누군가의 노크 소리가 들렸다.

“동제후 각하, 밖에 마차가 당도했습니다.”

“곧 나가겠다.”

“예, 이미 준비는 완료되었으니 언제든 출발할 수 있습니다.”

그 말에 미용사들과 하녀들은 부들부들 떨리는 손을 치마 폭에 숨기며 훼일카드민을 바라보았다.

"조금 망가진 머리를 마저 정돈하고, 마담 소피아가 어제 보낸 드레스를 입히도록."

그녀들의 두 눈에서 뜨거운 눈물이 뚝뚝 떨어져 내렸다.

"제국 최고의 공녀를 보조한다는 감동은 모든 준비가 끝난 다음에 느끼도록."

훼일카드민, 그는 진정한 강적이었다.

넬은 눈물을 흘리며 차마 고개를 들지 못하는 하녀들에게 이끌려 다시 드레스 룸으로 사라졌다. 훼일카드민은 곁에 선 집사에게 뒷일을 부탁하고 마차가 준비되어 있는 밖으로 나갔다.

'십 년이 그리 짧은 시간이 아니지만 인간 한 마리(?)가 이토록 처참하게 변해버릴 정도로 긴 시간이었단 말인가.'

넬은 커다란 덩치가 우스울 정도로 맥없이 하녀들에게 이끌려갔다. 그러면서 넬은 십 년이라는 시간의 정당성을 고민했다.

'예전에는 저렇지 않았었던 것 같은데…….'

십여 년 동안 마음 가는 대로 살아왔던 터라, 새삼 머리를 굴리려니 눈앞이 침침해졌다. 그 침침함이 자신의 미래를 예견하는 것 같아 우울해졌다. 넬은 한숨을 쉬며 고개를 푹 숙였다.

그 틈을 노려 뒤따르던 미용사들이 넬의 커다란 뒤통수를 눈물이 글썽한 눈으로 노려보았다. 상대는 동제후 가문의 귀하디귀한, 자그마치 황태자비 후보이신 공녀다. 눈만 잘못 놀려도 그 대가로 목을 내밀어야 할지도 모른다. 하지만 그들의 슬픔은 권력에 대한 두려움으로 눌러질 만큼 가볍지 않았다.

이들이 누군가!

수도에서도 내로라하는 미용사들이다. 자신의 실력을 믿고 자존심을 세우며 살아온 이들이다. 단골손님들의 명단은 이름만 훑어보아도 기가 질릴 만큼, 가문의 귀공녀와 귀부인들로 채워져 있다. 그들의 머리를 예술작품으로 승화시키곤 했던 그들에게 지금의 상황은 지옥, 저주, 나락, 그 자체였다.

만일 넬을 자신들이 치장시켰다는 것이 수도 내에 소문이 퍼진다면, 지금까지 고고하게 지켜온 자존심은 산산조각날 것이다. 다행이라면 동제후 훼일카드민이 그들을 비밀리에 불러 모은 것이랄까.

함께 생고생을 해온 하녀들의 입단속을 시킨다면 비밀은 보장 될 듯도 했다. 혼자 살겠다고 다른 미용사들의 소문을 퍼트리기엔 이들은 함께 너무도 고생을 했다.

옷 방에 도착한 넬은 무시무시한 눈빛을 하고 자신을 치장하는 여인들의 손놀림에 몸을 떨었다. 특대형으로 맞춘 드레스를 홀딱 벗고 속옷 차림으로 여인들 틈에 서 있어야 했다. 여인들이 치장이란 미명 아래 넬의 몸을 더듬었다.

모든 남자들이 황홀해할 상황이지만 넬에게는 벗어나고
싶은 치욕이었다. 현실은 잔혹했다.

넬은 두 손으로 자신의 사타구니를 가렸다. 철 방패만큼 크
고 두툼한 그의 손은 훌륭하게 그의 중요한 부분을 사수했다.

넬은 지금 입고 있는 하얀 사각팬티를 사수하기 위해 목숨
을 걸어야 했다. 드레스는 어쩔 수 없다지만, 한 하녀가 떨리
는 두 손으로 내민 레이스와 프릴이 달린 화려한 삼각팬티에
넬은 절망했다.

그 천 조각을 벗기는 데에 익숙했을 뿐 그 어떤 격렬한 밤
에도 그것을 자신이 입게 되리라고는 꿈에도 상상하지 못했
었다. 그의 몸에 맞춘 듯 특대형의 그 팬티를 입지 않기 위한
넬의 사투는 참으로 처절했다.

하녀들이 드레스를 가져올 때까지 팬티 바람으로 전신 거
울 앞에 서 있어야 했던 넬은 자신의 몸을 살펴보며 새삼 서
글픔을 느꼈다.

'지금 내가 뭐하는 짓일까.'

고개를 돌려 창문을 바라보았다. 창 너머로 먼 산이 보였
다. 이름 모를 새 한 쌍이 서글피 울며 어디론가 날아가고 있
었다.

'하지만 어쩔 수 없단 말이다. 나는 그 인간 앞에만 서면
쪽도 못 쓰니까!'

천하의 유쾌한 폭풍 넬 에이어가 이런 꼴이라니. 만일 같은

용병대의 동료들이 봤더라면 내일 해가 서쪽에서 뜰 거라고 떠들고 다녔을 것이다. 넬 또한 지금 자신의 모습을 믿기 싫었다.

'십 년이 지났는데도 여전히 그 인간 앞에 서면 찍소리도 못하다니. 그 십 년 동안 난 아무것도 바뀐 게 없는 걸까?

갑작스럽게 자괴감이 밀려왔다.

마침, 드레스를 가지러 갔던 하녀들이 제국 최고의 디자이너 마담 소피아의 드레스를 들고 들어왔다. 마담 소피아가 몇 날 며칠 밤을 자신의 자존심을 뭉그러뜨리며 만들었을 블록버스터 급 초 특대형 드레스는 충분히 커 보였다. 넬이 몸을 집어넣고 단추를 잠글 때까지 옷은 어느 한구석도 뜯어진 데가 없었다.

한 하녀가 마지막 단추를 무사히 채우자, 하녀들이 다 같이 안도의 한숨을 내쉬었다. 그리고는 곧바로 양손에 머리 장식을 가득 들고 넬의 머리를 향해 달려들었다.

넬은 눈앞에 펼쳐진 우스꽝스러운 모습에 할 말을 잃었다. 전신 거울은 아주 솔직하게 넬의 지금 모습을 잘 보여주고 있었다.

'확 죽어버릴까.'

몸 가운데에 위치한 중요 부위가 똑 떨어져 바닥에 떼구루루 구를 것만 같았다. 수치스러웠다. 지금 당장이라도 주변의 여자들을 다 때려눕히고 어디론가 도망치고 싶었다.

‘아니, 아니야. 내가 왜 죽어? 끝까지 살아남아 벽에 똥칠을 해야지. 내가 뭘 잘못했다고 죽어야 돼. 참고, 살아남아 도망쳐야 해!’

넬은 오기를 불태우며 눈을 번쩍 빛냈다.

“동제후 각하께옵서 오래전부터 준비해 두고 계셨던 것입니다, 에일린 공녀님.”

넬이 슬며시 두 주먹을 불끈 쥐었을 때였다. 한 하녀가 조심스레 고급 벨벳으로 쌓인 상자를 두 손으로 들고 왔다. 상자를 열자 안에는 온갖 보석이 아름답게 세공된 장신구들이 반짝반짝 빛을 내며 자리를 잡고 있었다.

“엥?”

머리 장식을 마치고 이제 끝이라 생각했던 넬의 입에서 묘한 소리가 터져 나왔다. 하녀들은 물론 그 소리를 무시한 채 상자 안에서 장신구들을 꺼내 넬의 몸에 걸쳤다. 그 무게가 마치 족쇄 마냥 무겁게 느껴졌다.

“다 되었습니다.”

“우리가 해냈어!”

“흑, 우리가 해낸 거야.”

치장이 완료되자 하녀들과 미용사들은 서로의 손을 맞잡고 방방 뛰었다. 드디어 지옥에서 해방됐으니 오죽 기쁘랴.

‘그래, 마음껏 기뻐해라.’

비록 당하는 입장이지만, 넬 또한 어찌 그 마음을 모르겠는

가. 게다가 넬은 자기 자신을 잘 알고 있었다. 그들에 대한 엷은 연민과 자기 자신을 향한 깊은 동정심에 넬은 말없이 고개를 끄덕였다.

똑똑.

집사가 문을 두드렸다.

"동제후 각하께옵서 기다리고 계십니다. 준비는 다 되셨는지요."

"다 되었습니다!"

하녀들이 얼른 달려가 문을 열었다.

"크허헉!"

문이 열리자 안으로 들어오며 마음의 준비없이 무심코 넬을 보게 된 집사는 그 자리에 털썩 주저앉았다.

'괴, 괴물이다!'

"오오, 신이시여."

"집사님!"

놀란 하녀들은 얼른 그에게 다가가 부축했다.

"헉! 허억! 허억!"

집사는 얼굴이 하얗게 질렸다. 얼굴의 모든 주름이 팽팽하게 펴질 정도로 눈을 크게 뜬 집사는 넬을 향해 손짓하며 흐느꼈다.

"으헉, 으허허헉!"

두 눈에서 눈물이 흘러내렸다.

“으흐흐흐흑.”

집사는 수십 년 동안 수도 아라디함의 동 저택을 관리하며 가문의 사람들이 머무를 때나 머무르지 않을 때나 변함없이 집사로서의 사명을 다했다.

그렇기에 집사는 현재 자신의 임무를 알고 있었다. 집사는 거부할 수 없는 그 어마어마한 사명 앞에 무릎을 꿇을 수밖에 없었다.

“아, 아…… 아…….”

하지만 머리로는 알아도 마음이 거부하면 쉬운 것도 어려워지는 법. 입이 차마 떨어지지 않았다.

‘나는 아라디함의 동 저택을 관리하는 집사다. 데카리온 동제후 가문을 대대로 모셔온 뼈대 있은 핏줄이야. 나는, 나는 해야만 한다.’

그는 말해야 했다. 어마어마한 사명감이 그를 옥죄었다.

“정말로, 아, 아…….”

그는 동제후의 믿음직한 집사였으며 자신의 위치에 긍지를 가지고 있었다.

“아름다우십니다!”

집사는 울부짖었다. 마지막 사명을 마친 집사는 정신을 잃었다. 힘없이 고개가 꺾였다. 놀란 하녀들이 그를 붙들며 통곡했다.

“흑, 지, 집사님.”

"집사님, 죽으시면 안 돼요."

"정신을 차리세요."

주변이 금세 울음바다가 되었다. 긴장이 풀렸는지 하녀들이 본격적으로 훌쩍였다. 그나마 귀족 손님들을 많이 상대해 본 미용사들은 분위기에 휩쓸리지 않고 넬을 힐끔 힐끔 보았다.

괴물 같아도 공녀는 공녀다. 그냥 공녀가 아니라, 동제후의 공녀다. 지금의 모습은 분명 귀족 모독죄였다. 당장 단체로 목이 잘려도 그들은 억울하다는 말 한마디도 꺼내놓을 수 없었다.

"내가 언제 나보고 예쁘다고 말해 달랬냐?"

다행히 넬은 별로 화가 나 보이지 않았다. 다만 어이없는 듯 한숨을 푹 내쉬며 울고 있는 그들을 지나쳐 복도로 나갔다.

누구의 에스코트도 없이 긴 복도를 걸어 저택을 나섰다. 활짝 열린 저택의 문밖으로 한쪽 발을 내딛는 순간, 밝은 햇살이 환영하듯 반짝였다.

"흠!"

문 앞에는 화려한 마차 한 대와 마부, 몇 명의 기사와 훼일 카드민이 서 있었다.

"허억!"

"컥!"

“괴, 괴괴괴…… 괴물이다.”

기사들이 재빨리 훼일카드민의 앞에 서더니 그를 보호하며 허리춤에 손을 대었다. 기사들은 거의 동시에 칼을 뽑아 넬에게 내밀었다. 그들의 눈은 명백한 적의를 담고 있었다. 마치 사악한 괴물을 보는 듯했다.

“단장님을 지켜라!”

한 기사의 우렁찬 외침에 다른 기사들의 얼굴에 긴장이 감돌았다. 훼일카드민은 아무 말 없이 넬을 올려다보고 있었다.

'하기 싫다는 사람 억지로 붙들어 매놓고, 온갖 고문을 다 시켜놓고 뭘들 하는 짓이야.'

넬은 반복되는 다른 사람들의 반응에 기가 질려 고개를 설레설레 저었다.

'정작 그런 표정을 지어야 할 사람은 나라고.'

넬이 휘청대는 모습마저 위협적으로 보였는지 기사 한 명이 당장 넬에게 달려들었다.

“감히 데카리온 가문의 소중한 공녀에게 칼끝을 겨누는가!”

기사들의 등 뒤에서 사나운 호통이 터져 나왔다. 쇳소리가 섞인 목소리였다.

“다, 단장님.”

“단장님.”

기사들은 재빨리 몸을 돌려 훼일카드민에게 목례를 하며

사정을 설명하려 했다. 하지만 훼일카드민이 조금 더 빨랐다.

"감히 내 사랑스러운 여동생을 해하려 하다니."

"컥!"

"헉!"

훼일카드민의 말에 기사들은 화들짝 놀라며 훼일카드민과 넬을 번갈아 바라보았다. 믿을 수 없어 하던, 훼일카드민의 말에 황당해하던 기사들의 머리에 무언가가 반짝 스치고 지나갔다.

"그럼, 설마……."

"마, 말도 안 돼."

이미 넬과 기사들은 구면이었다. 기사들이 기억하는 평범한 사내…… 아니 좀 거대한 공녀였던 넬을 떠올리며 다시 넬을 바라보았다. 아름답게 꾸민답시고 꾸민 넬은 차라리 안 꾸미는 것만 못했다. 이제는 정말 빼도 박도 못하게 '괴물' 공녀의 모습이었다.

기사들이 침통한 목소리로 훼일카드민에게 용서를 구했다.

"그게 무슨."

"그게 아니오라……."

훼일카드민은 기사들의 주저하는 말을 단호하게 끊어냈다.

"듣기 싫다. 아무리 내 여동생이 예쁘다 한들, 에일린은 분명 데카리온 가문의 단 하나뿐인 공녀다. 곧 궁에 들어 황태자 전하를 뵐 몸이건만, 감히 불경한 마음을 품다니!"

휘청. 이번엔 기사들이 다리에 힘이 풀린 듯했다.

"감히 에일린을 보며 가져선 안 될 마음을 품다니. 그러고도 기사도를 지키는 기사라 할 수 있는가!"

"오, 라버니?"

넬은 얼른 사태를 중재하고 나섰다. 가만히 있다가는 평소처럼 한도 끝도 없는 그의 머릿속에 말려들어 갈지도 모를 일이었다.

"에일린, 걱정하지 말거라. 내가 설마 네 앞에서 잔인한 장면을 보이기라도 하겠느냐."

넬의 부름에 훼일카드민의 목소리가 금세 부드럽게 풀렸다. 목소리는 딱딱했으나 기사들에게 호통 치던 것에 비하면 살랑거리는 봄바람과도 같았다.

순식간에 바뀐 훼일카드민의 모습에 기사들은 함부로 놓쳐서는 안 된다는 기사의 자존심, 검을 바닥에 떨어뜨렸다.

윤기 도는 갑옷 위에 붉은색 망토를 두른 훼일카드민은 특별히 신경을 쓴 듯 흰 깃털로 장식된 투구를 쓰고 있었다. 여전히 얼굴이라든가 표정은 보이지 않았다. 하지만 방금 기사들을 상대할 때와 넬을 상대할 때와는 분위기 자체가 달랐다.

기사들이 잔뜩 굳은 채 움직이지 못하자 훼일카드민은 그들을 척척 헤치고 넬 앞에 섰다. 넬은 저도 모르게 몸을 떨었

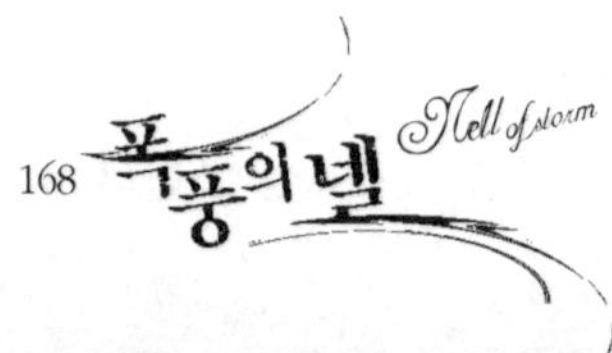

다. 훼일카드민은 그런 넬의 모습을 잠시 바라보더니 자신의 손을 내밀었다.

"내게 에스코트할 영광을 주겠나?"

"……."

'지금 이게 뭐하는 짓이다냐.'

기사랍시고 거들먹거리는 녀석들이 귀족 공녀가 마차에서 내리고 탈 때 하던 행동을 지금 훼일카드민이 자신에게 하고 있다. 그 모습은 기사랍시고 거들먹거리던 얼간이들과는 차원이 다르게 절도 있었지만 넬은 차마 그 손을 잡을 수 없었다.

'내가 왜!'

동료들과 함께 그 우스꽝스러운 모습을 얼마나 비웃었던가. 그런데 지금, 손을 내미는 것도 아니라 내민 손을 잡아야 하는 입장이라니.

"에일린, 나는 두 번 말하는 걸 싫어한다고 했다."

"예? 에…… 예. 오…… 라버니."

절대 잡지 않겠다던 굳은 결심도 훼일카드민의 말 한마디에는 오뉴월 햇살에 봄눈 녹듯 사라락 사라져 버렸다.

넬은 황급히 훼일카드민의 손에 자신의 두툼한 손을 얹었다. 갑옷을 걸친 훼일카드민의 손보다 넬의 손이 더욱 커보였다. 훼일카드민은 험하게 대하면 부러질 듯, 조심스럽게 넬을 에스코트해 그녀를 마차에 태웠다. 그리고 자신도 마차 안으로 들어갔다.

"출발."

문을 닫으며 훼일카드민이 나직하게 말하자, 굳어 있던 마부와 기사들이 후다닥 움직였다.

"출발 합니다요!"

마부가 익숙한 손놀림으로 채찍을 잡고 말들에게 내려치자 마차가 움직였다.

곧 화려한 마차 한 대가 철십자 기사들의 호위를 받으며 황궁을 향했다.

'씨바…… 아무라도 좋으니까 누가 나 좀 구하러 와주라.'

마차 안에서 넬은 기적을 바랐다. 아주 간절하게.

2

이디스 제국은 오 등분되어 있다. 수도를 포함한 중앙은 황제령으로서 황제가 직접 통치하며, 나머지 네 부분은 제후들이 나눠가지고 있다.

때문에 제국 내 무적의 권위를 가진 황제라 하더라도 제후에게 함부로 하지 못한다. 물론 제후가 황제의 권위를 넘볼 만큼 강력한 힘을 가지게 되어도 감히 황제의 자리를 넘보지 못한다. 그건 건국 때부터 내려오는 거스를 수 없는 신비로운 서약이요, 맹세다.

그 맹세를 변치 않고 이어지도록 하기 위한 여러 가지 제약 중 하나가 바로 제후들의 공녀 차출이다. 제국의 황태자가 혼인할 나이가 되면 사대 제후 가에서 각각 공녀 한 명씩을 황태자비 후보로 내세운다. 한 명이 황태자비가 되면 나머지 셋은 황태자의 후궁이 된다. 만일 적당한 나이의 공녀가 없다면 양녀를 들여서라도 내세운다.

건국 때부터 내려져온 이 관습은 제국의 가장 중요한 행사로 뿌리박혔다. 여러 가지 이득도 손해도 많지만 끝없이 내려져 오고 있다.

오늘이 바로 사대 제후들이 관습에 따라 각 가문의 공녀를 황태자비 후보로 내세우는 날이다. 사대 제후들이 한자리에 모이는 극히 이례적인 자리이며, 이 관습의 또 다른 묘미라 할 수 있다.

황궁의 모든 문이 활짝 열렸다.

사대 제후 가를 선두로 많은 귀족들과 호족들이 황성으로 몰려들었다. 귀족들은 자신의 딸이 황태자비 후보라도 되는 냥 잔뜩 흥분해 이야기를 나누고, 은밀히 내기를 걸기도 하며 커다란 홀을 가득 메웠다.

마련된 상석에는 황제 루트라크샤 3세와 황태자가 앉아 있다. 귀족과 호족들, 특히나 공녀들은 힐끔힐끔 상석에 시선을 던지면서도 쉽사리 가까이 가지 못했다. 이미 오늘의 연회는 주인공이 정해져 있는 장소이다. 함부로 나섰다가는 단단히 망신을 당할 터였다.

제국 내 모든 여성들의 선망의 대상인 이디스 제국의 황태

자 클라이츠 델 로스페도트 퀴렐 이디스. 황제와 황후 사이에
서 난 적통 황위 후계자로서, 루트라크샤 3세의 자식들 중에
서 유일한 아들이다.

황제에게는 클라이츠 외에 아들이 없으니 그의 위치는 확
고하고 변동이 없는 굳은 반석 위에 서 있는 것이나 마찬가지
다.

클라이츠는 지위뿐만 아니라 그에 상응하는 위엄과 자질
을 갖추고 있었다. 하지만 그보다 더 주목받는 것은 신이 유
독 정성을 들인 외모다. 새벽 햇살을 올올히 받아 달콤한 벌
꿀에 재운 듯 빛나는 금발과 영롱하게 빛나는 푸른 눈을 보고
설레지 않을 여인이 뉘 있을까.

모자랄 것 하나 없고 아쉬운 것 하나 없을 완벽한 황태자에
게 오늘은 중요한 날이다. 외로운 군주의 길을 함께 걸어가
줄 반려자를 만나는 날이니. 하지만 그의 얼굴엔 기쁜 기색이
한 톨도 없었다. 무료한 듯, 턱을 괴고 멀뚱하니 앞을 바라보
고 있었다.

"오늘은 너를 위한 날이다. 뭐가 마음에 안 들어 그러는 것
이냐?"

줄곧 인상을 펴지 않는 클라이츠를 보다 못한 루트라크샤
3세가 클라이츠의 팔을 툭 쳤다.

"마음에 안 드는 게 한두 가진 줄 아십니까?"

클라이츠는 피식 웃으며 대꾸했다. 클라이츠의 눈은 홀을

날카롭게 살피고 있었다.

홀에 가득한 귀족들은 웃고 떠들며 격이 없이 이 행사를 즐기는 듯했지만 보일 듯 말 듯 무리지어 있었다. 황제와 황태자의 상석과 가장 가까운 편에는 황제의 충신 릿페 백작을 중심으로 한 무리. 가장 화려하게 꾸민 세 공녀와 그들 곁을 지키는 각 제후들을 중심으로 세 무리들. 문 쪽으로 제일 밀려나 있고 조용해 보이지만 가장 단단한 결속력을 지니고 있는 한 무리. 현재 제국 내의 알력을 그대로 드러내주는 지도 같았다.

"반역씩이나 했던 서제후와 남제후의 세력이 저렇게나 강력하다니 참 묘한 일입니다, 황제 폐하."

"무슨 말이 하고 싶은 것이냐, 클라이츠."

"별다른 건 없습니다. 그저 신기해서 말입니다. 황제 폐하의 너그러운 아량 덕분에 저렇게나 서제후와 남제후가 떵떵거리는 것이 아니겠습니까?"

클라이츠는 귀족과 호족들의 은근한 무리 중 가장 시끄럽고 큰 두 무리를 턱으로 가리키며 말했다.

루트라크샤 3세의 얼굴에서 미소가 싹 사라졌다. 루트라크샤 3세는 굳은 얼굴로 클라이츠를 바라보았다. 클라이츠는 루트라크샤 3세의 눈빛을 피하며 웃음을 흘렸다.

"뭐, 폐하의 세력도 그리 작진 않습니다만."

"지금 나를 두 제후와 비교하는 것이냐!"

"비교라니요? 당치도 않사옵니다, 위대하신 황제 폐하."

"클라이츠."

루트라크샤 3세는 나직한 목소리로 클라이츠를 불렀다.

"왜 부르십니까, 황제 폐하. 아! 그리고 보니 황제 폐하께서 끔찍이 아끼시는 동제후가 아직 도착하지 않았군요. 어디서 양녀라도 데리고 와야 할 텐데, 일이 잘 풀리지 않았나 봅니다."

"무슨 말을 하고 싶은 거냐고 물었다, 클라이츠."

"아무 말도 하고 싶지 않습니다, 폐하."

"클라……."

루트라크샤 3세가 팔걸이 위에 올린 두 손을 주먹 쥐고 다시 한 번 클라이츠를 부르려 할 때였다.

"데카리온 동제후 각하와 그 여동생 에일린 데카리온 공녀십니다!"

우렁찬 시종의 소개와 함께 닫혀 있던 홀의 큰 문이 천천히 열렸다.

"여동생? 동제후에게 여동생이 있었나?"

"그런 말을 들은 거 같기도 하고, 아닌 거 같기도 하고."

"여동생이라니, 양녀를 들였다는 소문은 거짓인거야?"

소리없이 문이 열릴수록 귀족들의 술렁임은 더했다. 그 술렁임은 훼일카드민이 나타나자 거짓말처럼 잠잠해졌다.

검은 십자가와 검 한 자루가 엇갈린 문양이 흉금에 그려진 갑옷과 투구를 차려입은 훼일카드민이 모습을 드러냈다. 언제나처럼 그 위풍당당한 모습에 감탄을 내뱉던 귀족들은 자연스럽게 시선을 옆으로 옮겼다.

"쿨럭!"

우아하게 음료가 든 잔을 들어 올리던 한 귀족이 입에 머금은 음료를 내뿜었다.

"헉!"

화려한 깃털 부채로 입가를 가리고 조용히 웃던 한 귀부인은 부채를 떨어뜨리며 입을 쩍 벌렸다.

"엄마야~!"

어떤 어린 공녀는 저도 모르게 슬금슬금 뒷걸음질 치다 자신의 긴 드레스 자락을 밟고 그 자리에 엉덩방아를 찧어버렸다.

있어서는 안 되는 꼴불견이 연발했다. 평소 같으면 실수한 사람을 향해 사방에서 비웃음 섞인 걱정과 질타의 말이 날아들었을 것이다. 하지만 그러지 않았다. 주변의 다른 귀족들은 비슷한 실수를 범할 뻔했던 자신을 추스르며, 그들을 이해해주었다.

그 정도로 믿을 수 없는 광경이 눈앞에 펼쳐진 것이다. 모두들 자신의 시력을 의심했다. 모두는 두 눈의 눈알이 데굴데굴 굴러 떨어질 것처럼 휘둥그레졌다.

"괴, 괴물!"

"마녀?"

"……변태?"

모두들 눈앞에 벌어진 상황을 이해할 수가 없었다. 이해하고 싶지 않았다.

철갑옷의 훼일카드민보다 덩치가 큰 어떤 사람이, 아니 사람이 맞는지조차도 의심이 되는 무언가가 훼일카드민의 에스코트를 받으며 조신하게 걷고 있었다. 그 둘은 루트라크샤 3세와 클라이츠를 향하고 있었다.

유일신 미켈롯이 그의 가여운 신도를 위해 중간 해를 갈랐던 것처럼, 귀족과 호족들은 양쪽으로 좌악 물러서 길을 터주었다.

훼일카드민과 그 무언가가 황제 폐하와 황태자를 향해 한 발 한발 다가갈수록 그 현상은 더욱 심해졌다. 훼일카드민을 보자마자 반가운 얼굴로 다가가려던 이들 또한 몸을 떨며 멈칫거렸다.

"안 돼."

'동제후가 황제 폐하의 암살을?'

충신 릿페 백작은 다가오는 훼일카드민과 넬을 보며 순간 떠오르는 생각에 경악했다. 릿페 백작은 다시 한 번 훼일카드민과 '그것'을 확인하고는 허리에 찬 예식용 검의 손잡이를 단단히 움켜쥐었다. 당장이라도 훼일카드민에게 달려 나갈 듯 자세를 취하는 릿페 백작을 그 누구도 말리지 못했다.

훼일카드민과 넬은 단상에서 조금 떨어진 곳에 멈춰 섰다.

"후우."

루트라크샤 3세는 저도 모르게 한숨을 내쉬었다

"고귀한·피를 받들어 제국의 검이 된 훼일카드민 데르 류 데카리온이 황제 폐하와 황태자 전하를 뵙습니다."

훼일카드민은 한쪽 무릎을 꿇고 앉아 오른손을 왼 가슴 위에 올렸다. 그의 움직임에 따라 철갑옷도 덜그럭거리며 움직였다. 절도 있는 훼일카드민의 모습은 아이들이 동경하는 전설 속의 용사, 기사의 모습과도 같았다. 몇몇 공녀들이 앞의 큰 충격에서 벗어나 탄성을 내질렀다.

"짐은 제국을 지탱하는 굳건한 기둥인 그대를 반긴다, 동제후."

철커.

훼일카드민은 잠시 고개를 숙였다 들며 일어났다.

"감히 황제 폐하보다 늦게 도착한 것은 그렇다 치고, 옆에 그 이상한 건 뭐지?"

클라이츠는 루트라크샤 3세의 말이 끝나기가 무섭게 훼일카드민을 노려보며 물었다. 곁의 다른 사람들이 보기에도 분명히 깨달을 수 있을 만큼 적의가 느껴졌다.

"황태자 전하께옵서 동제후 각하께 저런 표정을?"

"황태자 전하께서 동제후를 좋아하지 않는다는 소문이 사실이었던 것 같군."

귀족들과 호족들은 그 광경에 저마다 소곤거리며 정보를 나누었다.

훼일카드민은 담담히 클라이츠에게 고개를 숙였다. 철투구를 통해 나와서인지 아니면 원래 목소리가 그러한지 약간 듣기 거슬리는 쇳소리가 섞인 목소리였다.

"소신이 감히 황제 폐하와 황태자 전하께 무례를 범한 점을 용서하여 주십시오. 또한……."

훼일카드민은 잠시 말을 멈추고 옆을 바라보았다. 클라이츠가 '이상한 거'라고 표현한 무언가가 훼일카드민을 내려다보고 있었다.

"에일린, 네 소개를 황제 폐하와 황태자 전하께 직접 해라."

"헉!"

"그런 숨소리는 아름다운 네 모습에 어울리지 않는다."

강력한 저항의 기세를 보내는 넬의 간절한 눈빛을 훼일카드민은 잔인하게 외면했다.

"나는 두 번 말하는 것을 싫어한다고, 여러 차례 말했다."

넬은 관절이 없는 목각인형처럼 딱딱하게 굳어졌다.

"예……. 오라…… 버니."

거대한 덩치에 어울리지 않게 조그만 목소리를 용케 알아들은 귀족들은 입에 거품을 물고 뒤로 쓰러졌다.

"오, 오라버니이이이이?"

"오라버니라고?"

"설마!"

귀족들 사이에 술렁임이 커져 갔다.

훼일카드민의 명을 받은 넬은 그 모든 소란을 두 귀로 고스란히 들으며, 양손으로 다소곳하게 드레스를 잡고 무릎을 살짝 굽혔다 피며 고개를 까딱였다.

"황제 폐하, 황태자 전하. 에일린 데카리온이 첫인사를 드립니다."

목소리는 힘이 듬뿍 들어가다 못해 살짝 떨리기까지 했다. 넬의 소개에 귀족들과 호족들의 소란이 주체할 수 없을 만큼 커졌다. 루트라크샤 3세와 클라이츠 또한 잠시 체면을 잊고 입을 쩍 벌렸다.

"에일린 데카리온?"

루트라크샤 3세는 믿을 수 없다는 듯 되물었다.

넬은 대답 대신 억지로 입가에 미소를 지으며 고개를 끄덕였다. 그 구겨진 얼굴이 굉장히 험악해서 루트라크샤 3세는 저도 모르게 두 눈을 감아버렸다.

"존경하는 황제 폐하, 그리고 황태자 전하. 에일린은 데카리온 가문의 단 한 명뿐인 공녀입니다. 데카리온 가문은 사랑스러운 에일린을 황태자 전하의 황태자비 후보로 추천합니다."

자신과 넬을 제외한 모두의 마음을 아는지 모르는지, 훼일

카드민은 담담했다. 그의 목소리 때문에 귀족과 호족, 황제와 황태자는 지금 눈앞에 펼쳐진 상황이 더욱 현실로 믿겨지지 않았다.

철갑옷을 갖춰 입은 훼일카드민보다 월등히 커다란 덩치에 어디서 용케 구했는지 엄청나게 크고 화려한 드레스를 입었다.

얇은 드레스 위로 드러나는 울퉁불퉁하고 두꺼운 팔뚝은 웬만한 공녀들의 허리통보다도 굵어보였다. 드레스는 당장이라도 터질 듯 위태로워 보였다. 척 보기에도 뻣뻣해 보이는 머리카락은 용케 머리 장식으로 뒤덮어 고정시킨 듯했다. 당장이라도 화살처럼 사방으로 뿜어나갈 듯 흔들렸다.

여타 괴물에 비교한다면 그 괴물을 모욕하는 말이 될지도 모를 정도로, 넬의 모습은 끔찍했다. 온통 리본과 보석이 달린 드레스와 머리 장식으로 치장된 괴물이라니.

루트라크샤 3세는 현기증마저 느껴졌다.

"도, 동제후."

루트라크샤 3세의 목소리가 덜덜 떨렸다.

"말씀하십시오."

훼일카드민은 오른손을 앞으로 내밀고 고개를 숙이며 루트라크샤 3세에게 예를 다했다.

"이곳은 황태자비 후보들을 위한 연회네. 자네는 무슨 이유로 이 즐거워야 할 연회를 망치려는 건가?"

"저는 망치려 하지 않았습니다. 단지 저의 소중한 동생을 황태자비 후보로 올리려는 것뿐입니다."

훼일카드민의 답은 간단명료했다. 군더더기 없는 말이었다. 하지만 홀 안의 모든 사람들은 군더더기가 필요했다.

"저게 내 황태자비 후보라고?"

클라이츠는 손가락으로 넬을 가리키며 물었다.

훼일카드민은 대답하지 않았다.

"왜 대답을 하지 않는 거지?"

"황태자 전하라 하더라도, 저의 사랑스러운 동생을 모욕하는 건 받아들일 수 없습니다."

쉿소리가 좀 더 섞인 목소리가 투구 밖으로 터지듯 쏟아져 나왔다.

"사, 사랑스러운?"

"사랑스러운 동생?"

클라이츠는 턱을 괴던 팔이 비틀 미끄러지며 순간 자세를 잃고 휘청댔다.

"각하!"

훼일카드민과 꽤 가까운 듯, 아까부터 간절한 표정으로 그를 바라보던 한 호족이 다급한 표정으로 두 주먹을 꼭 말아 쥐었다.

"지금 짐을 능멸하려 하는가!"

당황한 마음이 분노로 바뀐 듯, 루트라크샤 3세가 목소리

를 높였다.

시끌시끌하던 홀 안이 순식간에 조용해졌다. 아무리 네 명의 제후가 강력한 힘을 가지고 있다 한들, 지금 이 홀을 지배하는 주인은 제국의 황제인 루트라크샤 3세였다.

클라이츠는 작게 코웃음을 치며 그 모습을 바라보았다.

"에일린은 제국 최고의 미녀입니다."

"데카리온 동제후!"

"정녕 황제 폐하께옵서는 본질을 바라볼 수 있는 혜안을 잊으신 것입니까?"

훼일카드민의 목소리는 다시 담담한 톤을 유지했다. 섞여 나오는 쇳소리는 여전했다.

"제국 최고의 미녀?"

루트라크샤 3세의 얼굴이 처참하게 일그러졌다.

"데카리온!"

루트라크샤 3세는 목소리를 높였다.

"말씀하십시오."

일의 심각성을 모르는지, 훼일카드민은 여전히 변함이 없었다.

귀족들과 호족들은 숨을 죽이고 작금의 상황을 지켜봤다. 그들 틈에 껴 있던 다른 제후들과 황태자비 후보들은 눈을 빛냈다.

"자네는!"

루트라크샤 3세는 진정으로 분노한 듯했다. 반대로 훼일카드민은 그가 어째서 화를 내는지조차 모르는 듯했다.

"그렇게 흥분만 해서는 일이 풀리지 않을 것 같습니다, 황제 폐하."

루트라크샤 3세가 못내 흥분에 겨워 씩씩 거친 숨을 내뱉자 그 틈을 타 클라이츠가 조그맣게 속삭였다. 그러자 루트라크샤 3세의 얼굴이 딱딱하게 굳었다.

"클라이츠."

"제가 아는 한 데카리온 동제후 훼일카드민은 황제 폐하께 허튼소리를 할 귀족이 아닙니다만, 황제 폐하께옵서는 다르게 생각하시나 봅니다?"

홀 안에 모인 모든 귀족과 호족들은 황제와 황태자, 동제후와 데카리온 공녀를 주시하고 있다. 클라이츠는 그 점을 분명하게 일깨웠다. 훼일카드민은 그런 황제와 황태자를 주의 깊게 바라보았다.

"크흠흠."

루트라크샤 3세는 절대 자신의 감정에 충실한 군주가 아니다. 필요에 따라선 인내할 줄도 알며, 자신의 감정을 억누를 줄도 안다. 클라이츠가 무슨 말을 하려는지 깨달은 루트라크샤 3세는 급히 흥분을 내리누르며 숨을 골랐다.

"내가 보기엔 자네 옆에 서 있는 그……."

공녀라는 말이 차마 입 밖으로 나오질 않았다.

"크흠, 정녕 그 옆에 서 있는 자네 가문의 사람을 황태자비 후보로 올리겠단 말인가? 아니, 그전에 자네 옆에 선 이가 자네의 여동생이 분명하단 말인가?"

루트라크샤 3세는 천천히 이성을 되찾았다. 흥분으로 붉게 달아올랐던 머리가 차갑게 식어가며 비로소 주변이 보였다.

"예."

흥분을 가라앉히기 위해 장황하게 질문했던 루트라크샤 3세의 노력이 무색할 정도로 훼일카드민의 대답은 간단했다. 루트라크샤 3세도, 클라이츠도 말문이 막혔다.

다시 루트라크샤 3세의 두 손이 부르르 떨렸다.

"데카리온 동제후."

훼일카드민을 부르는 루트라크샤 3세의 목소리에 한기가 스민 듯 차가웠다.

"황제 폐하, 감히 말씀 중에 끼어드는 저를 용서하여 주시옵소서."

황제와 황태자에게 구원병이 등장했다. 곁에서 지켜보던 릿페 백작이 훼일카드민 옆에 무릎을 꿇고 고개를 숙이며 말했다.

"무엇인가, 릿페 백작."

아슬아슬하게 다시 이성을 되찾은 황제는 릿페 백작에게 일어서도록 지시했다. 릿페 백작은 감사의 인사를 다시 말한 뒤 일어섰다.

“제가 감히 황제 폐하를 대신하여 동제후 각하께 한 가지를 여쭈어 봐도 돼올는지요.”

“릿페 백작, 자네라면 충분한 자격이 있지.”

루트라크샤 3세는 반갑게 릿페 백작의 제안을 수락했다.

릿페 백작은 안도의 한숨을 내쉬며 훼일카드민을 바라보았다.

“동제후 각하.”

“말씀하시오.”

훼일카드민 또한 별다른 불만 없이 그의 부름에 답했다.

“다행히 저는 예전에 어딘가에서 동제후 각하께 여동생이 한 분 계신다는 이야기를 들었습니다. 제 기억에 의하면, 그분께서는 데카리온 동제후 가문의 유일한 공녀시며, 몸이 허약하셔서 먼 곳으로 요양을 가셨다고 했습니다. 맞는지요?”

“맞소.”

“감사합니다, 동제후 각하. 그렇다면 지금 동제후 각하 옆에 계신 공녀님께서 바로, 그 공녀님이신 겁니까? 불행히도 심미안이 어두운 제게는 에일린…… 공녀님께서 동제후 각하께서 말씀하시는 제국 최고의 미녀로 보이질 않습니다. 저뿐만 아니라 많은 이들이 그리 생각하며 궁금해 하고 있습니다. 동제후 각하, 부디 저의 무례를 용서하여 주시고 저를 비롯해 황제 폐하와 황태자 전하, 다른 귀족과 호족들의 의문을 풀어 주십시오.”

검술로도 유명하지만 지략으로도 유명한 릿페 백작답게 뛰어난 언변이었다. 릿페 백작은 루트라크샤 3세를 비롯해 홀 안의 모든 이들이 궁금해하는 것을 정확하게 집어냈다.

"음, 알겠소."

"감사합니다, 동제후 각하."

릿페 백작은 고개를 숙여 훼일카드민에게 감사를 전하고, 황제에게는 허리를 깊이 숙여 경의를 표하고 물러섰다. 적정한 때에 나서주어 적정한 때에 사라지는 자신의 충신을 바라보는 루트라크샤 3세의 눈은 더없이 따스했다.

"황제 폐하, 그리고 황태자 전하."

철컥.

훼일카드민이 한 발자국 앞으로 나섰다. 루트라크샤 3세와 클라이츠는 그런 훼일카드민을 내려다보았다. 훼일카드민은 고개를 돌려 넬을 바라보며 그녀의 한 손을 자신의 손으로 잡았다.

넬은 차가운 금속의 느낌에 움찔하면서도 그 손을 피하지 않았다. 투구의 안쪽은 전혀 보이지 않았지만 어째서인지 걱정하지 말라고 말해주는 것 같았다.

훼일카드민은 다시 고개를 돌려 황제를 바라봤다.

"제 동생은 마법에 걸렸습니다."

휘잉.

홀 안에 차가운 바람 한줄기가 휘몰아쳤다. 누구도 그 찬바람이 어디서 불어왔는지 알지 못했다. 다만, 훼일카드민이 그 찬바람을 몰고 왔다는 것만을 확신할 뿐이었다.

황제, 귀족, 호족을 막론하고 홀 안의 모든 사람들이 훼일카드민을 바라보았다. 특히나 넬은 온몸을 부들부들 떨며 자신의 굳건한 오라버니 훼일카드민을 노려보았다.

'미, 미친놈!'

넬은 두려웠다.

'설마 내가 말한 걸 그대로 믿은 거야? 내가 얼렁뚱땅 지어낸 말이 너무 어이가 없어서 날 비꼬기 위해 말했던 게 아니라, 그동안 진짜로 내 말을 믿었단 말이야?'

주변의 눈들만 없었다면 당장이라도 훼일카드민의 목을 휘어잡아 꺾어버리고 싶었다. 저 투구 속에 감추어진 입에서 어떤 말이 튀어나올지 그 누구도 모를 터였다.

넬은 뒤통수를 망치로 세게 얻어맞은 듯한 충격을 이기지 못하고 휘청거렸다. 그때 훼일카드민이 여유 있게 넬의 굵은 팔뚝을 잡아채며 부축했다.

"에일린, 네가 마법에 걸린 건 결코 네 탓이 아니다. 다만 네가 너무도 아름답기 때문일 뿐. 너 자신을 탓할 필요는 없다."

특별히 평소와 다를 바 없는 목소리지만 넬은 온몸에 오도독 닭살이 돋는 걸 느꼈다.

찌익. 물론 터질 듯 말 듯 간당간당했던 드레스의 어느 부

분이 비명을 내는 소리 또한 들렸다. 훼일카드민은 시퍼렇게
질린 넬의 얼굴을 봤는지 못 봤는지, 자신이 하고 싶은 말만
늘어놓았다.

'누구든 좋으니 제발 날 지금 이 상황에서 건져 줘!'

넬은 두 눈을 딱 감고 구원을 요청했다. 차마 닫히지 못한
두 귀로 훼일카드민의 목소리가 똑똑히 들렸다.

"혹여나 이 홀에 아직 데카리온이 자랑하는 에일린의 아름
다움과 기품을 믿지 못하는 분이 계실지도 모르겠습니다. 물
론 모든 분들께서 곧 어두운 눈을 뜨고 에일린의 아름다움을
깨달으리라 믿습니다. 왜냐하면 제 동생은 진정 제국 최고의
미녀이기 때문입니다."

털썩. 홀 안의 귀족들 중 비위가 약한 사람들이 허물어져
내렸다. 대기하고 있던 시녀들은 즉시 방수가 잘되는 봉투나
그릇을 들고 뛰어와 그들의 입 밖으로 터져 나오는 것들을 담
아냈다. 몇몇 연약한 공녀들은 끝내 눈을 감고 기절해 버렸
다.

훼일카드민은 그 모든 혼란 속에서도 꿋꿋했다.

"제 동생은 어렸을 적부터 병약하였으며 더불어 너무도 아
름다웠습니다. 그리하여 가문에서는 에일린을 동제후령 내
에서 가장 따뜻하고 아름다운 곳으로 요양을 보냈습니다. 그
런데 에일린을 위해서 한 그 행동이 에일린을 오히려 힘들게
했던 것입니다."

훼일카드민이 공식 석상에서 이렇게 말을 많이 하는 것은 처음 있는 일이다. 언제나 그의 입에서 나오는 말들은 거부감이 들 정도로 딱딱하고 단조로운 느낌의 것이나 문장이 채 이루어지지 않은 명령조의 것뿐이었다. 그런 훼일카드민이 여동생을 위해 길게 말을 늘어놓고 있다.

훼일카드민이 이만큼 말을 한다는 것도 어마어마한 일이건만, 그가 쏟아놓는 말에 사람들은 이 사실조차 깨닫지 못했다.

"그 근처에는 아슐리의 숲이 있었습니다."

"아슐리의 숲이라면?"

"서, 설마!"

무언가 짐작이 가는 듯, 귀족들의 반수가 경악했다.

"제 동생, 에일린은 숲의 아름다움에 이끌려 아슐리의 숲으로 발을 디뎠고, 아슐리의 마녀는 제 동생의 아름다움을 시기했습니다."

훼일카드민은 에일린의 손을 꼭 쥐었다.

"제 동생은 마법에 걸려 버렸던 것입니다. 에일린의 아름다움을 시기한 마녀의 사악한 마법에!"

훼일카드민의 길고 긴 연설이 끝났다. 그때까지 다행히 살아남은 사람들은 다들 믿을 수 없다는 눈빛으로 넬을 바라보았다.

'아무리 저주받은 아슐리 숲의 마녀라 하더라도…… 인간

190 폭풍의 넬

을 괴물로 바꿀 만큼 어마어마한 저주를 내릴 수 있단 말인
가?

'아슐리의 마녀가 미녀를 근육질의 변태로 바꾸었다고?

'지금 그걸 우리더러 믿으란 말이야?

이디스 제국의 기둥. 황제 루트라크샤 3세의 신임을 받는
젊고 미혼인 동제후. 제국 최강의 기사단인 철십자 기사단의
단장. 근위 기사를 제외하고 황궁 내에서 갑옷과 검을 착용할
수 있는 유일한 귀족. 무패전승의 제국 최강의 기사. 이디스
제국의 자랑, 이디스 제국의 보석, 훼일카드민 데르 류 데카
리온.

귀족과 호족들의 존경과 신망을 한 몸에 받았던 그가 많은
귀족과 호족들을 혼돈에 빠뜨리고 있다.

그토록 우러러보았던 영웅의 타락, 추락, 자멸을 그들은 받
아들일 수 없었다.

"데카리온."

루트라크샤 3세는 한숨을 내쉬듯 힘없는 목소리로 훼일카
드민을 불렀다.

"예, 황제 폐하."

훼일카드민은 공손히 답했다.

"그렇게 데카리온 동제후 가문의 이름으로 황태자비 후보
를 내보내기 싫었다면 나에게 고할 일이지, 이렇게까지 할 필
요가 있는가?"

“폐하?”

“오래전부터 데카리온 동제후 가문에 손이 귀하다는 걸 잘 알고 있네. 하지만 그간 직계로 이어져 내려온 혈족이 아니라, 곁가지로 뻗은 친척들을 둘러본다면 충분히 혼기 찬 공녀를 찾을 수 있을 터. 이렇게까지 하여 짐과 황태자를 욕보이는 것은 물론, 동제후 자네 스스로의 명예까지 깎아내리려는 저의가 도대체 무엇인가?”

그 짧은 시간 동안 마음고생이 얼마나 심했는지, 루트라크샤 3세는 적어도 십 년은 더 늙어 보였다. 홀 안의 사람들은 루트라크샤 3세의 말에 고개를 끄덕이며 동조했다.

오랜 전통을 깰 수는 없는 법이지만 이렇게까지 일을 벌일 필요는 없었다. 적어도 모든 귀족들의 정점인 제후의 위치에 있는 자로서는 더더욱.

“폐하.”

훼일카드민은 조용히 루트라크샤 3세의 말을 경청하더니, 한쪽 무릎을 꿇어앉았다.

“말하게, 데카리온.”

“저는 데카리온의 이름을 이어받아 위대하신 황제 폐하께 평생 충성을 다하리라 맹세하였습니다. 그 뒤 십 년이 지난 오늘에 이르기까지 저는 황제 폐하, 황태자 전하, 그리고 제국을 위해 살아왔음을 한 치의 부끄럼도 없이 고백할 수 있습니다. 저는 황제 폐하 앞에서 단 한 번도 진실을 말하지 않았

던 적이 없으며 저의 충성을 잊은 적이 없습니다."

"짐은 안다. 그대는 동제후로서, 철십자 기사단의 단장으로서 짐의 곁에서 제국을 위해 일해 왔다. 그를 모르는 이는 제국 내에 단 한 사람도 없을 것이다."

"그런 제가 어찌하여 오늘같이 중대한 날, 제가 황제 폐하의 위엄을 깎아내릴 수 있단 말입니까."

그간 훼일카드민은 황제의 물음에도 간단한 답만 할뿐 좀처럼 말을 꺼내지 않았다. 제국 최강의 기사라는 말보다 제국 최강의 목석으로 더 유명할 정도로. 그런 그가 물 흐르듯 유창하게 자신의 충성을 논했다.

훼일카드민의 말에 어느새 감동을 받은 루트라크샤 3세는 얼굴이 한결 풀어졌다.

"연약하고 착하며, 그 아름다움으로 인해 마법까지 걸린 소중한 동생을 많은 사람들 앞에 내어놓고 싶지 않았습니다. 하지만 제국과 황제 폐하께 부끄러움이 없기 위하여 큰 결단을 하였습니다. 저의 사랑스러운 동생 에일린 또한 제 마음을 이해해 주었습니다."

훼일카드민은 고개를 돌려 넬을 바라보았다.

'내, 내가 언제!'

억울한 넬은 차마 부정도 긍정도 하지 못한 채 잔뜩 울상이 되었다. 화장과 땀이 섞여 얼룩진 얼굴이 인상까지 쓰니 꽤나 괴기스러워서 황제는 저도 모르게 어깨를 움찔거렸다.

'무슨 소설을 쓰고 있어!'

"맞아요, 오, 라버니."

마음은 강력하게 부정했지만 입은 차마 생존본능을 외면하지 못했다. 넬의 입에서 나온 오라버니란 말에 몇 명의 공녀가 더 기절했지만, 그건 중요하지 않았다.

'설마…… 저 괴물을 내 황태자비 후보로 맞이한다는 쪽으로 결론이 나는 건 아니겠지?'

가만히 상황이 흘러가는 대로 지켜보고 있던 클라이츠는 생존의 위협을 느꼈다. 그가 급히 무언가 말을 꺼내려 할 때, 루트라크샤 3세가 클라이츠를 제지했다.

"제 여동생 에일린은 분명, 데카리온의 피와 성을 이어받은 유일한 공녀입니다. 따라서 저는 이디스 제국의 건국 때부터 이어져 내려온 오랜 전통과 관습에 따라 에일린 데카리온을 제국의 황태자비 후보로 내세우는 바입니다."

그것은 클라이츠에게 있어서는 사형선고요, 넬에게 있어서는 다리 사이의 길쭉한 게 뚝 떨어질 만큼 비통한 결정이었다.

*　　　*　　　*

"빌어먹을! 애송이 녀석."

알레키드 서제후는 황궁의 긴 복도를 거닐며 자신의 분노

를 숨기지 않았다. 오히려 서제후의 뒤를 따르는 호족들이 주변의 시선을 의식하며 그를 말렸다. 그것이 서제후를 더욱 화나게 했다.

"내가 고작 동제후, 그 애송이가 무서워서 하고 싶은 말까지 참아야 한단 말이냐!"

서제후는 으르렁거리며 바로 곁에 서서 자신을 말리던 호족의 멱살을 틀어잡았다.

"서제후 각하! 부디 진정하시옵소서!"

멱살이 잡힌 호족은 그 상황에서도 서제후의 마음을 가라앉히려 애썼다. 하지만 서제후의 마음은 쉽게 가라앉지 않았다.

"쓸모없는 것들."

서제후는 그 호족을 바닥에 내팽개치고는 다시 빠르게 걷기 시작했다. 서제후를 선두로 그를 따라 길게 이어지는 호족의 행렬은 그 흉흉한 분위기만 제외한다면 꽤나 장관일 터였다.

'데카리온 동제후. 아직 어린 코흘리개 애송이! 괴물을 여장까지 시켜서 없는 여동생을 만들어? 그런 괴물을 황태자의 후궁에 틀어박을 만큼 권력을 놓기 싫었더냐. 네가 하늘 높은 줄 모르고 그렇게 네 마음대로 행동한다만, 그것도 이제 조금 있으면 끝이다. 병약한 루트라크샤 3세가 언제까지 살아 숨쉬며 네 방패가 되어주리라 생각하느냐. 지금 네가 네 무덤을

파고 있음을 알아야 할 것이야!'

괴물의 등장으로 졸지에 자신의 사랑스러운 무남독녀 외동딸 엘레자드라의 빛이 바랬다는 것이 못내 분했다. 동제후와 관련된 것은 모든 것이 다 화가 나고 원통했다. 항상 자신이 손해를 본 듯했다.

문득 머리를 스치고 지나가는 동제후의 공녀, 에일린의 모습에 서제후는 몸을 부르르 떨었다.

'도대체 무슨 일을 꾸미고 있는 거냐. 아무리 황제 폐하의 총애가 하늘을 찌른다 할지라도 제정신이 아니면 그런 괴물을 황성에 가져다 놓을 생각은 하지 않을 텐데. 설마 일부로 그런 괴물을 가져다 놓고, 그런 일을 저질러도 황제의 신임은 변치 않을 거라는 걸 내게 자랑이라도 할 셈이냐!'

뿌드득!

서제후는 이를 갈며 두 주먹을 불끈 쥐었다.

'도대체 무슨 생각을 하는 거냐, 애송이.'

이래저래 생각해 봐도 동제후가 무슨 생각을 하고 있는지 도통 짐작이 가지 않았다. 그것만으로도 화가 났다.

"도대체 무슨 생각이지, 훼일카드민 데르 류 데카리온?"

서제후와 서제후의 호족들이 무심코 지나친 복도의 옆으로 갈라진 조그만 길에 한 남자가 나타났다. 훼일카드민과 서제후처럼 어깨에 붉은 망토를 두른 중년의 풍채 좋은 남자였다.

"알레키드 서제후는 워낙 젊었던 시절부터 자신보다 한참 어린 훼일카드민과 비교를 당하며 살아왔고 지금도 비교를 당하며 살고 있군. 자격지심에 빠져 무조건 화부터 내느라 알아채지 못한 것 같지만."

붉은 망토에 잘 어울리는 예복과 휘장을 갖춘 남자는 조용히 중얼거렸다.

조용히 복도를 지나가던 시녀들은 용케 그를 알아보고 허리를 깊이 숙여 예를 표했다.

그는 이디스 제국을 지탱하는 또 다른 기둥, 올리사데베 남제후였다.

"분명 무슨 일을 꾸미는 게 틀림없어. 그 갑옷 안에서 무슨 생각을 하고 있는지는 모르겠지만, 오늘의 일이 단지 데카리온 동제후 훼일카드민의 끔찍한 취향으로 인한 단순 사고라고만 생각해선 안 되지. 분명 우리가 모르는 무언가를 내다본 것이 분명해. 멍청한 서제후는 아마 영원히 알지 못하겠지."

올리사데베 남제후는 두 눈을 번쩍였다.

"그 괴물의 이름이 에일린이라고 했던가? 그 괴물은 어쩌면 무언가를 짐작한 훼일카드민의 비장의 수일지도 모를 일이지."

그의 눈은 먹잇감을 노리는 매의 눈처럼 서제후의 뒷모습을 노려보았다.

"오늘부터는 더욱 조심해서 움직여야 되겠어."

*　　　　*　　　　*

한차례의 큰 혼란이 있었지만 홀 안은 황제의 위엄으로 그
럭저럭 정리가 되었다. 시간은 많이 걸렸지만.

예정보다 한참 뒤에야 겨우 후보 간택식이 거행되고, 축하
연이 벌어졌다. 입후보한 각 제후 가문의 공녀들은 많은 귀족
과 호족들의 환대를 받으며 홀을 벗어났다.

후궁으로 들어가기 전 잠시, 가문의 사람들과 환담을 나눌
시간이 주어졌다. 많은 귀족과 호족들의 시선을 한 몸에 받으
며 괴로운 시간을 보내야 했던 넬에게는 정말 감사한 시간이
었다. 그대로 축하연 장소에 남아 있었다면, 아마 주변의 시
선에 숨이 막혀 죽어버렸을지도 모른다.

많은 공녀들의 경악과 질투에 찬 눈빛들 속에서 훼일카드
민의 에스코트를 받으며 아주 우아하게 퇴장한 넬은 배정된
방에 도착하자마자 문을 쾅 닫고 모든 시녀들을 물리쳤다.

"주, 주변에 아무도 없으…… 려나요, 오…… 라버니?"

넬은 굳게 닫힌 문을 꽉 잡고 물었다. 얼마나 긴장했는지
양 어깨가 부들부들 떨리고 있었다. 그를 방까지 훌륭하게 에
스코트해 왔던 훼일카드민은 누군가에게 쫓기는 듯 수상하게
행동하는 넬을 보며 고개를 끄덕였다.

“그런 것 같다.”

그리고는 넬의 울퉁불퉁한 어깨에 손을 얹었다.

“많이 긴장했었나 보군. 긴장을 풀도록.”

“흑……. 도무지…… 하…… 어…….”

말을 채 알아듣지 못한 훼일카드민은 넬 쪽으로 고개를 숙였다.

“무슨 말이지?”

“나는…….”

물기에 젖은 넬의 목소리가 방 안에 낮게 깔렸다. 숯으로 삼시 세끼를 차려먹은 듯 거칠거칠한 것이 남자다운 목소리였다.

“에일린?”

훼일카드민은 여전히 알아듣지 못했는지 고개를 더욱 깊숙이 숙였다.

동시에.

“으아아아아아아아악!”

넬은 훼일카드민의 귀에 대고 소리를 빽 질렀다.

“이게 무슨 행동이지?”

“도무지 못 해먹겠어, 더 이상은 못해!”

상상도 못했던 인물에게 습격을 당한 훼일카드민은 양손으로 귀를 막으며 물었다. 철투구를 쓰고 있었기에 넬의 목소리가 울려 머릿속이 엉망진창이었다.

“날 똑바로 보란 말이다!”

훼일카드민이 자신에게서 멀어지자, 넬은 마치 미친 여자처럼 소리를 지르고 발악했다.

“에일린?”

훼일카드민은 넬을 불렀다. 넬은 들은 척도 하지 않았다.

“똑바로 봐! 날 똑바로 보란 말이다!”

대신 넬은 이글이글 불타오르는 눈으로 훼일카드민을 보며 자신의 옷자락을 단단히 움켜쥐었다.

찌이이이익.

간당간당하던 드레스 자락은 넬의 힘을 이기지 못하고 찢겨져 나갔다. 넬은 한 걸음 한 걸음 훼일카드민을 향해 다가갔다.

훼일카드민은 기이한 넬의 모습에 놀랐는지 뒤로 주춤 물러섰다.

“우리는 비록 한 어머니의 배에서 태어나지 않았지만 분명 남매다. 이래선 안 돼.”

“흐흐, 흐흐흐흐. 어딜 도망가요, 오라버니? 도망가지 말라구요.”

“이러지 말아라. 나는 분명히 경고했다. 우리는 피가 섞여 있는 남매 사이다. 더 이상의 접근은…….”

훼일카드민은 자신의 허리춤에 손을 올렸다.

검집은 다른 평범한 예식용 검처럼 화려하고 번쩍였다. 제

국의 법대로라면 그 안에 든 검신 또한 머리카락 한 올도 자를 수 없을 만큼 무디어져 있을 터였다.

하지만 훼일카드민은 루트라크샤 3세로부터 황성 안에서 날 선 진검을 소유해도 되는 특권을 부여 받았다. 그러니 지금 훼일카드민의 검은 검집과 손잡이를 예식용 검처럼 화려하게 치장해 놓은 날 선 칼일 터였다.

사랑스러운 여동생 앞에서 검에 손을 댈 정도로 훼일카드민은 긴장했다. 두꺼운 두 손으로 드레스를 쫙쫙 찢으며 다가오는 넬의 모습은 확실히 그럴 만했다.

"더 이상은 못 참아. 제길, 지금 당장 날 찢어 죽이고 싶다면 그렇게 하라고!"

넬은 분노를 터뜨리며 마침내 몸 위에 실오라기 하나도 남기지 않고 드레스를 모두 찢어버렸다. 목숨을 걸고 사수한 사각팬티 하나만 입은 넬은 값비싼 실크 스타킹마저 잔인하게 찢어버렸다.

찌이익.

그 소리에 훼일카드민은 멀찍이 넬에게서 떨어졌다.

"네가, 네가 진정……."

훼일카드민은 넬을 바라보며 말을 채 잇지 못했다. 탁한 목소리에는 놀라움이 가득 담겨 있었다. 넬은 당당히 양 어깨를 쭉 펴고 외쳤다.

'그래, 어떻게든 죽는다면 차라리 당당한 남자로서 죽어버

릴 거다!'

그동안 훼일카드민 앞에만 서면 눈도 제대로 못 마주치고, 말조차 마음대로 하지 못했다. 고양이 앞에 선 쥐처럼 벌벌 떨기만 했던 그가 드디어 궁지에 몰린 것이다. 어떻게 하든 죽는다면, 찍소리 한번은 내보고 죽으리라.

넬은 목숨을 걸고 다짐했다. 물론, 마음속으로.

"그래, 나는 사실 남……."

"네가 진정 내게 허락받을 수 없는 마음을 품었단 말이더냐."

휘이잉~. 조금 전 홀 안에서 불었던 찬바람이 훼일카드민과 넬 사이에 불었다.

"뭐, 뭐……?"

에일린은 입을 쩍 벌렸다.

"근 십 년만의 만남이다. 그동안은 너의, 그 무언가를 갈구하는 눈빛이 오랫동안 찾지 않은 나를 원망하는 눈빛이라고만 생각해왔다. 하지만 아니었구나."

"자, 잠깐만!"

"네 마음을 이해해 주지 못한 나를 용서해라. 에일린, 역시 네가 지금 내게 용서받지 못할 마음을 품으며 괴로워하게 된 것도 마녀의 저주겠지? 마녀는 진정 겉으로 드러나는 너의 아름다움뿐만 아니라 아름다운 마음까지도 눈치 챘나 보구나. 마녀의 저주가 이토록 악독한 것인 줄은 내 미처 알지

못했다."

넬은 떡 벌어진 입을 다물지도 못하고 휘청거리며 그 자리에 스르르 주저앉아 허망하게 훼일카드민을 올려보았다.

'여긴 어디? 난 누구?'

니무나노 확고한 훼일카드민의 태도에 넬은 자아정체성의 위기마저 느꼈다.

"역시, 그런 거였군."

훼일카드민은 턱을 괴고 고개까지 끄덕이며 스스로의 추리가 완벽함에 감탄했다. 그 모습을 멍하니 바라보던 넬은 문득 아주 오래전에 잊었다고 생각했던 어떤 감정이 울컥 치솟았다.

'자기 식으로만 생각하고 모든 걸 합리화시킨다. 남의 마음 따위는 알지도 못하고 멋대로 일을 벌여놓고. 그 자신은 고귀한 존재여서 벌레 한두 마리의 반항이나 생존 따위는 알 필요도 없고 알고 싶지도 않다는 듯.'

비참하게 죽임을 당했던 어머니, 그리고 죽을 고비를 수없이 넘겨야 했던 자신의 어린 시절. 모든 것이 주마등처럼 스쳐 갔다.

태어나 사물을 인식했을 때부터 이유를 알 새도 없이 두려워했었고, 지금도 두렵기 그지없는 오라버니 훼일카드민. 십여 년이 지난 지금에 와서도 그 근원을 모르는 두려움에 힘없이 끌려만 다니다가 여기 이 자리에까지 오게 됐다.

‘계속 생각없이 끌려 다니다가는 정말 황태자비가 되어 강제로 거세당할지도 몰라. 아니, 아니면 내 눈앞에 서 있는 저놈이 정말 마녀라도 생포해와 날 여자로 만들어 버릴지도 모를 일. 나는 또 내 삶을 내 의지완 상관없이 살아야 할 거야.’

오싹. 한기가 등줄기를 스쳤다. 식은땀을 흘릴 새도 없이 강렬한 절망감이 넬을 덮쳤다.

‘그러긴 싫어. 내가 어떻게 십 년을 발버둥 치며 살아왔는데. 내 인생을 내가 살기 위하여, 강해지기 위하여! 다시는 그 누구에게도 내 삶의 주도권을 빼앗기지 않기 위하여!’

고개를 번쩍 들었다. 고민하며 넬을 내려다보던 훼일카드 민과 그의 두 눈이 마주쳤다. 투구 속의 어둠에서 번쩍이며 빛을 발하는 훼일카드민의 눈에 넬은 다시 몸을 떨었다. 하지만 지금까지처럼 고개를 돌리거나 수그리지 않았다.

넬은 후들거리는 다리에 힘을 주고 자리에서 일어섰다.

‘나는 에일린이 아니야. 나는 유쾌한 폭풍 넬! 용병계 최고의 인기남 넬 에이어다. 세상 모든 여자들을 내 품에 다 안기 전까지 결코 나의 행군을 멈추지 않을 거라 매일같이 외쳤잖아? 여기서 결코 무릎을 꿇을 순 없어. 그래! 절대로!’

“똑똑히 봐…… 요!”

“에일린?”

“똑바로 보라구요……, 오라…… 버니.”

넬은 끝내 뱉을 수밖에 없는 말에 다시 비굴해졌으나, 자신의 결심을 꺾진 않았다.

넬은 힘껏 단번에 자신의 사각팬티를 내렸다.

"나는 당당한 남자란 말이다…… 요! 나는 여자가, 에일린 데카리온이 아닙니다. 나는 유쾌한 폭풍, 용병계의 영웅 넬 에이어!"

그는 자신이 남자란 것을 증명할 수 있는 가장 큰 증거를 당당히 내보였다.

"으하하하하하하! 이게 설마 만들어진 거 같습니까? 이 정도 크기와 모양새의 완벽함은 그 누구도 흉내 낼 수 없는 나의 자랑이란 말입니다! 더불어 성능도 오라…… 버니! 보다는 좋을 겁니다. 어떻습니까!"

훼일카드민은 말이 없었다. 표정을 알 수 없어 지금 그가 어떤 생각을 하고 있는지 알 수는 없었다.

잠시 훼일카드민과 넬 사이에 침묵이 흘렀다.

주르륵. 아까도 흐르지 않았던 식은땀이 이제야 넬의 등을 타고 내렸다.

'당장이라도 칼을 뽑고 감히 제후를 모욕하느냐며 날 찔러 죽이겠지? 그래도 상관없어!'

훼일카드민의 투구 각도로 봐서는 넬의 다리 사이를 꼼꼼하게 바라보고 있는 듯했다.

마치 품평회에 자신을 내놓은 마냥, 훼일카드민의 시선에 넬은 온몸에 소름이 오싹 돋았다.

‘내가…… 괜한 짓을 한 건가?’

문득 떠오른 생각을 서둘러 떨쳐 냈다.

‘설마.’

그나마 남아 있던 용기마저 땅속으로 쑥 꺼진 듯 불안해졌다.

“에일린.”

훼일카드민은 한숨을 쉬듯 넬을 불렀다. 넬은 마지막 남은 만용까지 끌어 모아 훼일카드민을 바라보았다. 훼일카드민은 자신의 어깨에 두르고 있던 붉은 망토를 벗어 넬의 몸에 둘러주었다.

“얼라?”

당장이라도 칼이 날아들어 자신의 몸을 두 동강 내리라 생각했던 넬은 예상치 못한 훼일카드민의 행동에 깜짝 놀랐다.

툭툭.

훼일카드민은 넬을 위로하듯 그의 어깨를 두드려주며 조용히 말했다.

“마녀의 솜씨가 참으로 정교하구나.”

넬은 깨달았다.

“여린 네가 이런 것을 달고 다니니 많이 힘들겠지. 내가 미리 알아채고 챙겨주지 못해서 정말로 미안하다.”

훼일카드민은 정말로 미안한 듯 정중히 사과했다. 넬은 고

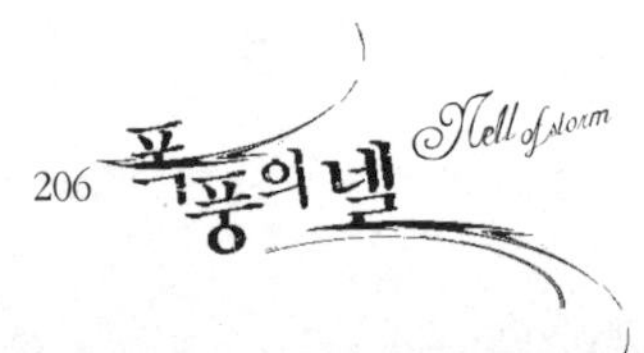

개를 푹 숙였다.
　'……내가 괜한 짓을 한 거구나.'
　그리하여 넬은 다시 한 번 좌절했다.

CHAPTER 5

넬, 처절한 춤을 추다

1

　주역들이 빠진 축하연은 밤의 화려한 무도회를 기약하며 흐지부지 마무리 됐다. 황제와 황태자, 황태자비 후보인 네 공녀들과 네 제후들이 빠진 축하연은 그리 매력적인 즐거움을 주지 못했다.

　황제와 황태자는 축하연이 시작되자마자 피곤하다며 자리를 떴다. 넬의 등장으로 받은 충격이 어지간한 듯했다.

　황태자비 후보가 된 귀공녀들과 사대 제후들은 공녀들이 황성 후궁으로 들어가기 전 마지막 만남을 갖기 위해 연회에 참석하지 않았다. 귀족과 호족들은 넬이 사라진 걸 안도하면서 한편으론 아쉬워했다.

귀족과 호족들은 웃음과 한숨으로 연회장 홀을 채웠다. 웃음의 소재는 단연 데카리온 동제후 가문의 공녀 에일린이었다. 한숨의 원인도 에일린이었다. 귀족과 호족들은 너나 할 것 없이 에일린에 대해 이야기를 나누며 웃음과 비명을 나눴다.

데카리온 동제후 훼일카드민 세력 하의 귀족과 호족의 한숨은 홀의 바닥을 파낼 듯 무거웠다. 훼일카드민에게 어떤 생각이 있어서일 거라고 믿고 싶지만, 아니 믿으려 애썼지만 눈앞의 현실은 그런 간단한 자기 암시가 통하지 않을 정도로 무자비했다.

축하연 여기저기서 넬의 이름은 끊이지 않고 거론됐다. 넬 품평회라도 여는 듯 그를 깎아 내리거나 그의 존재 자체에 흥분했다.

훼일카드민의 세력들은 사방에서 들리는 넬에 대한 이야기에 발끈하면서도 함부로 나서지 못했다. 그들도 별반 다르지 않은 의견이었기 때문에 더더욱 나서지 않았다.

그렇게 의혹은 증폭되고 근거 없는 이야기가 한 바퀴 휘감고 돌아서야 홀은 한산해졌다. 황성의 고용인들은 곧 이어질 밤의 무도회를 준비하기 위해 부산해졌다. 귀족과 호족들은 무리지어 황성 여기저기로 흩어졌다.

하늘이 선홍색으로 물들고, 해는 새하얀 귀부인이 세상을 잠재우는 순간을 보지도 못한 채 서녘으로 사라졌다. 황성 안에서 가장 큰 홀의 모든 문이 활짝 열렸다.

화려한 불빛과 보석, 꽃으로 장식된 홀은 말 그대로 휘황찬란했다. 보석과 금박을 휘감은 귀족과 호족들은 큰 홀을 금세 채웠다.

악사단의 고풍스런 음악이 무르익을 무렵, 황제와 황태자는 물론 다른 제후와 공녀들까지 모두 도착했다. 아까 낮의 연회와는 사뭇 다른 활기가 홀 안을 가득 메웠다.

하지만 모두가 기대하고 고대하고 있는 데카리온 동제후 가문의 공녀 에일린은 모습을 드러내지 않았다. 모두가 이제나 저제나 그녀의 등장을 은근히 기대하고 있을 때, 넬은 우거지상으로 훼일카드민과 작은 방에서 대기하고 있었다.

넬은 소파에 앉아 있었고 훼일카드민은 벽에 기대어 서 있었다. 소파는 보통의 공녀들이 비스듬히 누울 수 있도록 널찍하게 만들어진 것이지만 넬이 앉자 좌우로 움직일 수 없게 딱 맞아 떨어졌다.

시종이 무도회에 참석해 달라고 달려왔지만 훼일카드민은 조금 늦을 거 같다며 시종을 홀로 돌려보냈다.

'도대체 어떻게 해야 되는 거야? 도망치는 것도 안 되고, 내 최후의 카드까지 보여줬건만 전혀 통하지 않다니!'

훼일카드민이 가위를 들고 덤빌지도 모른다는 두려움이 없는 것은 아니었다. 번번이 탈출에 실패했으면서도 훼일카드민에게 아랫부분을 확 까보이지 못했던 건, 정말 뚝 잘릴지도 모른다는 현실을 잘 이해하고 있기 때문이다.

하지만 이대로 있다간 정말 황태자인지 면태자인지 하는
놈의 부인이든 첩이든 돼버린다. 때문에 넬은 어려운 결심을
해야 했다. 물론 그 당시에는 이성을 잃어 결심 따위는 할 여
유가 없었지만.

물론 그 결심은 순식간에 물거품이 됐다. 훼일카드민은 당
황하지도, 가위를 들고 넬을 위협하지도 않았다.

다만, 마녀의 정교한 저주에 고통 받는 넬을 불쌍하게 여겼
다.

'내가 한 여자에게 매이지 않고 떠돈 건 세상 모든 여자들
을 사랑해서지, 나랑 똑같은 물건 달린 놈팽이의 첩 따위가
되기 위해서가 아니라고!'

넬은 부들부들 떨다 스스로의 분을 못 이겨 두 손으로 머리
를 쥐어뜯으려 했다. 그때, 넬과 훼일카드민의 눈이 마주쳤
다.

파밧! 불꽃이 튀었다.

넬은 고개를 돌리며 슬그머니 팔을 내렸다. 넬의 두 손은
화려하게 장식되어 겨우겨우 틀어 올린 머리에 채 닿지도 않
았다.

'절대로 저 오, 라버니가 무서워서가 아냐. 암, 그렇고말
고. 여기까지 끌려와 또 내 머리를 가지고 지지고 볶고 난리
를 떤 그 여자들이 불쌍해서 이러는 거야.'

훼일카드민은 넬이 자포자기하여 축 늘어지자마자 상황을

정리했다. 결단은 신속했고 수습은 강제였다.

후임 드레스는 마담 소피아의 저주가 바늘 땀 하나하나에 정성스레 담겨 있을 법한 드레스였다. 척 보기에도 꺼림칙한 오로라를 내뿜고 있었지만, 그건 넬만이 느낄 수 있는 기운이었다. 어느 한 사람을 적으로 두고 졸지에 동지가 된 교감을 통해서만.

드레스를 걸친 넬은 망가진 머리도 수선했다. 제물은 해방의 기쁨을 누리며 즐기고 있었을 미용사들이었다.

넬은 그들의 눈물로 머리를 감으며 그들에게 온전히 머리를 내맡겼다. 형형하게 빛나는 그녀들의 눈을 보건데, 함부로 반항했다간 비녀가 머리카락을 고정시키는 게 아니라 목을 뚫을지도 몰랐다.

'이대로 넬 에이어의 화려한 전성기가 막을 내리게 되는 건가? 제기랄, 녀석들이 보면 비웃느라고 탈출할 생각도 까먹어 버릴 거야. 분명해.'

그토록 구출을 원하고 원했지만, 차라리 동료들이 자신을 버리고 찾으러 오지 않기를 바랄 지경에 이르렀다. 차라리 죽으면 죽었지 이런 모습을 보일 순 없었다.

넬은 안쓰러울 정도로 얼굴을 구기며 한숨을 푹푹 내쉬었다. 훼일카드민은 그런 넬의 표정 하나하나를 놓치지 않고 바라보았다.

훼일카드민이 둘 사이의 어색한 침묵을 깼다. 넬이 치장을 다시 하고 이 방으로 들어온 이후로 둘은 단 한마디도 나누지 않았었다.

"제국의 꽃 에슈카를 알고 있나?"

"에슈카?"

뜬금없는 훼일카드민의 말에 에일린은 고개를 흔들었다. 딸랑딸랑.

머리에 치렁치렁 늘어뜨린 장식들이 부딪치며 맑은 울림을 자아냈다. 그 소리에 넬의 얼굴은 더 처참해졌다.

"재작년, 마지막 숨을 내쉬고 차가운 땅속에 묻혔지만 아직도 사교계에서는 전설로 남아 있고 추앙 받는 귀부인이다."

전혀 듣도 보도 못한 아줌마 이름이지만, 넬은 방금 기억났다는 듯 환호성을 지르며 어색하게 웃어보였다. 입가가 부르르 떨렸다.

"너무도 아름다워, 그녀가 젊었을 때 그녀를 한 번이라도 본 남자들은 그 자리에 쓰러져 상사병을 앓았지. 제국의 남자들은 앞 다투어 그녀를 찬양하고 연모했으며, 여자들은 질투할 수조차 없이 아름다운 그녀를 부러워했다. 존귀한 선황 폐하부터 천한 노예에 이르기까지, 마음속에 그녀를 담았다. 모두들 그녀를 '제국의 꽃' 이라 부르기를 주저하지 않았다."

왜 저 오, 라버니가 이런 이야기를 꺼내는 것일까.

처음 듣는 이야기니 흥미가 동하는 건 당연한 일인지라 열

216 폭풍의 넬

심히는 듣고는 있지만, 여전히 긴장은 풀리지 않았다. 등줄기를 타고 땀이 줄줄 흘러내렸다. 뭔가, 뭔가가 불안했다.

"하지만 그녀는 활짝 웃질 못했다. 어렸을 때부터 마지막 날까지, 악성 폐병이 그녀를 괴롭혔으니까. 그녀는 언제나 가슴의 통증 때문에 얼굴을 찡그리고 다녔다. 보석 왕관과 화려한 드레스, 재간 피는 어릿 광대로도 그녀의 미소를 살 수 없었다. 그녀를 열렬히 사랑했던 남편과 정부들은 물론, 선황 폐하조차 그녀가 웃는 걸 보지 못했지."

"……"

"그런데 그 찡그린 얼굴조차도 아름다웠다. 아니, 오히려 그 찡그린 얼굴이 그녀의 미모를 더 돋보이게 만든 건 아니었을까? 그녀가 가슴을 움켜쥐고 얼굴을 찡그릴라치면 주변의 모든 남자들이 감히 다가가지 못하고 한숨을 내쉬었지. 때문에 공녀들과 귀부인들이 그녀의 미모를 조금이라도 따라잡고 싶어 억지로 가슴을 움켜잡고 인상을 찌푸리고 다녔다고 한다."

"하하, 하……."

'예쁘다니, 아름답다니? ……설마 나처럼 끌려와 억지로 공녀 짓을 해야 했던 용병 나부랭이가 또 있었던 걸까?

훼일카드민은 제국의 꽃이라는 에슈카란 여자와 잘 아는 사이인 듯했다. 철투구 너머에 어떤 표정이 있는지는 알 수 없었지만 에슈카란 여자를 설명하는 훼일카드민의 말은 유독 자세했다.

넬은 훼일카드민이 툭하면 자신에게 '아름답다', '예쁘다'를 지껄이고 있으므로, 제정신을 유지하기 위해 훼일카드민의 미적 감각이 이 세상 평범한 사람들의 것과 전혀 다르다고 이해하고 있었다.

이렇게라도 생각하지 않는다면, '내가 정말 다른 여자들 뺨칠 정도로 예쁘고 호리호리 한가 봐!' 라는 생각이 절로 들지도 모를 일이었다.

"만일 그녀가 살아 있었다면 너와 잘 통하였을 것 같구나. 그녀는 아름다운 자신의 마음을 알아주는 사람은 보이지 않고, 아름답지 못한 것들만 자신 주변에 꼬인다고 항상 불평했지. 아마 에일린, 너라면 그녀의 좋은 친구가 될 수 있었을 거다. 그녀 또한 너를 많이 도와주었을 테고."

"……."

'결국 나 예쁘다는 말이 하고 싶었던 거냐.'

넬은 한숨을 푹 내쉬며 고개를 휘휘 저었다.

"물론 그녀보다 너의 찡그린 모습이 훨씬 더 아름답구나, 에일린. 어쩌면 그녀는 너를 보고, 자신이 아름답다 자만했던 그간의 과거를 후회하며 슬퍼할지도 모르겠다."

"컥, 캑캑!"

이제 더 이상 훼일카드민의 말에 흔들리지 말자.

용병의 자존심을 걸고 뭔가 당당하고 담담한 모습을 보여

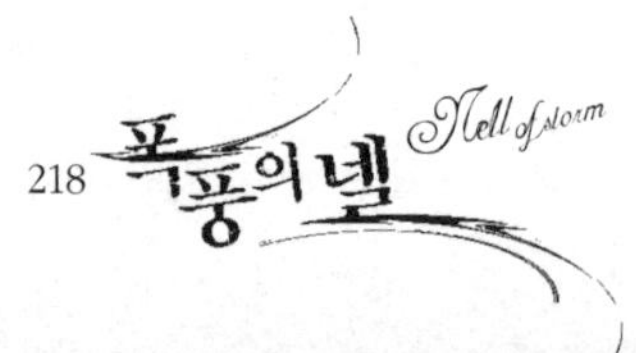

주려 했던 넬은 침을 꿀떡 삼키다 사레에 걸려 헐떡였다.

훼일카드민은 그런 넬의 등을 토닥토닥 두드려 주었다. 훼일카드민의 손은 유리 세공품을 만지듯 조심스러웠다.

"동제후 각하, 황제 폐하께서 동제후 각하를 찾으십니다. 무도회가 막을 열고 모든 제후 각하께서 공녀님들과 함께 참석해 주셨습니다. 동제후 각하, 부디 참석해 주시어 무도회를 빛내 주십시오."

조금 전 훼일카드민이 마중 나온 시종을 홀로 돌려보낸 것이 오해를 산 듯했다. 문밖에서, 아까 그 시종의 간절한 목소리가 들렸다. 훼일카드민은 좀 전과 달리, 완벽한 괴물 공녀로서의 분장을 끝낸 넬에게 손을 내밀었다.

"에일린, 나의 사랑스러운 동생이여. 내게 너를 에스코트할 영광을 다오."

훼일카드민의 부탁은 정중했다.

'내게 선택권이 있긴 있는 건가?'

넬은 우울한 눈으로 훼일카드민의 손을 바라보며 한숨을 푹 내쉬었다. 그리고는 덥석 크고 두툼한 손을 훼일카드민의 손에 올려놓았다.

훼일카드민은 깨지기 쉬운 유리 세공품을 만지듯 조심스럽게 넬을 잡아 이끌었다. 넬은 천근만근 무거운 걸음을 억지로 움직이며 훼일카드민을 따랐다.

무도회가 벌어지고 있는 홀에 이르기까지, 복도는 길었고 지나친 사람은 많았다. 귀족, 호족, 고용인을 가리지 않고, 훼일카드민과 넬이 지나치면 정중하게 경의를 표했다.

물론 그 경의는 철갑옷의 사나이, 훼일카드민을 향한 것이었다. 뒤통수에 따사롭게 느껴지는 눈빛과 열기는 넬의 것이었다.

훼일카드민과 넬은 커다란 문 앞에 섰다. 닫혀 있는 문은 넬이 작아 보일 정도였다. 문 앞을 지키고 있던 시종은 얼른 문지기 기사들에게 신호를 보내 문을 열었다.

"데카리온 동제후 각하와 데카리온 가문의 에일린 공녀님께서 드십니다."

시종의 우렁찬 목소리와 함께 훼일카드민과 넬은 홀 안으로 들어섰다.

홀 안은 말 그대로 화려했다. '화려하다' 라는 말로도 표현할 수 없을 만큼 화려했다. 홀은 오색의 천과 보석, 꽃으로 장식되어 있었고, 홀을 채운 사람들 또한 번쩍이게 꾸민 상태였다.

준비된 단상엔 황제 루트라크샤 3세가 무표정하게 앉아 있었다. 옆의 황태자를 위해 준비된 자리는 비어 있었다.

홀 중앙엔 악사단의 아름다운 가락에 맞춰 스텝을 밟는 커플들이 보였다. 홀의 곳곳에는 여러 호족과 귀족들이 저마다 무리지어 모여 이야기를 나누고 있었다.

훼일카드민은 그들을 둘러보았다.

훼일카드민과 넬 외, 다른 가문의 황태자비 후보 공녀들은

220 폭풍의 넬

일찌감치 참석해 있었다. 서제후의 공녀 엘레자드라는 황태자 클라이츠와 춤을 추고 있었다. 다른 두 공녀, 마리류닌과 카젤리안도 준수한 귀공자와 함께였다.

훼일카드민과 넬이 등장하자, 훼일카드민과 황제 사이에 길을 트며 귀족들이 비켜섰다. 조금 전까지 자신들의 이야기에 충실했던 사람들은 이야기를 멈추고 훼일카드민과 넬에게 시선을 고정했다. 짝을 지어 춤을 추는 사람들도 서로의 상대에게서 무례하게도 눈과 마음을 돌려 훼일카드민과 넬을 힐끔힐끔 살폈다.

훼일카드민은 넬과 함께 황제 루트라크샤 3세 앞으로 갔다. 귀족들 사이를 걷는 것은 훼일카드민에게는 어떨지 몰라도 넬에게 있어서는 괴로운 자아비판의 형벌이었다.

평소 귀족들을 혐오했고 귀족들이 하는 모든 짓을 경멸했다. 치렁치렁한 옷차림도, 쓸데없이 사치스러운 연회나 무도회도, 거추장스럽고 역겨운 예의 격식까지도.

자유롭게, 마음 가는 대로 사는 것이 넬의 현실이었고, 그런 현실에 만족했다. 이런 우스꽝스러운 모습으로 귀족들 틈바구니에 끼여 기쁨조가 되리라고는 단 한 번도 생각해 보지 않았다.

'내가 알아서 어떻게든 도망칠 테니까, 너희들 절대 나 구하러 오지 마라.'

요즘 따라 더욱 그리운, 사랑하는 동료들을 떠올리며 넬은 두 주먹에 힘을 불끈 쥐었다. 그 바람에 훼일카드민의 장갑이 우그러지며 기묘한 소리가 났지만, 이미 불타오르기 시작한 넬에겐 보이지도 들리지도 않았다.

훼일카드민은 잠시 그런 넬을 살펴보다 고개를 돌렸고, 주변에서 그 소리를 들은 귀족들이 기겁하며 넬을 올려다봤을 뿐이다.

야성의 본능이었을까?

피식.

쏟아지는 수많은 비웃음 속에서도 유독 차갑고 기분 더럽게 만드는 웃음소리가 들렸다. 미약했지만, 넬은 놓치지 않았다. 넬은 슬쩍 웃음소리가 난 쪽으로 고개를 돌렸다.

저편에 예쁘장하게 생긴 공녀와 서 있는, 금발의 잘생긴 남자의 모습이 보였다. 황태자 클라이츠였다.

클라이츠는 넬과 눈이 마주치자 보란 듯이 웃으며, 한 손으로 곁에 선 공녀의 가느다란 허리를 휘어 감았다. 조금 전까지만 해도 얼음을 앞에 둔 듯 싸늘하기 그지없던 황태자가 갑자기 적극적으로 나오자, 공녀의 얼굴이 기쁨으로 빛났다.

거리가 떨어진 넬이 보기에도 확연히 드러날 만큼.

'협! 나한테 질투심이라도 유발하겠다는 거냐? 나, 천하의 넬 에이어가 너 같은 놈을 질투하겠…… 잠깐, 이게 아닌데? 지금 내가 무슨 생각을 하고 있는 거지?

이래서 세뇌란 무서운 것일까. 망치로 맞은 듯 뒤통수가 얼

얼했다. 클라이츠와 함께 있는 공녀는 넬의 취향이 아니었다. 클라이츠는 더더욱 아니었다. 넬이 질투를 느낄만한 요소는 어디에도 없었다.

'나 워쩌.'

다리 사이 아들내미가 아버지를 꾸짖었다. 넬은 경건한 마음으로 그 가르침을 받들며 고개를 휘휘 저었다.

"염려하지 마라. 황태자 전하는 너의 남자다."

훼일카드민이 넬에게 속삭였다. 넬에게만 들릴 듯 말 듯한 작은 목소리였다.

"조급히 생각하지 마라."

훼일카드민도 클라이츠의 그 모습을 본 것일까. 우그러진 장갑으로 넬의 손을 위로하듯 단단히 잡아줬다.

"……."

모든 원흉은 이놈! 넬은 절절한 오, 라버니의 사랑에 감동해 이를 뿌드득 갈았다. 훼일카드민을 바라보는 넬의 눈빛은 정말 따사로웠다. 귀족들이나 클라이츠가 넬을 바라보는 그 눈빛보다 훨씬.

루트라크샤 3세 앞에 도착한 훼일카드민은 주먹 쥔 오른손을 왼쪽 가슴 위에 올리고 정중히 고개를 숙였다. 곁에 어정쩡하게 서 있던 넬도 건성으로 인사했다. 더없이 예의에 어긋나는 모습이지만 그 존재 자체로도 예의에 어긋나는 넬에게 아무도 그것을 지적하지 않았다.

"훼일카드민 데르 류 데카리온이 루트라크샤 3세 황제 폐하를 뵙습니다."

"일단은 나도…… 아니, 저도."

넬은 슬쩍 옆에 선 훼일카드민의 눈치를 보며 말을 바꾸었다.

"어서 오게. 오늘은 제국의 기쁜 날이네. 동제후도 오늘만큼은 어깨에 얹은 충성의 짐을 잠시 내려놓고 편히 즐기길 바라네."

제후는 황제와 불가분의 관계에 있다. 황제는 제후 위에 군림하고 제후는 황제 아래에 서나, 언제나 그 관계가 원만하게 유지되지는 않았다. 역사책 아무 페이지나 펴도 황제와 제후 사이에 벌어졌던 피비린내 나는 살육과 암투, 전쟁이 가득하다.

황제에게 있어 제후는 신하인 동시에 경계해야 할 적이다. 초대 황제도 그 점을 예감했기에 황태자비 후보 추천 등의 여러 제도를 만들어 제후들의 강대해질 세력을 견제하려 한 것이 아니었을까.

때문에 동제후 훼일카드민을 향한 황제 루트라크샤 3세의 믿음은 신선한 것이었다. 동제후의 충성을 진심으로 받아들이는 황제와 그 황제에게 진심으로 충성하며 수도에 머무는 동제후.

이 둘은 설사 죽을 때까지 어떤 업적을 남기지 못하더라도

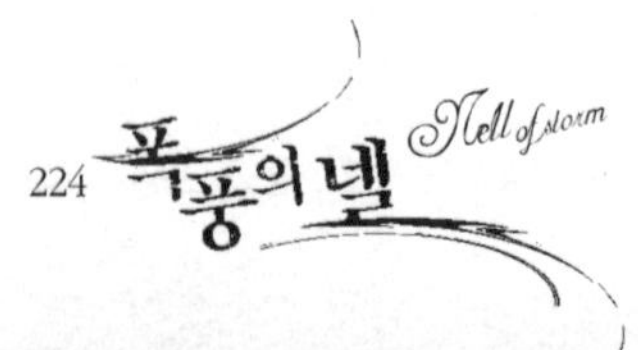

이 상황 자체로 역사에 길이 남게 될는지 모른다.

"황송합니다, 폐하."

무한한 믿음과 신뢰가 담긴 루트라크샤 3세의 호언에 훼일카드민은 역시 정중히 예를 갖춰 인사하고 물러섰다. 넬 또한 훼일카드민의 뒤를 따랐다.

넬은 긴 치맛자락이 거추장스러운지 한 손으로 드레스를 한 움큼 움켜잡았다. 때문에 마담 소피아의 정성어린 비명과 한탄이 담긴 드레스가 여지없이 구겨지고 망가졌다.

마담 소피아가 보면 울면서 목을 매달았을지도 모른다. 아니, 홀 안의 여자들이 넬이 입어 망치고 있는 옷이 마담 소피아의 것이라는 걸 안다면 더 큰 혼란이 야기될지도 모른다.

선생을 코딱지 바이러스로 물리치면서까지 예법 수업을 거부했던 넬은 휘적휘적 훼일카드민의 뒤를 따랐다.

훼일카드민은 넬에게 훈계 한마디 하지 않았다. 훼일카드민은 누구든 예의에 어긋나게 행동하면 곧바로 처벌하거나 상대 안하기로 유명하다. 그런데 이처럼 느긋할 수 있다니. 훼일카드민에게 당한 적이 있는 귀족이나 호족들은 뭔가 억울하다는 표정으로 넬을 노려보았다.

악사단의 음악이 홀 안을 부드럽게 감싸고 있지만, 조금 전의 활기가 보이진 않았다. 넬의 등장을 고대했으면서도 막상 그가 등장하자, 귀족과 호족들은 아까의 충격에 다시금 빠져들었다.

훼일카드민이 멈춰 서자 기다렸다는 듯 귀족과 호족들이 훼일카드민에게 다가오기 시작했다. 곁의 넬 때문에 머뭇거리기도 하고 두려워하는 것도 같았지만, 그들은 전진을 포기하지 않았다.

그때, 한창 연주하던 악단이 잠시 멈추고 자세를 고쳤다. 곧 조금 더 활발하고 경쾌한 음색이 울려 퍼졌다. 음악이나 예술과는 거리가 멀고 먼 넬에게도 익숙한 음결이었다.

사교계의 나는 백조로 유명했다는 춤 선생 마담 루르드가 발뼈가 으스러지면서까지 가르치려 애썼던 그 춤의 음악이었다.

"이건!"

"그래 너를 위한 곡이다, 에일린."

옆에서 흐뭇한 느낌의 쉿소리 섞인 목소리가 들렸다.

'헉!'

넬의 얼굴에서 핏기가 가셨다.

'어떻게 내가 오자마자 이 곡을 연주하는 거지? 그 많고 많은 곡 중 왜 하필 이거냐고!'

아무렇지 않게 넘길 수 있는 사소한 틈을 비집고 들어간 넬은 문득 번개같이 스치는 느낌에 몸을 떨었다.

"설마!"

저도 모르게 탄성 지르듯 외치며 훼일카드민을 바라보았다. 투구 때문에 어떤 표정인지는 알기 어려웠지만 투구 속

얼굴이 흐뭇하게 웃고 있을지도 모른다는 생각이 들었다. 아니, 확신했다.

"에일린, 무도회의 첫 곡은 네게 소중한 사람과 함께 해야 의미가 있다. 당연히 네 첫 곡의 파트너는 황태자 전하여야겠지. 하지만 이것만은 황태자 전하께 양보하고 싶지 않구나, 나는."

훼일카드민은 넬에게 정중히 인사하며 손을 내밀었다.

"에일린."

무뚝뚝한, 하지만 상냥한 거라고 믿을 수밖에 없는 부름에 넬의 눈가가 푸들푸들 경련을 일으켰다.

넬은 두렵다. 훼일카드민이 손을 내밀 때마다 두려워 미칠 것 같다. 결코 가벼운 이유로 손을 내미는 것이 아님을 알기 때문이다. 거절할 수 없는 선택을 강요하는 손, 그 손이 지금 또 넬을 시험하고 있다. 넬의 힘 때문에 여기저기 울퉁불퉁 우그러진 채로.

"동제후께서 정말로 저 괴물 공녀와 첫 춤을?"

"말도 안 돼! 춤은커녕 무도회 참석도 잘 안하시는 분이잖아. 나는 동제후께서 이 무도회에 참석하신다고 해서 무리하면서까지 참석한 거라고! 이렇게 아름다운 나를 두고 저런…… 아무리 여동생이라지만, 저렇게 끔찍하게 생긴 괴물과 첫 춤을 추시다니. 첫 춤을 빼앗겨 버렸어."

"미렌다가 없는 틈을 타 동제후 각하와의 첫 춤을 차지하려 했는데."

"그러고 보니 미렌다는 어디 갔지? 아까까지 활개를 치고 있었는데?"

넬은 주변에서 수군대는 소리가 귓속말을 듣는 것처럼 잘 들렸다. 귓속에 쏙쏙 들어왔다. 자신들끼리 이야기를 나누면서 넬이 들을 수밖에 없을 정도로 목소리를 높이는 것도 귀족의 예법일까?

'그렇게 추고 싶으면 너네가 나 대신 춰라. 아니, 춰줘라. 제발!'

앞에 내민 손을 잡아야 하지만, 잡을 수밖에 없지만 잡고 싶지 않은 심정을 그 누가 알아줄까. 넬이 멍청하게 훼일카드민의 손을 바라보고 있을 때, 훼일카드민은 넬을 재촉하지 않고 말없이 손만 내밀고 있었다.

"뭐야, 설마 동제후 각하와 춤을 추기 싫다는 건 아니겠지?"

"주제에 양심은 있는가 보지? 저 괴물 같은 몸 어디에 양심이 있는지는 모르겠지만."

"저 발 좀 봐! 저 괴물 공녀가 실수로라도 동제후 각하의 발을 밟았다간!"

주변에서 웅성웅성 들리는 목소리 중에는 넬의 귀가 번쩍 뜨일만한 놀라운 아이디어가 숨어 있었다. 상상하기도 싫다는 듯한 목소리였지만 안타깝게도 그 말로 인해 넬의 잔머리

가 긴 잠에서 깨어났다.

'옳거니!'

넬은 눈을 번쩍 빛내며 히죽 웃었다. 그 모습에 근처를 배회하던 귀족들이 놀라 뒤로 물러섰지만 그런 것쯤 아무래도 좋았다.

'그래, 소원대로 해주마. 아주 실컷 밟아주겠어. 너네 그 잘난 동제후 각하님을!'

분명 훼일카드민도 보았다. 넬의 힘찬 스텝의 첫 희생양이었던 춤 선생의 발을. 그런데도 아무렇지 않게 춤을 추자고 하다니? 넬은 파도치듯 밀려오는 환희와 기쁨에 몸을 부르르 떨었다.

'실컷 밟아 주겠어!'

기막힌 계획은 순식간에 짜여졌다. 춤 선생처럼 으스러진 발을 안고 방방 뛰는 훼일카드민과 어찌할 줄 모르는 귀족들, 얼빠진 황태자의 멋진 조합!

각본, 연출, 주연 모두 넬이 맡을 한 편의 장편 대서사시가 곧 시작될 것이다. 특별 출현은 훼일카드민, 찬조 출현은 황태자, 그리고 놀라는 귀족 1, 2, 3. 기타에는 주변의 귀족 나부랭이들.

"기꺼이!"

넬은 한참 뜸을 들인 주제에 '기꺼이!'를 외치며 훼일카드민의 손을 잡았다. 최악에 최악으로 치달으며 매번 그 신기록을 경신했던 기분이 바닥을 치고 하늘로 솟구쳤다. 만신창이가 된 여린 마음에 새살이 돋고 피가 솟구쳤다.

훼일카드민은 넬이 기쁘게 허락하자 그와 함께 홀의 중앙에 섰다. 엘레자드라 공녀와 함께 춤을 추고 있던 클라이츠는 그 모습을 보고 차갑게 웃었다.

훼일카드민의 한 손이 넬의 손을 잡고 다른 한 손이 그의 허리, 아니 허리라 추정되는 곳에 내려앉았다. 넬은 그 손길을 거부하지 않았다. 얌전히, 훼일카드민에게 모든 것을 내맡겼다.

"부끄러워요."

몰라 몰라. 퍽퍽!

넬은 훼일카드민의 가슴을 주먹으로 치며 고개를 도리도리 흔들었다.

쾅쾅!

갑옷이 찌그러질 듯 비명을 냈고, 그 소릴 홀 안 대부분의 사람들이 들었다. 훗날 부부싸움을 걱정하는 걸까. 지켜보고 있던 클라이츠의 안색이 약간 어두워졌다.

보는 사람들이 토악질이 날 정도인데 하는 사람은 오죽할까. 온몸에 닭살이 오도독 돋았다. 하지만 넬은 내색하지 않았다. 살을 내주고 뼈를 깎는 거친 용병계의 히어로, 넬의 부푼 가슴은 두근두근 떨렸다.

자신의 인생에 함부로 끼어들어 모든 걸 엉망으로 만든 훼

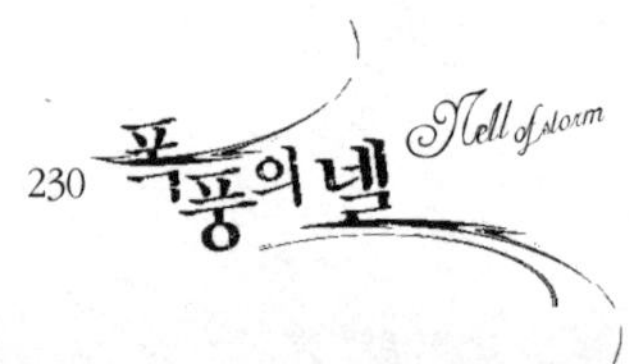

일카드민에게 처음으로 제대로 된 한 방을 먹일 수 있는 순간이 코앞에 다가온 것이다. 적이 방심할 수만 있다면, 그래서 더 큰 데미지를 입힐 수만 있다면 뭔들 못할까.

"괜찮다. 모든 걸 내게 맡기도록."

하지만 그 넬의 오, 라버니인 훼일카드민도 만만치 않은 강자였다. 훼일카드민은 자신보다 큰 주제에 자신에게 온 체중을 다하여 매달리는 넬을 꿋꿋하게 버텨냈다.

홀 안 모든 사람들이 증명하건데, 둘의 모습은 그야말로 한평생 다시 보기 힘들만한 광경이었다. 화려한 철갑옷과 거대한 괴물 공녀의 춤은 그 모습 자체로도 참으로 인상적인 것이었다. 훼일카드민은 자신보다 크고 넓은 넬을 리드하며 스텝을 밟아 나갔다. 넬 또한 훼일카드민을 따라 스텝을, 아니 훼일카드민의 발을 공격하기 시작했다.

쾅!

홀 안에 굉음이 울려 퍼졌다. 모두들 갑자기 황궁이 무너지는 건지, 이 광경을 보고 유일신 미켈롯이 진노하여 마른하늘에 날벼락을 내리친 건지 몰라 놀라며 주위를 두리번거렸다.

"큭!"

쾅!

"으윽!"

쾅!

"이런, 제기랄!"

엄청난 굉음 뒤에 이어지는 신음 소리는 유일신 미켈롯의 것이 아니었다. 황궁 지붕이 무너지는 소리 같지도 않았다. 모두들 어이없다는 표정으로 홀 중앙에서 춤을 추고 있는 한 쌍의 커플을 바라보았다.

굉음의 근원은 훼일카드민과 에일린이었다. 에일린의 드레스 속에서 쾅쾅! 끊임없이 굉음이 터져 나왔다. 드레스 자락에 가려 보일 듯 말 듯 했지만, 모두들 어렵지 않게 볼 수 있었다. 넬이 계속 훼일카드민을 공격하는 것을. 고운 비단신을 신은 넬의 커다란 발이 훼일카드민의 단단한 강철 신과 맞부딪쳤다.

아무리 넬의 발이 단단하고 튼튼하다 한들, 강철에 비할 수 있을까. 게다가 신발은 장갑과 달리 더 튼튼하게 만들어진 듯했다. 넬이 계속 쿵쾅쿵쾅 밟아댔지만 신은 구겨지지도 흠집이 나지도 않았다. 다만,

"윽!"

"악!"

넬의 발이 그 충격을 고스란히 되받을 뿐이었다.

한 번 해서 안 되면 포기해도 되련만, 넬은 자신의 발을 맹신했다. 언젠간 통하리라 믿으면서 계속 훼일카드민의 발을 밟아댔다.

훼일카드민은 그런 넬을 저지하지 않았다. 넬의 발을 피하지도 않았다. 느긋하게 스텝을 밟으며 빙빙 돌고 돌았다. 춤

은 계속됐다.

"에일린, 너의 왈츠는 참으로 활기차구나. 그것이 너만의 매력이겠지. 다른 공녀들이 가지지 못한 활기와 아름다움."

그저 그의 힘찬 스텝에 대한 감상을 넬에게 조그맣게 속삭였을 뿐이다.

훼일카드민과 넬은 '쿵! 으악!'의 박자를 맞추어 끝내 춤 한 곡을 완수해 냈다. 훼일카드민의 신은 대견하게도 넬의 모든 공격을 버텨냈다.

주변에서 둘의 춤을 바라본 사람들은 훼일카드민의 신이 정말 철로 만들어졌는지를 의심했다. 철이 저토록 단단할 수 있다는 걸 오늘에서야 알았다. 인간의 만용과 끈기는 끝이 없다는 것도 확인했다.

넬은 진정 불굴의 공녀였다. 비단신이 너덜해지고 비명 소리는 점점 더 절절해졌지만 넬은 포기하지 않았다. 넬의 도전을 보다 못한 악단이 연주를 끝맺고서야 둘의 공격과 방어는 멈췄다.

훼일카드민과 넬의 춤은 여러 의미로 엄청났다. 주변의 귀족과 호족은 물론, 단상 위에 고고하게 앉아 있던 황제 루트라크샤 3세마저도 품위를 잃고 턱을 다물지 못했다.

악단은 악기를 내동댕이치듯 내려놓았다. 섬세한 예술가의 영혼이 감당해 내기엔 너무도 힘든 고통의 시간이었다. 상처받은 영혼들이 악기와 머뭇거리는 동안 홀 안은 일순간 고요해졌다. 폭풍이 휩쓸고 간 자리는 폐허가 되어 처참한 침묵에 사로잡혔다. 지금 홀 안의 상태가 그러했다.

"흑……."

"무서워."

마음 여린 공녀들은 두려움에 눈물을 글썽이기까지 했다.

"역시 제국 최고의 공녀답다. 보거라, 모든 이들이 너에게 넋을 잃고 있구나. 황태자 전하마저도 줄곧 네게서 눈을 떼지 못하셨다."

도대체 투구에 눈구멍이 제대로 뚫려 있는 걸까. 훼일카드민은 만족스럽다는 듯 작게 웃음소리를 냈다.

"에일린, 나는 네가 자랑스럽다."

얼얼한 발 때문에 가만히 서 있지도 못하고 들썩이던 넬은 멍한 얼굴로 훼일카드민을 내려다보았다.

"지금 저 사람들이 나한테 반한 걸로 보이는 건 아니겠지…… 요. 오, 라버니?"

간덩이가 부은 걸까. 아니면 '오, 라버니' 호칭이 이젠 제법 입에 붙은 걸까. 넬은 어이없다는 듯 중얼거렸다.

"당연하지 않은가, 에일린. 수줍어하는 구나."

"……아아, 네."

오, 라버니 눈엔 내가 정말 예뻐 보일지도 모른다. 이젠 담담히 인정해야 할 현실이지만 아직도 가슴이 쓰려왔다.

"전하께 가자. 아직도 너만을 바라보고 계시는구나. 전하를 너무 기다리게 하는 건 큰 결례다."

"헉!"

"그리 수줍어하지 말거라. 남편 될 분이시다. 함께 춤이라도 한 곡 추며 웃음을 나누어라."

"잠깐, 잠깐만!"

훼일카드민은 막무가내로 넬을 잡아끌었다. 다짜고짜 넬을 잡고 클라이츠에게 향했다. 그의 두 눈이 휘둥그레졌다.

넬은 황급히 훼일카드민을 잡아당기며 그 자리에서 버티려 애썼다. 넬의 무지막지한 힘에 둘이 팽팽하게 대치했다. 훼일카드민은 조금 전 조심스러웠던 태도와 달리 굉장한 힘으로 넬을 잡아끌었다. 넬 또한 죽기 살기로 버티며 저항했다. 수 초간 둘은 밀고 당기며 대치했다.

넬은 훼일카드민을, 훼일카드민은 넬을 믿을 수 없다는 듯 바라보았다.

'내 힘이 통하지 않다니? 말도 안 돼!'

힘 하면 넬, 넬 하면 힘이다. 넬은 용병계에서 낮이나 밤이나 힘의 대명사였다. 힘 좀 쓴다하는 우락부락한 녀석들도 넬 앞에만 서면 꼬리를 말고 깽깽댔다. 넬도 딴 건 몰라도 힘만큼은 자신이 있었다. 그런데 그 힘이 통하지 않다니.

"……"

훼일카드민도 제법 놀란 듯싶었다.

"수줍어하지 말라고 했다, 에일린."

훼일카드민은 손에 힘을 풀고 넬에게 말했다.

"아니야! 그런 게 아니라고…… 요!"

넬의 우렁찬 목소리가 홀 안에 쩌렁쩌렁하게 울렸다. 훼일카드민과 넬의 대치를 지켜보던 귀족들은 입맛을 다시며 둘을 예의주시했다.

"에일린."

훼일카드민은 작은 한숨과 함께 넬을 부르며 그에게 한 발자국 다가갔다. 당연한 말이지만 넬은 한 걸음 뒤로 물러섰다. 순간, 훼일카드민의 안광이 번쩍했다.

"너의 수줍음은 당연한 것이다. 그 수줍음을 버리라고 말하진 않겠다. 순수하고 깨끗하기에 가질 수 있는 너만의 특권이니까. 하지만 필요할 때는 그 수줍음을 숨길 수 있어야 한다. 그것이 품위다. 데카리온 가문의 공녀로서 잊지 말아야 할 지혜다."

꺄아악. 주변에서 비명이 터져 나왔다.

허억! 숨 막히는 소리도 들렸다.

넬은 정신이 혼미해지며 다리를 휘청댔다. 훼일카드민은 그 틈을 놓치지 않고 넬을 잡아당겼다. 넬은 아까와 달리 저항도 못하고 훼일카드민에게 끌려갔다.

훼일카드민은 넬을 질질 끌며 황태자 클라이츠가 있는 쪽으로 걸어갔다.

한 걸음 한 걸음, 훼일카드민이 다가올수록 클라이츠의 안색이 창백해졌다. 클라이츠 주변에 몰려 있던 귀족들도 슬금슬금 옆으로 도망쳤다. 엘레자드라 공녀를 보좌하던 사람들도 얼른 엘레자드라 공녀를 빼내 옆으로 숨었다.

어느새 홀로 남겨진 클라이츠와 훼일카드민, 넬은 마주했다.

'제길!'

클라이츠는 대놓고 불편한 기색을 드러냈다.

"전하."

훼일카드민은 클라이츠에게 깍듯이 인사했다. 넬은 죽을상을 한 채 고개를 옆으로 돌리고 한숨을 푹푹 내쉬었다. 그때마다 얼굴에 덕지덕지 처바른 분가루가 허공에 날렸다.

"데카리온 가문의 에일린입니다."

"아아, 잘 알고 있소이다. 소개하려는 거라면 아까 충분히 보았으니 됐소. 그만 물러가시오."

"에일린과 한 곡 춰주십시오."

"……!"

클라이츠는 기겁하며 한 발자국 뒤로 물러섰다.

'맙소사.'

넬은 조그맣게 중얼거리며 고개를 설레설레 저었다.

"지금 뭐라고, 뭐라고 했소?"

"수줍음이 많은 아이입니다. 다른 공녀들처럼 적극적으로 나서지는 못하며 홀로 전하를 향한 마음을 삭이는 순진한 아이지요. 전하께서 부디 이 여린 마음을 알아주시길 바랄 따름입니다."

"농담이 심하군, 동제후."

천하의 황태자가 말을 더듬을 정도로 당황한다?

주변의 귀족들이 수군거렸다. 클라이츠는 애써 정신을 가다듬으며 숨을 들이켰다. 그리고 훼일카드민 옆의 넬을 바라보았다. 아아, 신이시여. 특별히 물 건너 온 유일신 미켈롯을 믿는 건 아니지만, 오늘만큼은 절절하게 유일신이 원망스러웠다.

'도대체 내게 무슨 죄가 있다고 이런 악재가 겹치는 거지? 왜 내게만!'

특별히 자신에게 닥친 상황의 책임을 남에게 떠넘기는 무책임한 성격은 아니지만, 적어도 지금 이 순간만큼은 절대 자신의 잘못이 아니다. 클라이츠는 확신했다.

이건 신의 농간이요, 저 동제후의 농락이다.

클라이츠는 이를 뿌드득 갈며 넬을 죽일 듯 노려보았다. 넬은 그 뜨거운 시선을 외면치 못하고 고개를 돌렸다.

넬은 클라이츠보다 머리 하나가 더 컸다.

넬이 두 눈을 부리부리 뜨자 클라이츠는 저도 모르게 움찔했다. 잔뼈 굵은 용병의 눈빛은 곱게 자란 황태자 전하께서 마주하기엔 너무 강렬했다.

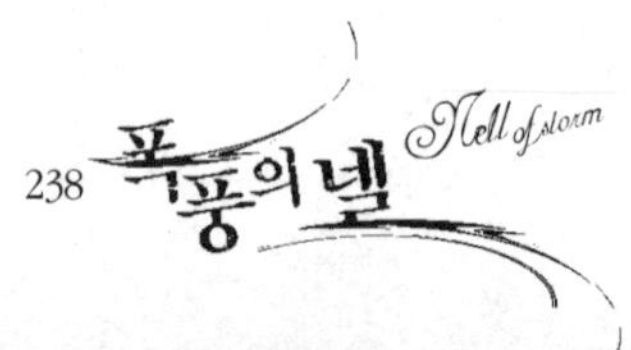

피식.

넬은 클라이츠가 위축되자 비웃음을 흘렸다. 넬에게 이 세상에 두려운 것이 있다면 오직 훼일카드민 단 하나였다. 훼일카드민만 제외한다면 설령 황제나 황태자라 할지라도 두렵지 않았다.

게다가 이 황태자는 조금 전 그 재수 없는 표정을 지어 보일 때부터 별로 마음에 들지 않았다. 게다가 자그마치 남편감이 아닌가, 남편감! 훼일카드민도 저주스러웠지만 클라이츠도 저주스러웠다.

'네놈은 도대체 얼마나 얼빠진 놈이기에 나 같은 게 황태자비 후보로 들어오는 것도 막지 못하냐. 그러니까 이 나라가 재수 없게 굴러가는 거야. 저런 오, 라버니 같은 게 활개를 치는 거라고!'

넬은 속으로 으르렁 거렸다.

'제국 내에서 벌어들인 의뢰 수입금을 제국에 신고하고 10분의 1을 무조건적으로 바치라고 했을 때부터 제국도 네놈도 마음에 들지 않았다. 제길! 엉터리 정책이나 세워 어중이떠중이들이 너도 나도 용병 하겠다고 뛰어 들어와 얼마나 거추장스러운지 아냐! 안 그래도 요즘 용병 경제계가 얼마나 어려운 줄은 알고? 다 네놈 탓이다! 용병계가 어려운 것도, 내가 네놈 부인 후본가 뭔가가 된 것도! 내 오라비가 날 미녀라 생각하는 것도! 다 네놈 탓이라고!'

당해낼 수 없는 훼일카드민에게 화를 내는 건 이제 지쳤다. 눈을 돌려 클라이츠를 바라보니 왠지 모르겠지만 지금 일어나고 있는 이 모든 상황이 클라이츠 때문인 것 같았다.

따지고 보면 다 저 황태자 전하란 놈이 얼빵해서 벌어진 일이 아니겠는가? 정신이 황폐해진 넬은 억지 이유를 써가며 클라이츠를 노려보았다.

클라이츠는 영문도 모른 채 넬의 불타는 적의를 온몸으로 받아내야 했다. 기쁨에 닭살이 오도독 돋았지만 어찌 할 도리가 없었다.

한쪽이 일방적으로 밀리는 눈싸움을 클라이츠와 넬이 계속하자 주변에서 수군대기 시작했다. 설마 황태자마저 넬의 저 괴물 같은 외모에 반해 버린 것은 아니냐는 끔찍한 추측이었다.

"전하."

훼일카드민이 클라이츠를 불렀다. 그제야 클라이츠는 넬의 강렬한 눈빛에서 겨우 벗어날 수 있었다.

숨이 막히는지 클라이츠는 큰 숨을 턱턱 뱉어내며 훼일카드민을 보았다.

"수줍음을 많이 타는 아이입니다."

클라이츠와 넬의 눈싸움에 인정하고 싶지 않은 추측만 수군댔던 귀족과 호족들의 머리에 느낌표가 박혔다.

역시, 황태자 전하께서 저 괴물 공녀에게 반하신 거구나!

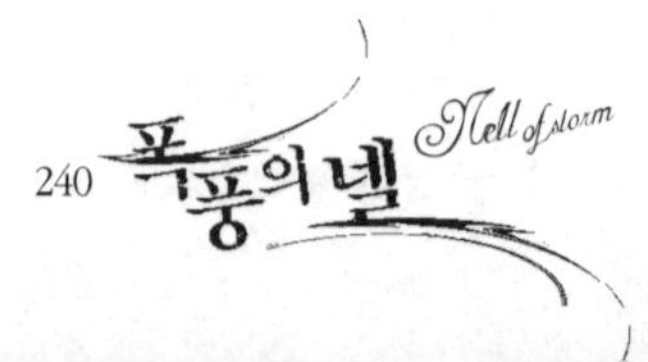

저렇게 뜨겁게 바라보시다니. 동제후 각하나 황태자 전하의 안목은 도대체 뭐가 기준인 거야!

주변에서는 시끌시끌하게 예의를 잊고 의견을 나누었다. 졸지에 넬에게 반해 버린 클라이츠는 펄쩍 뛰었다.

"지금 그게 무슨 말이시오, 동제후!"

"데카리온 가문의 영광입니다. 황송합니다, 황태자 전하."

훼일카드민은 클라이츠의 짜증에도 전혀 동요치 않았다. 그저 넬의 두툼한 손을 클라이츠의 손과 마주 쥐어주고는 뒤로 두어 걸음 물러섰다.

"에일린, 조금 전 내가 한 말을 잊지 말거라."

훼일카드민은 친절하게도 마지막까지 넬을 살뜰하게 살펴 주었다.

"수줍음을 잊으라고 했지요?"

아직까지 얼얼한 발이 다시 한 번 기회를 달라고 성화였다. 드래곤 대신 와이번이라고, 넬은 빠져나가려는 클라이츠의 손을 꽉 쥐며 히죽 웃어 보였다. 정신적 데미지로 만신창이가 된 머리가 상쾌해졌다. 잠시나마 훼일카드민에게 벗어나 만만한 녀석을 손에 쥐게 된 것이다.

'그냥, 네가 황태자로 태어난 걸 원망해라. 네가 황태자로 태어난 덕분에 내가 네 부인 후보씩이나 된 거니까.'

뿌드득. 이가 절로 갈렸다.

거친 잇소리에 옆에 있던 클라이츠의 어깨가 움찔거렸다.

그것이 더욱 넬을 활활 불타오르게 한다는 걸 온실 속 화초 황태자 전하께서는 전혀 몰랐다.

넬은 활짝 웃으며 클라이츠를 바라보았다. 그 웃음에 놀란 클라이츠는 몸을 떨었지만 넬은 있는 힘껏 클라이츠를 잡아당겨 홀의 중앙으로 향했다. 클라이츠는 훼일카드민과 달리 넬에게 별다른 저항조차 하지 못했다. 넬은 클라이츠의 손과 허리를 꽉 잡으며 눈을 빛냈다.

"한 곡 추실 깝쇼, 황태자 전하?"

훼일카드민이 악단을 향해 손가락을 팅기자 홀 안에 다시금 고풍스러운 음악이 울려 퍼졌다.

그리고.

"으아악!"

"크하하하하하하!"

부인 후보를 잘못 만난 불쌍한 황태자 전하의 비명과 스트레스 해소를 위해 희생양을 붙잡은 한 괴물 공녀의 웃음소리가 어우러졌다. 영원히 끝날 것 같지 않은 음악과 함께, 계속, 계속……

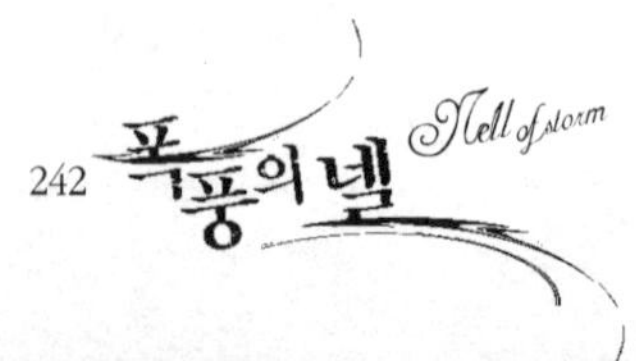

2

　홀의 중앙은 썰렁해졌다. 클라이츠가 넬과 춤을 추기 시작하자 귀족들은 자리를 비켜주었다. 악단은 손을 떨며 악기를 연주했다. 정말 연주하기 싫어 보이는 얼굴들이었다.

　거대한 넬 앞에서 건장한 클라이츠는 한낱 작고 연약한 사내에 불과했다. 출렁이는 넬의 치맛자락에조차 휘청거리기 일쑤였다.

　간간히 들리는 우두둑 뼈 밟히는 소리와 고통에 찬 신음 소리는 음악에 파묻혔다. 고통스러워 보이는 황태자의 얼굴을 알아주는 귀족은 한 사람도 없었다.

　저마다 클라이츠와 넬이 만들어내는 끔찍한 그림에 절망

하며 눈을 돌리기 일쑤였다. 굳이, 자신의 인내심을 시험해 가면서까지 눈을 버릴 필요는 없다는 판단에서였다.

오직 단 한 사람, 동제후 훼일카드민만이 클라이츠와 넬을 뚫어져라 바라보고 있었다.

그는 다른 어느 곳으로도 한눈을 팔지 않았다. 훼일카드민 주위로 몰려든 어중이떠중이 귀족들과 귀공녀들은 서로 웃고 떠들기에 여념이 없었다. 훼일카드민이 자신을 상대해주지 않아도 곁을 떠나지 않았다.

"동제후 각하."

푸른 잎사귀를 입에 문 독수리 문양을 가슴 부분에 새긴 기사가 훼일카드민에게 다가왔다.

푸른 잎사귀를 문 독수리는 러세리드 북제후 가문의 문양이다. 또한 러세리드 북제후 가문의 사설 기사단인 오딘의 기사들이 충성의 의미로 그 문양을 갑옷에 새기고 다닌다.

기사는 정중히 허리를 숙이고 깍듯이 인사했다. 황홀한 듯 넬에게서 눈을 떼지 않고 있던 훼일카드민은 고개를 돌렸다.

"무슨 일이지?"

"북제후 각하께옵서 동제후 각하를 찾으십니다. 잠시 짬을 내어주심이 어떠하신지 여쭙고 오라 하셨습니다."

기사의 말에 주변에 모여든 귀족들이 웅성거렸다.

"가지."

훼일카드민은 그들에게 한마디 양해도 구하지 않고 기사

를 따라 자리를 떴다. 졸지에 중점을 잃은 귀족들은 훼일카드민의 뒷모습을 보며 입맛을 쩍쩍 다셨다. 그 와중에도 썰렁한 홀 중앙에서 클라이츠와 넬의 춤은 계속 되었다.

기사는 훼일카드민을 테라스로 안내했다. 테라스에는 붉은 와인을 한 잔 들고 난간에 기대 선 노인이 있었다. 러세리드 북제후였다.

"허허, 와주었군."

"그간 평안하셨습니까. 경황 중에 따로 인사드리지 못했습니다."

"아닐세, 아니야. 자네나 나나 바쁘긴 매한가지였지. 가문의 소중한 공녀를 황태자 전하께 보내는 날이 아니었는가."

러세리드 북제후는 껄껄 웃으며 훼일카드민을 맞이했다. 훼일카드민은 살짝 고개를 숙인 후 러세리드 북제후 곁에 섰다. 훼일카드민을 안내했던 기사는 테라스의 유리문을 닫고 나가 보초를 서듯 그 앞을 지켰다.

황태자비 후보들이 후궁으로 입궁하는 날은 제국에서 가장 큰 행사이다. 황제를 필두로 제국을 지탱하는 커다란 네 개의 기둥, 네 명의 제후가 수도에 모이는 드문 날이기도 하다. 십여 년 만에 모인 네 제후들 사이에서 무슨 큰일이 일어나지 않을까, 많은 귀족과 호족들의 눈이 네 제후에게로 향했다.

아름다운 황태자비 후보들과 동제후 가문의 괴물 공녀로

시끌벅적해지긴 했지만, 정치를 아는 귀족들의 눈과 귀는 네 제후에게서 떠나지 않았다.

하지만 그들의 마음과 달리, 네 제후의 만남은 싱겁게 끝났다. 조그만 마찰도 없었다. 서로 간단히 인사만 나누고는 각자의 세력 귀족들에게 파묻혀 따로 놀았다. 추문을 원했던 이들에게는 참 안타까운 일이 아닐 수 없다.

황태자비 후보로 내세워진 네 명의 공녀가 후궁에 들어가자마자 알레키드 서제후는 자신의 제후령으로 돌아갔다. 올리사데베 남제후 또한 더 남아 있나 싶더니, 소리없이 사라졌다.

이제 수도에 남아 있는 제후는 둘뿐이다. 좀처럼 제후령에서 벗어나지 않는다는 러세리드 북제후와 몇 년 전부터 수도에 머물며 철십자 기사단 단장을 역임한 데카리온 동제후 훼일카드민.

때문에 조금 전 홀 안에서 웬만한 귀족들이 훼일카드민 주변을 서성거렸던 것이다. 일찌감치 구석으로 자리를 피한 러세리드 북제후와 달리, 훼일카드민은 아름다운 여동생에게 시선을 빼앗겨 미처 자리를 벗어나지 못했기 때문이다.

"알레키드 서제후는 곧바로 돌아갔다더군. 웬만하면 황태자비 후보가 된 공녀의 기도 살려줄 겸 연회 정도는 즐겨줘도 될 텐데 말이야."

머리가 하얗게 세고 풍채 좋게 기른 긴 수염까지 흰 노년의

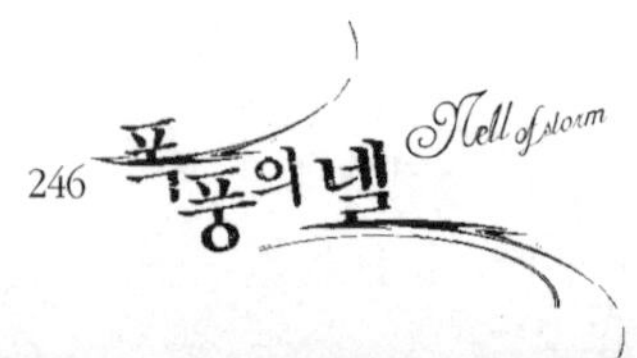

246

러세리드 북제후와 철갑옷을 뒤집어쓴 훼일카드민의 조합은 묘했다.

"남제후는 그래도 황제 폐하께는 말씀을 올리고 떠났는지 그 자존심 강한 황제 폐하께서 남제후가 사라졌는데도 별 말씀이 없으시군."

얼굴에 깊은 주름살이 패였다 해도, 한평생 제국을 위해 검을 휘둘렀던 러세리드 북제후의 기백은 여전했다.

"황제 폐하께선 남제후의 그런 점을 흐뭇하게 생각 하실 겁니다."

"그럴지도 모르지. 남제후가 머리 하나는 잘 굴린단 말이야."

거침없는 그의 말에 훼일카드민은 작게 고개만 끄덕였다.

"바로 전대에 반역을 일으켰다 실패하고서도 그렇게 기세 등등한 걸 보면. 서제후야 남제후 곁에 붙어 빵부스러기나 핥아 먹을 뿐이지만."

"황제 폐하께서는 그 일을 입 밖으로 꺼내는 걸 금하셨습니다."

"여전히 딱딱하군, 자네는. 근 십 년만의 만남인데 말이야."

훼일카드민은 대답대신 고개를 살짝 까딱였다. 부정하지 않는 훼일카드민의 모습에 러세리드 북제후는 웃음을 터뜨렸다.

"그렇게 긴장할 필요는 없네. 그때의 칼부림을 아직도 껄끄럽게 여기고 있는 건 아니겠지?"

"저보다야 북제후께서."

"그때 내가 화를 낸 건 자네도 충분히 이해를 해줘야 하네. 내 하나뿐인 소중한 딸과의 약혼을 파하고 서제후의 그 요녀와 약혼을 하겠다는 자네를 내가 가만뒀어야 했겠나."

"물론입니다. 그때 북제후께서 하신 행동은 정당한 행동이십니다."

"허허허, 그때는 자네의 이런 행동이 정말 꼴 보기 싫었지. 속이 텅 비어 있는 철갑옷을 상대하는 것 같아서 말이야."

"그렇게 생각하셨는지는 몰랐습니다."

철투구에 걸러져 나오기 때문일까. 아니면 본래의 목소리가 그러한 것인가. 전신에 화상을 입어 그 흉한 모습을 갑옷과 투구로 가리고 다닌다는 훼일카드민의 목소리는 탁한 쇳소리와 비슷하다.

무슨 생각을 하는지, 말하는 지금 어떤 감정을 가지고 있는지 전혀 알 수 없는 목소리다. 러세리드 북제후는 오랜만에 듣는 훼일카드민의 목소리로 감회에 젖어들었다.

"내 딸은 자네를 정말로 좋아 했다네. 나도 내 딸이 철갑옷 취향일 줄은 정말 몰랐지만. 워낙 얌전하고 말이 없는 아이라, 자네를 그리 깊게 마음에 담아두고 있는지도 몰랐네. 자네가 일방적으로 약혼을 파하고 그 요녀와 약혼을 한 후로 내

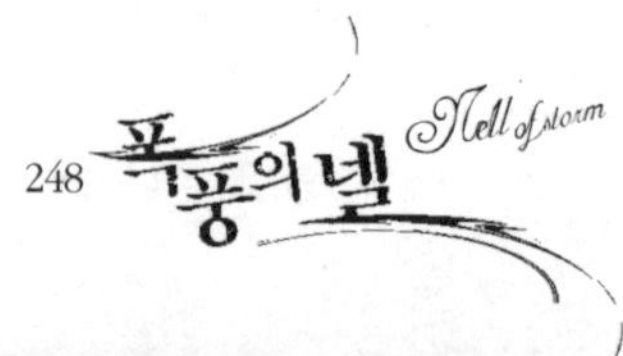

딸은 성 밖으로 나가질 않았어. 재 약혼은 생각해 보지도 못했고."

러세리드 북제후는 수염을 쓰다듬으며 느긋하게 말했다.

"그런데 덕분에 내 딸이 이렇게 황태자비 후보가 될 수 있었구먼. 나는 자네에게 고맙다고 말해야 하는 걸까?"

"이번 일까지 내다보지는 않았습니다."

"물론 그랬겠지. 하지만 내 딸과의 약혼을 깨고서라도 서제후의 그 요녀와 약혼한 건 무언가를 내다보고 한 일이겠지?"

"글쎄요. 무슨 말씀을 하고 싶으신 건지 잘 모르겠습니다."

"나는 물론, 이디스 제국에서 자네를 아는 모든 사람들이 그 투구 속에 숨겨진 자네의 얼굴을 궁금하게 여긴다네. 나는 그 이상으로 자네의 그 머릿속에 든 생각이 너무도 궁금하지. 그건 서제후나 남제후도 마찬가지일거야. 자네가 도대체 무슨 생각으로 움직이는지."

"저는 데카리온 동제후로서 맡은 바 임무를 다할 뿐입니다."

기사도 교본에나 나올 법한 훼일카드민의 말에 러세리드 북제후는 너털웃음을 터뜨렸다.

"데카리온 동제후 가문은 대대로 황실에 충성스럽기로 유명하지. 하지만 자네처럼 유난스럽지는 않았어. 몇 년 동안이

나 자신의 영지를 버려두고 수도로 와 기사단장을 역임할 정
도는 아니었지. 그건 우리들 나머지 제후들도 마찬가지지. 무
엇이 자네를 황실에 충성토록 만드는 겐가.”

러세리드 북제후의 물음에 훼일카드민은 대답하지 않았
다. 러세리드 북제후의 웃음만이 빈 밤하늘에 울렸다.

“자네는 필요하지 않은 거짓말은 하지 않지. 그건 자네의
오랜 버릇이야. 자네와 동등한 위치인 북제후로서 뿐만 아니
라, 자네의 스승으로서, 지금 자네의 침묵을 믿겠네.”

러세리드 북제후는 검술로는 이디스 제국에서 그를 따를
자가 없다. 훼일카드민이 어렸을 때 검술에 재능을 보이자 전
대 데카리온 동제후는 훼일카드민을 러세리드 북제후에게 보
냈다.

전 데카리온 동제후가 죽기 전까지 사교계에 모습을 보이
지 않았던 훼일카드민은 데카리온 동제후의 직을 이어받는
그 첫날부터 갑옷을 입고 철투구를 쓰고 사람들 앞에 모습을
보였다.

훼일카드민의 부모가 모두 죽은 지금, 훼일카드민의 갑옷
속 모습을 아는 유일한 사람은 러세리드 북제후일 것이다.

“후궁에서 내 딸이 자네의 그 어마어마한 동생을 조금 괴
롭힐지도 모르네. 뭐, 괴롭힌다고 해도 오히려 내 딸이 더 고
난을 당할 것 같지만 말이야. 허허, 그 정도는 이해해 주게
나.”

러세리드 북제후는 슬슬 화제를 돌려볼 생각으로 슬쩍 훼일카드민의 동생 이야기를 꺼냈다. 오랜만에 만난 제자와 화목한 시간을 보내고 싶었던 러세리드 북제후의 마음을 아는지 모르는지 훼일카드민의 분위기가 싸늘해졌다.

"제 동생은 저의 일과는 아무 상관이 없습니다, 러세리드 북제후. 만일 카젤리안 공녀가 연약하고 사랑스러운 제 동생 에일린을 괴롭힌다면, 그래서 연약한 에일린에게 무슨 일이라도 생긴다면 그 책임을 분명히 할 것입니다."

무슨 일이 벌어져도 아침 식사에서 메뉴가 바뀌는 것만큼으로도 여기지 않았던 훼일카드민이 이렇게 분명하게 감정을 표현하다니?

"자네……."

러세리드 북제후가 무언가 훼일카드민에게 말을 꺼내려 할 때였다.

"동제후 각하!"

훼일카드민의 호위 기사 한 명이 급히 훼일카드민 앞에 달려와 한쪽 무릎을 꿇었다.

"무슨 일이지?"

"작센 자작께서 급히 동제후 각하께 드릴 말씀이 있다고 성화십니다."

"그것이 제후 간의 시간을 방해할 정도로 급하다고 하던가?"

작센 자작이나 호위 기사를 꾸짖는 목소리는 아니었다. 하지만 호위 기사는 황송하다는 듯 고개를 숙였다.

"먼저 일어서는 실례를 해야 할 것 같습니다."

잠시 호위 기사를 내려다보던 훼일카드민은 러세리드 북제후를 바라보며 양해를 구했다. 러세리드 북제후는 흔쾌히 손짓하며, 남은 와인을 모두 마시고 자리에서 일어났다.

"내가 바쁜 동제후의 시간을 많이 뺏었나 보구려. 나도 슬슬 일어나려는 참이었으니 너무 신경 쓰지 마시게."

"감사합니다."

훼일카드민은 러세리드 북제후에게 고개를 까딱이고는 호위 기사를 따라 발걸음을 옮겼다. 그에 멀찍이 떨어져 있던 다른 호위 기사들 또한 재깍 움직였다. 훼일카드민의 호위 기사들은 훼일카드민을 따랐다. 러세리드 북제후의 호위 기사들은 러세리드 북제후에게 다가왔다.

"즐거우셨습니까, 각하."

"오랜만에 제자를 만났는데 여전히 무뚝뚝하고 변함이 없는 모습이라서 반가웠다네."

호위 기사의 조심스러운 물음에 러세리드 북제후는 인자하게 웃으며 자신의 수염을 쓰다듬었다.

"변함이 없어 참 다행이야."

훼일카드민이 테라스를 나오자 기다렸던 무리가 훼일카드

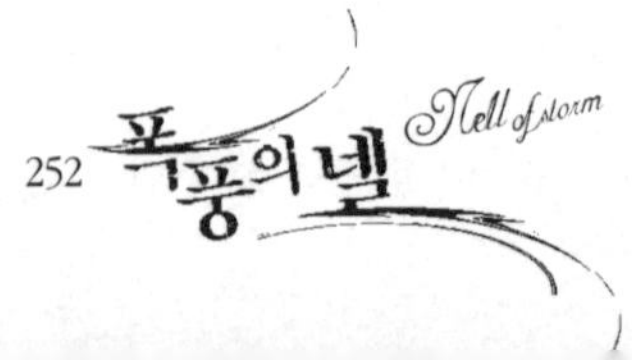

민을 에워쌌다.

"각하!"

그들 중 제일 절박해 보이는 표정의 남자가 앞으로 나섰다. 훼일카드민을 급하게 청한 작센 자작이었다.

"제후 간의 담소를 끊을 만큼 중대한 용무가 무엇인가, 작센 자작?"

훼일카드민은 그의 절박함에 동요하지 않았다. 쇳소리 섞인 담담한 목소리가 투구를 타고 흘러나왔다.

"각하, 레니언 프리델트가……."

"잠깐."

작센이 오랜 기다림 끝에 성토를 토해내려는 찰나, 훼일카드민이 그의 말을 막아섰다. 훼일카드민의 눈길은 작센 자작 너머를 향해 있었다.

"크윽! 아아악!"

바닥을 데굴데굴 구르는 클라이츠와 사람들 틈을 비집고 - 사람들을 퉁퉁 튕기고 밀쳐내며- 홀 밖으로 나가는 넬이 보였다.

"아아악! 내 발!"

클라이츠의 처절한 비명이 홀 안 천장을 꿰뚫는 듯했다. 귀족과 호족들이 기겁하며 몰려들었고, 홀 안은 금세 시끌벅적해졌다.

그 소란에 작센과 무리들도 뒤돌아 훼일카드민의 시선을

따랐다.

"할 말이 있다면 나중에 하게."

훼일카드민은 작센 자작의 옆을 스치며 넬이 빠져나간 쪽으로 뒤따랐다.

"잠깐! 잠깐만요, 각하!"

턱을 다물지 못하고 클라이츠를 지켜보던 작센 자작은 뒤늦게 정신을 차리고 훼일카드민을 불렀다. 하지만 이미 훼일카드민은 멀리, 아주 멀리 떠나간 후였다.

사람들 틈바구니 속에서 번쩍이는 철갑옷을 보며, 작센 자작은 힘없이 고개를 떨어뜨렸다.

"힘을 내세요. 지금 이 난국을 헤쳐 나갈 수 있는 사람은 자작뿐입니다."

작센 자작과 의기투합하여 훼일카드민을 둘러쌌던 무리들이 작센 자작에게 몰려들어 그를 위로했다.

작센 자작은 훼일카드민 휘하 호족들 중 유일하게 훼일카드민과 맞설 수 있다 평가되는 인물이다. 때문에 호족들과 훼일카드민 사이를 중재하거나 훼일카드민을 보좌하는 일을 모두 도맡고 있다. 무리들은 언제나 고맙고 감사한 존재인 그가 오늘따라 처량해 보였다.

"하아."

작센 자작의 한숨이 유독 무겁게 느껴졌다.

＊　　　＊　　　＊

클라이츠는 넬의 맹공격을 견디다 못해 무너졌다. 발을 잡고 데굴데굴 구르는 클라이츠를 보며 상쾌함을 느끼기 전에, 넬은 사방에서 쏟아지는 시선에 제정신을 차렸다.

'여기 계속 서 있다간 맞아 죽을지도 모르겠는데?

이성을 잃고 훼일카드민에게 받은 스트레스를 클라이츠에게 모두 쏟아 부었다. 한바탕 한풀이를 끝내고 나서야 여기가 황궁이고 자신의 편은 주변에 단 한 명도 존재하지 않음을 깨달았다.

물론 자신이 한 일에 조금의 후회도 없지만 목숨은 소중한 것이기에 넬은 몸을 사리기로 결정했다.

넬은 몰려드는 귀족들을 헤치고 얼른 홀 밖으로 빠져나왔다. 물론, 이 틈을 이용해 도망치겠다는 생각은 하지 못했다. 아직 성 안의 구조도 모를뿐더러, 머리 위에 드리운 훼일카드민의 그림자는 너무도 짙었다.

어찌어찌 건물을 빠져나오자 잘 꾸며진 정원이 펼쳐졌다. 자연스럽게 뻗은 줄기 대신 사람의 손길이 묻어나는 정원수로 가득 찬 딱딱한 곳이었다.

넬은 거추장스러운 드레스 자락을 양손 가득 움켜쥐고 이리저리 숨을 곳을 찾았다. 인정하기 싫지만 황태자 전하의 발은 훼일카드민이 알아서 잘 무마해 줄 것이다. 지금까지 그래

왔듯이. 그러니 그때까지만 어디든 잘 숨어 있으면 되는 것이
었다.

"으응!"

"아잉."

하악하악. 정원 여기저기서 숨 가쁜 신음 소리가 들렸다.
넬의 걸음걸음에 나뭇가지가 부서지고 잎사귀들이 바스락 바
스락거리며 요란을 떨었지만, 이 정도로는 방해가 되지 않는
듯싶었다. 아니, 오히려 이런 상황을 더 바라고 있는지도 몰
랐다.

"쳇, 재미들 좋군."

복장이 슬금슬금 부풀어 올랐다. 자신의 처지와 대비되어,
걱정없이 세월 좋은 꼬락서니가 부럽기도 했다. 하지만 그 달
밤의 운동을 훔쳐보고 싶은 마음은 조금도 들지 않았다.

'사람 된 도리로 돼지들의 교미를 보고 싶지는 않다고나
할까?'

킬킬거리며 비웃던 넬의 얼굴은 금세 시무룩해졌다.

지금 자신의 몰골도 그리 좋은 몰골이 아니라는 걸 새삼 깨
달았다.

넬은 우울한 마음을 안고 이리저리 헤맸다. 온갖 소리를 들
으며 한참을 헤매고 나서야 조용한, 먼저 도착한 이 없는 큰
아름드리나무를 발견했다. 나무는 은은한 달빛으로 빛나고
있었다.

넬은 한숨을 푹 내쉬며 나무 밑동에 주저앉았다.

나뭇가지와 잎사귀가 속살거리는 너머로 별이 가득한 하늘이 보였다. 별이 당장이라도 쏟아져 내릴 듯, 하늘은 맑고 검었다. 별들의 반짝임을 보고 있노라니 문득 자신의 신세가 처량하게 느껴졌다.

넬은 코를 훌쩍이며 콧잔등을 찌푸렸다.

"여기서 울고 있는 것이냐?"

신출귀몰. 이 말로 밖에 표현할 길이 없는 등장이다. 훼일 카드민이 부스럭 부스럭 수풀을 헤치고 나타났다.

"헉, 으헥!"

식겁한 넬은 나무 밑동에 등을 바짝 기대고 눈을 왕방울만 하게 떴다. 부리부리한 눈이 툭 튀어나올 듯 뎅그래졌다.

"황태자 전하는 걱정하지 마라. 뛰어난 의사들이 전하를 살필 터이니 곧 괜찮아 지실 거다. 연약한 너의 발에 몇 번 밟히셨다고 어찌 되시지는 않으실 거다. 그것 때문에 에일린, 네가 이리 눈물을 흘리고 있다니 내 마음이 참 아프구나."

"허어……."

넬은 할 말을 잃었다.

"미쳤군, 미쳤어."

저도 모르게 마음속으로만 생각하던 말이 밖으로 새어 나올 정도로 넬은 심히 당황한 상태였다.

"흡!"

물론 급히 자신의 두 손으로 입을 틀어막았지만.

"아직도 내가 무서운가."

그 진지하지 않은 모습에 훼일카드민은 작게 한숨을 내쉬었다.

"……."

'그럼 안 무섭겠냐? 제기랄스러운 정신이상자를!'

입을 막은 넬은 대답하지 못했다. 아니, 애초에 대답하고 싶은 마음은 조금도 없었다.

스산한 바람이 둘 사이를 스쳐 지나갔다. 달빛은 축복이라도 하듯 훼일카드민의 어깨 위에 내려앉았다. 달빛으로 빛나는 나무 아래서 은빛의 철갑옷을 마주하는 건 꽤나 묘한 기분이었다.

"날 어떻게 할 셈이야?"

여러 번의 탈출 시도도, 자신이 당당한 남자임을 밝히는 것도, 모두 실패로 돌아갔다. 자포자기. 될 대로 되라는 심정에 정말 저 오, 라버니의 눈엔 내가 예뻐 보일지도 모른다는 확신 아닌 확신까지. 넬은 한숨 쉬듯 말했다.

"어떻게 한다라……."

넬의 말이 의외였던 걸까.

"내가 너를 어떻게 할 거라고 생각하는가."

"몰라서 묻는 거잖아!"

달빛이 숨은 용기까지 끌어내 주는 걸까. 넬은 있는 용기에

없는 용기까지 짜내 소리쳤다.

"도대체 뭐 때문에 지금의 날 보고도 내가 여자라고 믿는 건지 모르겠지만, 과거는 내가 설명할게. 옛날엔 말이야, 응?"

"과거에 매여 현재를 거부하는 건가?"

"제기랄. 그런 말이 아니잖아! 그래, 과거 따윈 어쨌든 좋아. 어차피 지금의 내게 과거는 아무런 의미도 없으니까. 난 남자야, 남자라고! 유쾌한 폭풍 넬 에이어!"

"나 또한 과거는 어찌 됐든 좋다."

"아니, 전혀 그렇지 않잖아!"

넬은 버럭 소리쳤다.

"흥분하지 마라, 에일린. 정숙한 공녀는 자신의 감정을 함부로 드러내지 않는다."

"나는 정숙한 공녀가 아니니까 괜찮아. 공녀라고 대접받으며 무도회에서 황태자 따위와 춤추는 꼭두각시가 아니라고! 나는 에이어 급 용병이야! 못 믿겠어? 설마 귀족 도련님이셔서 에이어 급 용병이란 게 무슨 말인지, 무슨 뜻인지 모르는 건 아니겠지?"

"난 널 꼭두각시라고 생각한 적이 없다."

"제기랄! 요점은 그게 아니잖아!"

'도대체 왜 이렇게 말이 안 통하는 거냐고!'

일방통행에 가슴이 콱콱 막혔다. 답답했다.

"황태자 전하께 어울리는 여자는 데카리온 가문의 피를 이은 고귀한 공녀인 에일린, 오직 너뿐이다."

"내 피의 반쪽이 더러운 하녀의 피라는 걸 잊은 건 아닐 텐데?"

넬은 비꼬듯 말했다.

"네가 데카리온의 공녀라는 건 변하지 않는 사실이다. 왜 거부하는 거지? 마녀의 저주는 이렇게까지 너의 아름다움을 파괴할 만큼 악독하고 모진 것이더냐."

"거부할 만하니까 거부하는 거지! 그리고 난 마법 따위에 걸리지 않았다니까!"

훼일카드민은 뚜벅뚜벅 넬에게 걸어왔다. 조금 전까지 위세 당당하던 넬은 얼른 몸을 낮춰 당장이라도 옆으로 튈 준비를 하며 훼일카드민을 노려보았다.

"가, 가까이…… 다가오지 마!"

이런 대사나 내뱉어야 하는 현실이 너무도 저주스러웠다.

넬의 바로 앞까지 다가온 훼일카드민은 그의 손을 잡았다. 넬은 흠칫 몸을 떨며 훼일카드민을 향한 경계를 풀지 않았다.

"이 손에 모든 영광을 쥐여 주겠다."

훼일카드민은 자연스럽게 넬의 손등에 입을 맞췄다. 그 차가운 감촉으로 손등에 북실한 털들이 송송히 곤두섰다.

"반항은 용서하지 않겠다. 아무리 에일린, 너라고 하더라도."

투구 속 안광이 번쩍 빛났다.

"으헥!"

넬은 귀신을 본 듯 기겁하며 손을 구해내려 했지만, 훼일카 드민은 넬의 손을 절대 놓지 않았다.

그렇게 달빛으로 빛나는 나무 아래서 괴물 공녀와 철갑옷 제후의 밀회는 계속되었다. 찬바람 휘날리며.

'나, 돌아갈래. 그 좋았던 시절로, 제발!'

외치지 못할, 넬의 처절한 마음속 절규를 아는 듯 모르는 듯 달빛은 유유히 둘을 비추었다.

CHAPTER 6

공녀의 첫경험

1

넬은 당당히 황태자비 후보로 인정되어 후궁에 입궁하였다. 동제후 훼일카드민은 사랑스러운 여동생이 혹여나 실수를 하지 않을까 몸종을 한 명 붙여주었다.

남들이 보기엔 그 몸종이 황태자비 후보이고 넬이 호위 무사가 아닐까 심히 의심이 될 정도로 아름다운 여인이었다. 이름은 레나. 그녀는 에일린 전담 시녀로서 에일린이 머물고 있는 별궁의 모든 일을 총괄하고 있다.

"에일린 공녀님, 어서 일어나시와요."

커다란 쟁반에 갓 구운 빵과 스프, 따뜻한 우유를 한가득 담아 들고 온 레나는 솜씨 좋게 닫힌 침실 문을 발로 열고 들어갔다. 커다란 침대에 누워 코를 골며 깊이 잠들어 있는 커다란 넬을 확인한 레나는 상쾌하게 웃으며 탁자에 쟁반을 내려놓았다.

잠시 숨을 고른 후, 레나가 곱게 미소 짓고 있던 두 눈을 번쩍 뜨고 양손을 허공에 휘둘렀다.

휙휙휙.

레나의 곱디고운 두 손에서 반짝이는 것들이 넬을 향해 날아갔다.

"헉!"

그것들이 막 넬의 몸에 닿기 직전, 그는 두 눈을 번쩍 떴다. 생명의 위협을 느낀 넬은 침대 시트를 손에 쥐고 허공에 휘둘렀다.

찌…… 찌이익, 찍.

아슬아슬하게 레나가 날린 것들은 시트를 찢으며 속도가 늦춰졌다. 대부분은 시트를 찢고 바닥에 떨어지거나 시트에 둘둘 말렸다. 허나 몇 개는 동료들을 희생해서 유유히 시트의 장막을 지나 넬에게 닿았다.

"컥!"

휘익~.

두 개의 은빛 물체가 넬의 양 뺨을 스치며 머리카락 몇 가닥을 자르고 벽에 박혔다. 끝이 보이지 않을 만큼 깊숙이.

"날 죽일 셈이냐!"

잠자다 죽을 뻔한 넬은 버럭 소리를 질렀다.

"덕분에 이렇게 별 탈 없이 일어나셨잖아요, 공녀님. 이제 슬슬 익숙해질 때도 되지 않으셨나요?"

"어떻게 이런 거에 익숙해 질 수 있냐!"

"일주일이나 흘렀는데. 공녀님은 참 둔하시군요."

"내가 둔하다고?"

언제나 수많은 여인들의 치맛자락을 흘리고 다니…… 가 아니라, 언제나 유쾌한 폭풍을 몰고 다닌다는 용병계 최고의 남자, 넬 에이어에게는 충격적인 말이었다.

"미인은 잠꾸러기라고들 하지만 사실 늦잠은 미용에 좋지 않답니다, 에일린 공녀님."

자신을 용병계의 기대주라고 믿어 의심치 않던 넬은 생글생글 웃는 레나의 아름다운 얼굴 앞에서 절망했다.

"크윽!"

'이런 게 여자였단 말인가. 저 미소는 나와 뜨거운 하룻밤 후에 내 주머니를 몽땅 털어갔던 리나의 웃음과 똑같아. 이 빌어먹을 오, 라버니야! 도대체 몸종이랍시고 저런 걸 붙여주면 어떡하냔 말이다!'

넬은 얼굴을 구기며 인생에 단 한 번도 도움이 된 적 없던 훼일카드민을 원망하며 구시렁거렸다.

레나는 그런 넬을 보며 상큼하게 웃어 보였다. 그리고는 믿어지지 않게도 생각에 잠겼던 에일린의 목덜미를 잡아 번쩍 들어 의자에 앉혔다. 어마어마한 힘이었다. 자신의 서너 배는 족히 될 넬을 가뿐히 옮기다니.

"랄랄라~ 룰루랄라~."

가볍게 운반된 넬은 멍하니 레나를 바라보았다. 레나는 콧노래를 부르며 침대를 정돈하고 있었다. 넬은 새삼 세상은 넓고 사람은 많다는 명언을 절감했다.

'어째서 이디스 제국이 망하지 않는 거지? 오, 라버니 같은 놈이 제후 자리에 올라가 있고 이런 개념 없이 힘센 미녀가 시녀로 있는데. 이 제국이야 말로 마녀의 가호라도 받은 거 아냐? 이 빌어먹을 이디스 제국!'

망하기는커녕 주변의 약소국들을 압박하며 나날이 성장해만 가는 이디스 제국을 원망한들 지금의 상황이 변하는 것은 아니다. 넬은 더 이상의 생각을 포기하고 얌전히 빵을 씹었다.

"아침 식사는 간단히 하세요. 며칠 뒤에 황태자 전하를 뵐 텐데, 코르셋 드레스를 입으려면 미리 소식을 하셔야 해요."

"쿠억!"

레나의 말에 넬은 입 안에 든 내용물을 토해냈다.

"에이, 에일린 님!"

침대 정리를 마친 레나는 얼른 넬에게 다가왔다. 레나는 순백의 앞치마로 일단 탁자를 닦고 그 앞치마로 넬의 입을 정성스레 닦아주었다.

그런 레나의 행동을 깨칠 새도 없이 넬은 입을 떡 벌리고 레나를 올려다보았다.

밝은 갈색 머리카락을 하나로 질끈 묶고, 단정하게 시녀복을 입고 있는 레나는 녹색의 맑은 눈을 반짝이며 싱긋 웃었다. 창문에서 쏟아져 내리는 따사로운 햇살이 축복하듯 레나를 비추었다.

새하얀 피부와 여리디 여린 몸매. 가슴은 좀 많이 빈약하지만 그 정도는 끝내주는 미모로 커버할 수 있을 듯 아름다운 레나가 넬에게는 마계에서 온 악마로 보였다.

"그렇게 좋으세요? 하긴, 에일린 님의 남편 되실 분이신데 당연히 좋으시겠지요. 그래도 이렇게 너무 좋아하는 티를 내시니까 오히려 제가 더 부끄러워지잖아요."

퍽!

"억!"

퍽!

"컥!"

레나는 부끄럽다는 듯 얼굴을 붉히며 넬의 어깨를 살짝 내려쳤다. 물론 당하는 입장에서는 어깨뼈가 부러질 것만 같았다. 넬은 자신의 몸이 맥없이 흔들리는 걸 느끼며 보이지 않는 눈물을 흘려야 했다.

"자, 어서 준비를 하셔야지요. 그렇게 기쁘시니 당연히 아침 식사가 목에 걸리시겠지요? 아름다운 몸매를 유지하기 위해선 가끔 아침 식사 정도는 거르셔도 된답니다.”

“뭐?”

넬은 황당하다는 듯 눈을 치켜떴다. 어젯밤에도 저것과 비슷한 대사와 함께 저녁 식사를 압수당했던 기억이 눈에 선했다. 깜짝 놀란 넬은 얼른 양손으로 빵을 움켜쥐고 입에 구겨 넣으려했다.

허나!

“내 아침 식사아아아아아아아.”

“에이, 일부러 부끄럼을 감추시려 하시는군요. 제 앞에서는 안 그러셔도 돼요! 전, 동제후 각하께옵서 에일린 공녀님을 돌보라 명하신 최강의 시녀거든요. 그러니까 이 황궁에선 절 믿으셔도 되어요.”

“그게 아냐!”

레나는 강했다. 레나는 가볍게 빵을 빼앗고 넬의 뒷목을 잡아채 잡아당겼다. 레나와 비교도 안 될 정도로 커다란 등치의 넬이 질질 끌렸다. 조금도 힘든 기색을 보이지 않는 레나에 의해서.

꾸루루루룩.

배에서 빵을 달라 아우성을 쳤다. 천둥소리보다 큰 그 소리에 레나도 잠시 걸음을 멈칫거렸다.

“어머나, 귀여우셔라! 공녀님 배도 수줍어하시는군요. 공녀님은 부끄럼쟁이.”

레나는 이내 다시 방긋 웃으며 몸부림치는 넬을 질질 끌고 옷 방으로 향했다.

'그놈에 그놈이라더니.'

훼일카드민만큼이나 여러 가지 의미로 강적인 레나에게 넬은 다시 한 번 항복할 수밖에 없었다.

'이 빌어먹을 오, 라버니!'

*　　　*　　　*

훼일카드민은 고개를 옆으로 틀었다. 장갑 낀 손으로 얼굴을 가린 투구를 문지르던 훼일카드민은 중얼거렸다.

"귀가 간지럽군."

"안 간지러우시면 어쩔까 계속 걱정하고 있었습니다, 각하!"

기다렸다는 듯 작센 자작이 말했다.

"흠."

훼일카드민은 작게 숨을 내쉬며 앞을 바라보았다. 성난 작센 자작의 얼굴은 당장이라도 뻥 터져 버릴 듯 시뻘겋게 부풀어 올라 있었다.

"진정하게, 작센 자작."

그 한마디에 지금까지 가까스로 참아오고 있던 작센 자작은 머리 뚜껑을 벌컥 열어 버렸다.

"지금 진정하게 생겼습니까!"

그의 고함이 조용한 동 저택을 뒤흔들었다.

작센 자작 뒤에 버티고 서 말없이 작센 자작을 응원하고 있던 가신들은 한숨을 푹푹 내쉬었다.

"내 동생에 대한 것이라면 더 이상 아무 말도 듣지 않겠다고 분명 말했을 텐데."

훼일카드민은 무 자르듯 단칼에 단언했다.

그들이 요 며칠 동안 넬에 관해서 훼일카드민을 들볶았던 것을 문서로 남긴다면 단숨에 이 커다란 저택이 차고 넘칠 것이다. 언제 소식이 전해졌는지 제후령에 머무르는 호족들마저 기겁하며 끊임없이 상소와 사람들을 올려 보냈다.

훼일카드민과 함께 수도에 머물러 있는 가신들까지도 훼일카드민의 뒤를 졸졸 쫓아다녔다.

천하의 훼일카드민마저 기가 질릴 정도의 공세였다. 결국 어제, 훼일카드민은 자신의 사랑스러운 동생을 무한정 깎아내리는 호족과 가신들에게 분노를 드러냈다.

훼일카드민은 다시 한 번 넬에 대해 왈가왈부하는 자는 절대 용서치 않으리라는 말을 했다. 훼일카드민의 말이 진심임을 깨달은 호족과 가신들은 통탄의 눈물을 흘리며 입을 다물 수밖에 없었다.

그리하여 평화를 되찾은 듯 보였던 훼일카드민의 저택에 다시금 암울한 오로라가 퍼져 나오기 시작한 것이다. 자신의

가신들이 혹여나 말귀를 못 알아먹는 멍청이가 아닐까 심히
고민하던 훼일카드민은 선방을 내질렀다.

"그 때문에 온 것은 아닙니다."

다행히 넬에 관한 것은 아니었던 듯, 작센 자작 또한 주저
없이 대답했다.

"사실, 정말 급한 일은 공녀님에 관한 일이기에 말씀드리
는 걸 미뤄두었습니다만."

작센 자작이 운을 떼며 우울하게 말했다.

"각하, 레니언이 통 보이질 않습니다."

"레니언?"

"레니언 프리델트말입니다."

"레니언이라면 걱정하지 말도록."

프리델트 백작 가문은 유서 깊고 명망 높은 열두 명가에 속
하는 가문이자 대대로 데카리온 동제후 가문에 충성을 맹세
한 긍지 높은 가문이다.

레니언 프리델트는 프리델트 백작의 장자로서 이십대 중
반의 젊은 나이에 훼일카드민의 최측근으로 확고히 자리매김
했다. 훼일카드민의 세력에 없어서는 안 될 중요한 인물이다.

자신들의 이해할 수 없는 주군이 여동생이랍시고 황태자
비 후보로 들여놓은 공녀는 괴물 중 괴물이다. 황태자의 눈에
들기는커녕 황태자가 놀라 도망갈 만치 어마어마한 공녀님인
것이다. 게다가 아직은 느낌일 뿐이지만 다른 제후들의 움직

임이 심상치 않다.

이런 상황일수록 세력을 더욱 공고히 다져놓아야 하건만, 많은 기사들의 신망을 받으며 동제후 세력의 주춧돌 역할을 담당하는 레니언이 사라져 버린 것이다.

훼일카드민은 이들의 충성 어린 마음을 아는지 모르는지, 레니언의 소재를 알면서도 아무런 언질이 없었던 것이다.

작센 자작은 분노하며 몸을 부들부들 떨었다. 훼일카드민을 그야말로 죽일 듯 노려보았다. 당장이라도 불경하다며 검을 빼 들어 목을 칠만도 하건만 훼일카드민은 익숙하게 그 눈빛을 받아넘겼다.

"각하, 도대체!"

"임무 수행 중이다."

"임무 수행 중이라니요?"

작센 자작은 미심쩍은 듯 되물었다.

"레니언만이 할 수 있는 임무다."

"그럼 저번처럼 기사단의 갑옷을 모두 팔아 외상값을 갚고 옆 나라로 도망쳤다던가, 이상한 사이비 이단 종교에 빠져 스스로 인신공양의 제물이 되겠다며 나선 것도 아니고, 웬 여장 남자에게 반해 결혼 서약을 시켜주지 않는다고 신전을 부수러 간 것도 아니란 말씀이십니까?"

"그렇다. 레니언에게 에일린의 호위를 맡기었지."

일단 이상한 짓을 저지르러 가지는 않았다는 말에 작센 자

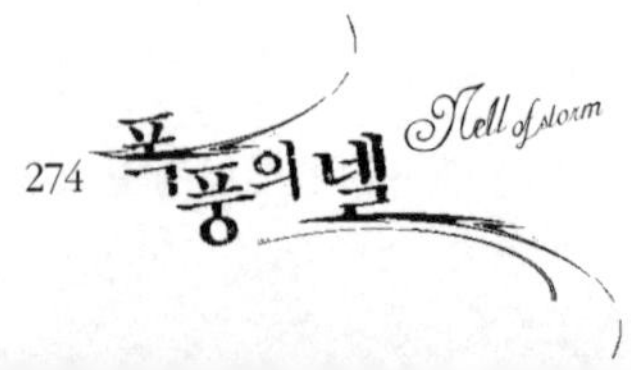

작과 일행들은 안도의 한숨을 내쉬었다. 암울한 기세가 모두 사그라졌다.

작센 자작이 말한 사건들은 물론 다른 어처구니없는 사건들을 벌였을 때 그 뒤처리를 맡아야 했던 건 그들이었다. 그들은 레니언이 말도 없이 사라지자 또 뭔가 이상한 일을 벌이고 있는 건 아닌지 진심으로 두려워했던 것이다.

"자, 잠깐!"

한숨 돌리고 화기애애한 분위기로 돌아서던 그들은 작센 자작의 외침에 우뚝 굳었다.

"지금 뭐라고 말씀하셨습니까, 각하?"

자작의 얼굴이 점차 경악으로 물들었다.

"나는 두 번 말하는 것을 좋아하지 않는다, 작센 자작. 레니언에게 내 여동생 에일린의 호위를 맡기었다고 했다."

"공녀님의 호, 호위라굽쇼?"

동제후를 모신다는 것에 긍지를 가지고 살아왔던 작센 자작은 저도 모르게 동제후에게 달려들 뻔했다. 다행히 주변 가신들이 알아채고 작센 자작을 붙잡아 말렸다.

"자작, 진정하세요."

"이러지 마십시오. 매번 이렇게 흥분하시면 몸이 남아나질 않습니다. 진정하십시오!"

"자작, 왜 이러나. 진정하게. 동제후 각하께 이 무슨 무례인가."

“놔! 놓으란 말이야!”

작센 자작의 분노는 쉽게 가라앉지 않았다.

작센 자작은 거칠게 몸부림쳤다. 막는 사람들은 성심성의를 다해 그를 막았다. 아니, 그에게 매달렸다.

“참으세요! 자작, 지금은 흥분할 때가 아닙니다.”

“이런 게 한두 번입니까? 자작, 왜 새삼 흥분하시는 겁니까!”

작센 자작은 언제나 그들의 선봉에 서서 훼일카드민의 이해할 수 없는 행동을 막아냈다. 그 덕분에 아직까지 데카리온 동제후 가문이 긍지 높은 그 이름을 제국에 드높이고 있는 것일지도 몰랐다.

그런 그가 흥분해 이성을 잃는다면 더 이상 훼일카드민의 이상한 행동을 막아낼 사람이 없는 것이다.

자작은 계속 날뛰었다. 자신 앞에서 무례하게 구는 자에게 가차없이 대하는 훼일카드민은 그런 작센 자작과 그 무리의 모습을 말없이 지켜보았다.

난동을 부리던 작센 자작은 한참 뒤에나 제정신을 되찾았다. 하지만 자신의 추태에 대해 용서를 빌지도 않고, 거친 숨을 그대로 몰아쉬며 훼일카드민에게 물었다.

“황태자 전하의 후궁에는 남자가 결코 들어갈 수 없습니다.”

“알고 있다.”

"각하, 레니언은 제가 알기로 분명히 남자입니다."

"그대의 말대로 레니언은 훌륭한 남자지."

"각하! 그런데 어찌 레니언에게 에일린 공녀님의 호위를 맡겼다 하십니까?"

"시녀 겸 호위로 보냈다."

작센 자작은 물론 주변의 사람들까지 입을 쩍 벌렸다.

"말도 안 돼!"

그러고 보니 레니언이 안 보이기 시작했던 날짜와 에일린 공녀가 황태자의 후궁으로 들어갔던 날짜가 엇비슷하게 맞아떨어졌다.

'저, 정말로 후궁으로 들여보냈단 말이야?'

그들의 주군이 결코 거짓말이나 농담을 하지 않는다는 것을 알고 있지만, 레니언을 후궁으로 보냈다는 말은 결코 믿고 싶지 않았다. 그런데 그들의 주군은 끝내 가혹하게 진실을 내보였다.

"레, 레니언을 서, 설마……."

작센 자작의 목소리가 부르르 떨렸다.

"서, 설마 레니언을 거세라도 시키신 것입니까!"

언제나 이성적으로 일을 처리하던 철혈 기사 작센 자작은 다시금 이성을 잃고 소리를 버럭 질렀다.

훼일카드민은 의자의 팔걸이에 팔을 기대고 가면의 턱 부분을 매만지며 작센 자작의 질문에 담담히 답했다.

"아니, 그냥 보냈다."

"……예?"

"안 걸리더군."

휘이이잉.

창문도 열어놓지 않았건만, 바람이 어디선가부터 불어와 작센 자작과 그 주변 사람들의 몸을 에워쌌다. 그 싸늘함에 모두들 몸을 떨었다.

"레니언이 확실히 여자처럼 예쁘긴 예쁘지만……."

"그래도……."

"그 괴물 같은 공녀님 옆에 붙어 있으면 확실히 더 여자같이 보이긴 하겠지. 그, 그렇지만……."

묘하게도 상황이 이해되었다. 레니언은 여리 여리한 외모를 가졌다. 확실히 여장을 시키면 아주 잘 어울리긴 할 것이다. 그 지랄 같은 성격과 실력 때문에 모두들 한 번쯤 생각만 해보았을 뿐 해보지는 못했지만.

"그러니 모두 그리 알도록."

오직 훼일카드민만이 처음과 같은 모습으로 자리를 지킬 뿐이었다. 모두의 경악 속에서, 아주 차분하게.

*　　　*　　　*

동제후의 공녀가 배정받은 별궁은 한참 학구열에 불타오

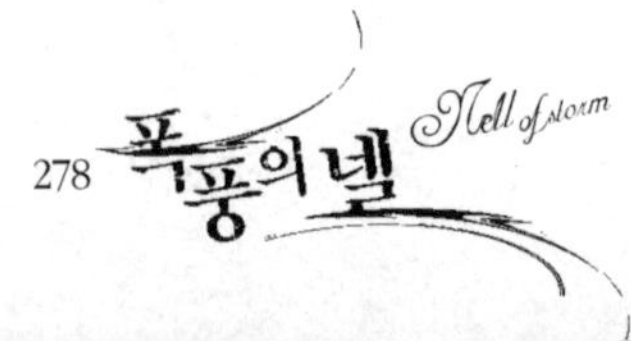

르고 있었다. 별궁의 주인과 별궁의 실세가 아침의 대전을 잊고 극적인 화합을 이뤄냈다. 구색만 맞춰 꾸며진 별궁의 서재에서 넬과 레나는 머리를 맞댔다.

레나는 테이블 위에 흰 종이를 펼치고 펜을 들었다. 잉크를 듬뿍 머금은 펜이 종이 위를 거침없이 달렸다.

"공녀님께서 황태자 전하를 공략하기 위해 노력이란 걸 시작하려 하시다니, 레나는 너무 황홀해서 몸이 부르르 떨려요."

물론, 레나는 황홀해 보이지도 않았고 몸을 떨지도 않았다. 넬은 레나의 가증스런 아부에 눈살을 찌푸렸다.

'왜 이 여자 앞에만 서면 나는 이리도 작아지는 걸까.'

여자의 애교는 신의 선물이요, 여자의 눈물은 마녀가 선사한 최고의 무기라. 넬 에이어의 인생성서 첫 장 첫 줄에 기록된 거룩한 진리건만 어째서인지 레나에게만은 적용되지 않았다.

세상 모든 여인을 고르게 사랑하리라 -젖내 나는 어린애는 절대 제외- 맹세한 젊은 시절부터 오늘에 이르기까지, 어떤 여인도 편애하지 않았다. 모든 여인은 나름의 매력을 가진다는 신념은 언제나 넬의 삶을 지탱해 주었다. 그 신념 덕에 목숨을 여러 번 건지기도 했다.

그런데 어째서인지 눈앞의 여자, 레나에게는 조금의 음심도 일지 않았다. 물 건너 온 미켈롯 신을 믿는 열렬한 신도들은 신의 인도하심이라 기뻐해 주겠지만 넬은 조금도 기쁘지 않았다.

'치렁치렁한 레이스가 달린 드레스가 하늘보다 넓고 바다보다 깊은 사나이의 마음을 팔랑팔랑 오그라들게 만드는 건가!'

넬은 심히 괴로웠다.

레나는 평균을 훨씬 뛰어넘는 미모의 젊은 여인이다. 힘이 대책 없이 세지만 애교도 많다. 반겨 마지않아야 할 여인이 눈앞에 떡하니 놓여 있건만, 군침이 돌지 않고 오히려 입안이 바짝바짝 말랐다.

레나를 마주할 때마다 속이 더부룩했다. 십 년 전 먹었던 통돼지 숯불구이 뒷다리 트림이 이제 막 소화됐다고 목구멍을 치는 느낌이랄까. 본능이 레나를 거부했다.

드레스를 입고 머리에 꽃을 꽂으니, 왕성한 본능도 잠드는구나. 가슴이 미어졌다.

"공녀니임?"

레나는 넬의 멍한 얼굴을 그 가느다란 손가락으로 톡톡 두드렸다.

"어, 어어?"

불시의 공격에 놀란 넬은 얼굴을 뒤로 젖혔다.

"무슨 생각을 그리 하세요?

레나가 생글생글 웃으며 물었다. 더없이 아름다운 그 미모

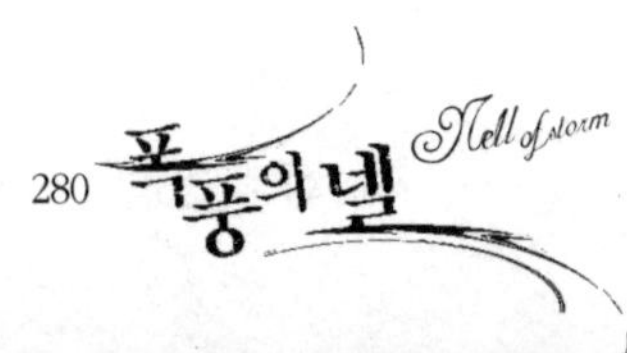

에 넬은 입가가 부르르 떨리며 고개를 저었다.

"아무것도 아니야. 자, 어서 설명해줘."

넬은 혹시나 하는 마음에 레나에게 황궁 안의 지리를 아느냐 물었다. 그런 걸 왜 물어보시냐는 새치름한 질문에 앞으로 오래오래 머물게 될 텐데 구석구석 잘 알아두고 싶다 얼버무렸다.

그 얼버무림을 레나는 '미래의 황성 안주인으로서의 소양을 닦으련다.'로 해석한 것 같았다. 레나는 넬이 없는 양심에 찔려할 만큼 기뻐하며 그를 서제로 질질 끌고 왔다.

'일개 하녀 주제에 황성에 대해서 왜 이리 잘 알고 있는 거야? 원래 황궁 시녀가 아니라 나랑 같이 들어온 녀석일 텐데?'

탁자를 내려다보던 넬의 뚱한 얼굴에 순간 이채가 어렸다. 테이블 위의 백지엔 방금 그렸다고 믿을 수 없는 '지도'가 그려져 있었다.

'역시, 괜히 오라버니가 붙여준 하녀겠어!'

대충 황궁의 큰 윤곽이나 틀만 알아도 다행이다 싶었건만, 레나는 상상 이상이었다. 비밀 통로나 하수구 구조 같은 건 당연히 표시되지 않았지만, 그 밖의 황성 구조는 세밀하다 싶을 정도로 표현돼 있었다. 황궁 밖으로 가져 나가 판다면 꽤 거금을 만질 수 있으리라.

"황성의 북쪽은 황제 폐하와 폐하의 후궁이, 동쪽에는 황태자 전하의 궁과 후궁이 위치해 있어요. 그러니까 여기가 지금 공녀님과 제가 있는 별궁이랍니다."

큼지막하게 그려진 황태자궁과 넬의 별궁은 그리 멀지 않았다. 다른 공녀들이 머무는 별궁들도 마찬가지였다.

"동쪽의 궁들에는 황족들께서 머무십니다."

뒤이어 레나의 자세한 설명이 이어졌지만 넬은 귀담아 듣지 않았다. 대신 황성의 동쪽 지역을 유심히 살폈다.

황성에 침입한다는 건 죽으러 가겠다는 말과 마찬가지다. 괜히 황제가 사는 곳이라고 높다란 담을 둘러놓았겠는가. 하지만 넬은 왠지 모를 자신감에 부풀어 있었다.

'어떤 철옹벽 요새도 들어오는 게 어렵지, 나가는 건 그리 어렵지 않아. 황제가 사는 곳이라고 뭐 다르겠어? 내가 뭔 난리를 칠 것도 아니고, 조용히 몸만 빠져나간다면 더 쉬울 테고.'

에일린의 눈이 번쩍 빛났다.

'그놈의 오라버니만 없으면 돼! 그 인간만 없으면 어디든 상관없이 탈출할 수 있어!'

넬에겐 황궁의 높은 성벽보다 수도의 동 저택이 더 빠져나가기 힘든 요새였다. 하지만 넬은 묘한 자신감에 차 있다. 훼일카드민만 없다면 그 무엇도 해낼 수 있다는 자신감이 팽배했다.

"크흐흐흐!"

‘이번에야 말로 기회다! 도망가겠어. 도망가고야 말겠어!’

넬은 눈을 게슴츠레하게 뜨고 기묘하게 웃었다. 이에 한창 자기 설명에 취해 있던 레나는 학생의 탈선을 눈치 채고 고개를 들었다.

퍽!

체벌은 지체 없이, 순식간에 이뤄졌다.

“악!”

방어할 새도 없이 뒤통수를 얻어맞은 넬은 머리를 감싸 쥐고 의자에서 떨어졌다.

“우오오!”

넬은 바닥을 데굴데굴 구르며 몸부림쳤다.

“벌써 한 눈을 파시면 어떡해요!”

레나는 괴로워하는 넬을 내려다보며 자신의 주먹을 흔들었다. 위협적인 자세였지만 그다지 위협적으로 보이진 않았다. 깨물어주고 싶을 만큼 귀엽고 앙증맞았다.

옆에서 누가 봤다면, 저 작은 주먹에 맞고 엄살을 부린다고 욕했을 것이다. 오히려 커다란 돌덩이와 부딪친 레나의 주먹을 걱정할 것이다. 오직 맞아본 사람만이 알리라, 그 위력을.

2

밤은 황궁에나 수도의 거리에나 공평하게 찾아온다. 수도 아라디함을 지키듯 우뚝 서 있는 제후들의 네 저택에도 마찬가지다.

네 저택 중 환하게 불이 켜져 있는 곳은 동 저택뿐이다. 나머지 세 곳엔 저택을 지키는 고용인들을 위한 최소한의 불만 켜져 있었다. 황실의 큰 행사가 끝나자마자 세 제후는 도망치듯 수도를 빠져나갔다. 동제후만이 언제나처럼 저택의 불을 밝힐 뿐이었다.

그런데 굳게 닫힌 철창 너머, 어두운 남제후의 저택에서 뜻밖의 이야기가 오가고 있었다.

"참으로 뜻밖입니다. 이번 동제후의 이해할 수 없는 행동은."

의자에 몸을 깊이 묻은 인영은 고개를 끄덕였고, 벽에 기대선 인영은 차분히 말을 이었다.

"확실히 동제후에겐 여동생이 있었지요. 어머니가 다른 여동생이. 쉬쉬하고 있지만 아는 사람들은 다 알고 있습니다. 동제후의 모친이 질투에 미쳐 그 여자와 여자의 딸을 죽인 걸."

벽에 기대선 사람이 고개를 쳐들자, 불빛에 비춰 얼굴이 드러났다. 희끗한 머리와 단단하게 여문 얼굴을 보건데 올리사데베 남제후가 분명했다.

"그렇다면 동제후의 공녀라 주장하는 저것을 무엇이라 생각하는가?"

아직 얼굴이 드러나지 않은 사람이 물었다. 목소리는 듣는 사람을 짓누르는 듯 억압적이었다. 황제 다음 가는 제후 앞에서 이런 자신감을 드러낼 수 있는 사람이 몇이나 될까.

올리사데베 남제후는 그에게 고개를 숙였다. 수치나 모욕감은 얼굴에 드러나지 않았다. 대신 황제 앞에서도 보이지 않았던 존경과 예우가 얼굴에 고스란히 담겼다.

"모르겠습니다. 도대체, 동제후가 무슨 생각으로 그런 괴물 같은 걸 내세웠는지."

"자네라면 달랐겠지?"

"죽은 여동생의 이름을 내세우지도 않았을 뿐더러, 저런 괴물을 들여보내지도 않았을 겁니다. 황태자비에게 외모가 전부는 아니지만 황태자비를 선택하는 황태자는 남자니까요."

"하하하."

어둠 속에서 웃음소리가 들렸다. 올리사데베 남제후의 말이 꽤나 마음에 든 것 같았다.

"자신의 영지를 두고 수도에 올라와 황제의 개를 자처했을 때부터 이해는 안 갔습니다."

"갑옷을 입고 다니는 것은?"

웃음기 담긴 물음에 남제후도 씩하고 웃어 보였다. 보는 이로 하여금 소름 끼치도록 오싹하게 만드는 냉소였다.

"열등감으로 미치려는 서제후를 부추긴 건 저였습니다. 그 열등감을 동제후의 저택과 함께 불태우라는 충고를 그 얼간이가 그대로 받아들였었지요."

"즐거워 보이는군."

"그 멍청한 얼간이가 한 짓 중 그나마 마음에 드는 일이었습니다."

올리사데베 남제후의 눈이 번들거렸다.

"아, 죄송합니다."

자신이 쓸데없이 흥분한 걸 겨우 알아차린 올리사데베 남제후는 얼른 숨을 골랐다.

"동제후는 계속 지켜봐야 할 것이네. 오늘 황성으로 들어간 '그것'이 동제후의 어떤 비장의 수일지도 모르니."

"예, 저도 그리 생각했습니다. 그래서 얼마간은 조용히 살피려 합니다. 물론……."

올리사데베 남제후의 눈이 가늘어졌다. 남제후는 창밖의 달을 보며 흰 이를 드러냈다.

"그 얼간이는 다르게 생각하고 있는 것 같습니다만."

*　　　*　　　*

두근. 심장이 뛰었다.

머리보다 몸이 먼저 눈치 챘다.

새까만 어둠 속에서 넬은 눈을 떴다. 두 눈 어디에도 잠기운은 남아 있지 않았다.

'제길!'

이를 악 다물며 조용히 몸을 일으켰다. 침대 시트에 스치는 소리조차 조심했다.

'좀 더 황궁 내부를 잘 알아놓고 탈출하려고 벼르고 있었는데, 잘못 생각했군. 이럴 줄 알았으면 오늘 밤 담장을 넘어버리는 건데.'

황성을 탈출하는 일이 높은 담장 하나 넘는 정도로 간단히 끝나지는 않을 것이다. 하지만 곧 닥칠 상황은 그만큼이나 귀찮을 듯싶었다. 때문에 넬은 괜한 아쉬움에 휩싸였다.

넬은 침대에서 내려와 베개를 일자로 놓고 그 위에 이불을 덮었다. 그리고 창가에 서서 숨을 곳을 찾았다.

똑똑!

노크 소리가 들렸다. 그에 맞물려 여러 큰 창문 중 하나에 걸쇠가 걸리지 않은 것을 발견했다. 창문은 반쯤 열려 있었다. 매일 창문 단속을 잊지 않던 레나의 실수일까. 평소라면 다음날 반격할 꼬투리로 써먹었겠지만, 지금만큼은 레나의 실수가 눈물 나게 고마웠다.

똑똑!

다시 노크 소리가 들렸다. 조금 전보다 컸다. 넬은 대답 대신 창밖으로 몸을 날렸다.

잠시 후, 문이 열리고 사내들이 들어왔다. 발소리는 들리지 않았다. 그들의 복장은 후궁을 지키는 경비병들이 입는 제복이었다.

소리를 잊은 사내들이 침대 주변을 둘러쌌다.

"이런!"

리더인 사내가 혀를 차며 손을 들었다. 당장이라도 침대를 찌를 듯 단검을 겨누던 사내들은 한걸음 뒤로 물러섰다. 사내가 침대 시트를 확 젖혔다.

"덩치에 어울리지 않게 잽싸군."

그들의 목표는 베개가 아니었다.

“칫, 골치 아프게 됐어.”

사내는 주변을 돌아보았다. 그의 눈에 반쯤 열린 창문이 보였다. 바람이 불지 않아 커튼이 나부끼지는 않았지만, 시원한 밤바람이 스며들고 있었다.

사내는 창문을 가리키며 낮게 소리쳤다.

“쫓아라! 우리 주인께서는 오늘 밤에 완전한 침묵을 원하신다.”

사내들이 일제히 뛰어나갔다. 그들의 눈은 손에 든 단검만큼 날카롭게 빛났다.

한밤중 불법 침입한 사내들의 단검에서 겨우 몸을 빼낸 넬은 열심히 달리고 있었다.

낮에 레나가 그려준 지도를 유심히 본 보람은 있었다. 지도에 그려진 대로라면 넬이 향하는 쪽에 황태자의 궁이 있을 것이다.

‘자객들이 내 방까지 침입했다면 레나나 다른 시녀들이 무사할지 모르겠군.’

잠깐 레나와 궁 안의 다른 사람들이 걱정되긴 했다.

‘일단 튀고 보자. 다들 지 목숨은 알아서들 관리하겠지. 어차피 내가 목적인 거 같으니.’

하지만 지금은 자신의 코가 석 자다. 남을 걱정할 틈이 없다.

‘황태자가 있는 곳까지 쫓아오진 못하겠지.’

그저 자신이 목적일 저들이 다른 사람들은 건들지 않았기를 바라며 넬은 눈썹 휘날리도록 열심히 뛰었다.

"빌어먹을."

기척을 숨기기 위해 숨도 고르고 발소리도 숨겼지만, 치솟는 욕지거리는 어쩔 도리가 없다.

십여 년간 죽지 않고 시궁창을 굴렀다. 한 달 남짓의 몸에 맞지 않는 공녀 생활로 무뎌지기엔 넬은 너무 날이 잘 선 검이었다. 피 맛을 알고, 세월에 묵은 검.

넬은 당황하지 않았다. 냉정하게 자신의 상황을 살폈다. 온몸이 외치는 위험 신호를 놓치지 않았고, 정원 곳곳을 이용해 자신을 숨기며 달렸다. 잘 꾸며진 정원을 뛰는 넬은 덩치가 믿어지지 않을 만큼 날쌨다. 수풀과 나무, 조형물 사이사이 몸을 숨기는 것도 익숙했다.

하지만 넬의 이런 숙련된 대처도 오늘 밤만큼은 빛을 발하지 못했다.

"저기 있다!"

한밤의 침입자들은 넬을 금세 발견했다.

넬이 입고 있는 옷 때문이었다. 넬은 어두운 밤에 잘 비치는 하얀 통짜 드레스를 입었다. 나풀거리는 레이스가 가득 달린.

"쫓아라! 죽여라!"

사내들이 사방에서 넬을 쫓았다. 넬과 달리 기척을 숨기지

도 않았고, 거침없었다.

'제기랄! 경비병들은 다 뭐하고 있는 거야!'

뒤를 슬쩍 돌아본 넬은 의문의 답을 찾았다.

"제기랄!"

뒤를 쫓는 자들은 대부분 경비병 복장을 하고 있었다.

이쯤 되자 넬도 기척이니 뭐니 가릴 상황이 아니었다. 무작정 뛰었다. 쿵쾅쿵쾅 땅이 울렸지만 신경 쓰지 않았다. 기척을 숨기는 건 더 이상 중요하지 않았다.

'망할 오라버니. 이런 걸 신경 써줘야지 이상한 시녀나 들여보내고!'

"뭐가 사랑스러운 동생이냐. 지금 그 사랑스러운 동생이 죽을 둥 살 둥 하고 있는 건 알고 있는감!"

넬은 치맛바람 휘날리며 열심히 달렸다.

'창이든 검이든, 뭐라도 하나 있으면 이런 추한 꼴은 안 보일 텐데.'

마음이 절실했다. 손에 아무것도 들 것이 없다는 사실이 못내 가슴 아팠다.

용병으로 구른 짬밥이 자그마치 십 년이다. 자객 몇에 쫓겨 도망 다니기엔 만만찮은 경력이다. 하지만 떼로 달려드는 놈들을 맨손으로 맞서기엔 만만한 경력이다. 십 년 용병 생활로 배운 생활의 지혜, 현실을 잘 알고 있기에.

넬은 기사가 아니라 용병이다. 자기 목숨 귀한 줄 아는 게 용병의 오래 살기 비법 첫 번째가 아니던가.

자객들은 금세 넬의 뒤를 쫓았다. 넬과 그들 사이는 점점 가까워졌다. 황태자의 궁도 가까워졌다.

획획.

등 뒤에서 바람을 가르는 소리가 들렸다. 넬은 본능에 의지해 고개를 숙이고 몸을 틀었다. 단검 몇 개가 표적을 놓치고 엉뚱한 곳에 날아가 박혔다.

"큭!"

다른 하나가 다른 동료들의 실수를 만회하듯 넬의 왼쪽 어깨에 박혔다. 검이 어깨를 관통했다.

넬은 이를 악물며 뛰는 도리 밖에 없었다. 단검을 뽑을 새도 없었다.

황태자궁이 코앞에 닥쳐서야 자객들도 넬이 왜 이쪽으로 뛰었는지 눈치 챈 듯했다. 자객들은 어떻게 해서든 넬의 발을 묶으려 애썼다. 단검들이 넬의 발을 노렸다. 넬은 달밤에 탭 댄스를 춰대며 황태자의 궁으로 뛰어들었다.

황태자궁은 넬의 예상 외로 조용했다.

황태자궁은 황태자가 번거로운 걸 싫어해 경비 병력이 최소한이었다. 게다가 크기도 클뿐더러, 대부분의 병력이 황태자궁 안까지 들어오지 못하고 외각을 수비한다.

또 넬이 머무는 궁은 크게 보자면 황태자궁에 속하는 별궁이다. 황태자궁과 별궁 사이에 별다른 장애물 없이 정원만 있

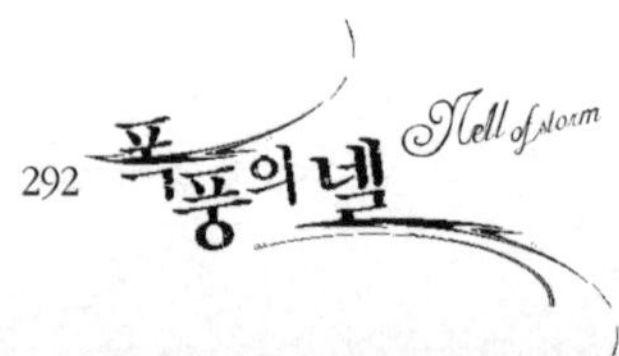

는 것이 그 때문이다.

넬이 원하는 것처럼 경비병이 뛰어나와 뒤쫓는 자객들을 처리해 주진 않았다. 황태자궁이라 해도 별반 다를 것은 없었다.

'황궁씩이나 돼서 왜 이리 허술한 거냐.'

조금이나마 안도했던 넬은 쥐죽은 듯 조용한 주변에 절망하며 다시 뜀박질했다. 자객들 또한 눈을 흉흉히 빛내며 넬의 뒤를 쫓았다.

휙휙.

어디선가 바람 에는 소리가 들렸다. 등 뒤가 아니라 앞에서였다. 분명 사람의 기척이리라.

'이왕이면 칼 들고 있는 경비병이길.'

넬은 기척이 느껴지는 곳으로 방향을 틀어 냅다 달렸다. 수풀을 헤치니 과연 달밤에 홀로 검을 휘둘러대는 사내가 보였다. 경비병 치곤 자세도 좋고, 입고 있는 옷도 꽤 고급스러웠다. 탐스러운 금발은 남자의 뒤통수도 이만큼 아름다울 수 있다는 걸 증명하려는 듯 반짝였다.

조금만 생각해보면 황태자궁에서 홀로 달밤에 칼춤 추는 사내가 누구일지는 알 수 있으리라. 하지만 넬은 조금도 생각해 볼 여유가 없었다. 그저 기사려니 생각하며 그에게 달려갔다.

"누구냐!"

넬이 눈을 빛내며 맹렬히 다가가자, 살기를 느낀 사내가 뒤를 돌아보려 했다. 하지만 그가 고개를 돌리려 할 때, 이미 넬의 넓적한 주먹이 그의 뒤통수를 향하고 있었다.

퍽!

박 터지는 소리가 났다. 아니 수박 깨지는 소린지도 모른다.

"누구…… 아악!"

사내는 그대로 앞으로 꼬꾸라졌다. 넬은 허공에 붕 뜬 사내의 검을 얼른 채가며 히죽 웃었다.

"이 원수는 내 꼭 갚을 테니, 조금만 자고 있어."

넬은 빙글 몸을 돌렸다. 동시에 뒤쫓아 온 자객들이 엎어진 사내와 넬을 감쌌다. 그들은 잠시 서로 눈빛을 교환하며 바닥에 대자로 엎어진 사내를 내려다보았다. 얼굴을 땅바닥에 박고 팔다리를 떠는 사내는 자객들이 보기에 부활할 확률이 없었다.

'저 괴물 공녀의 구원군은 아닌 듯싶군.'

판단을 끝낸 자객들은 손에 든 단검을 넬에게 겨눴다.

"생각보다 발이 빨라서 당황했건만, 포기는 더 빠르군."

자객의 말에 넬은 이를 드러냈다. 웃음이라고 지은 표정이었지만 사납기 이를 데 없다.

넬은 검을 들지 않은 손을 등 뒤로 가져갔다. 자객들이 모두 지켜보는 앞에서 자신의 어깨에 박힌 검을 뽑았다. 단번

에, 주저없이.

"큭!"

신음을 모두 삼키진 못했지만, 조금 전 검을 빼앗긴 사내의
것에 비하면 아무것도 아니었다.

넬은 시뻘겋게 물든 단검을 바닥에 떨어뜨리고 발로 밟았
다. 빠각! 단검이 비명을 지르며 장렬한 최후를 맞이했다.

검을 들고 킬킬 웃어대는 넬을 보며 자객들은 불안해졌다.
다람쥐인 줄 알고 쫓았건만 막다른 골목에 몰고 보니 호랑이
였을 때의 심정이었다.

검을 움켜잡은 넬은 눈살을 찌푸렸다. 검에 이리저리 화려
한 장식이 달린 게 마음에 안 들었다. 넬은 주저 없이 화려한
장식을 잡고 부러뜨렸다.

뚝, 뚝.

단단한 금속과 보석들이 맥없이 부러지고 바스러졌다. 그
모습에 자객들 중 몇의 얼굴이 하얗게 질렸다. 다행히 검은
복면에 가려 보이지는 않았다.

"하하! 이러니까 좀 더 편하군."

넬은 가벼워진 검을 휘휘 돌리며 웃음을 터뜨렸다. 어깨에
선 여전히 피가 줄줄 샜지만 넬은 아무렇지 않아 보였다.

자객들은 불길한 생각을 털어버리려 애썼다. 자신들이 넬
에게 쫄고 있다고는 믿을 수 없었다. 믿어서도 안 됐다.

덩치나 생김새는 도저히 공녀라 믿어지지 않지만, 공녀라

니 일단 공녀라고 믿었다. 그것도 보통 공녀가 아니라 동제후의 여동생이라고 하지 않는가. 비록 생김새는 저러할지라도 스푼보다 무거운 걸 휘둘러 본 적 없는 귀족 여자리라.

그들은 하나같이 자기 자신을 이해시키기 위해 최선을 다했다. 저건 여자다, 귀족 여자다, 생긴 건 저래도 하나도 무섭지 않다. 무섭지 않다…….

리더도 별반 다른 마음은 아닌 듯 눈동자가 푸르르 떨렸다.

자객들의 검끝이 흔들리는 순간 넬은 웃었다. 배고픈 맹수의 여유로.

"안 그래도 그동안 쌓인 게 많아 속 터졌었는데, 마침 잘 왔다. 다 조져 주마. 덤벼!"

절대 스푼보다 무거운 걸 휘둘러 본 적 없을 고귀한 귀족 여자께서 할 법한 말은 아니었다. 넬의 몸에서 뿜어져 나오는 기세도 만만치 않았다.

"덤비라니까! 안 오면 내가 먼저 간다!"

손에 든 검 하나가 사람의 인격을 저리 바꿀 수 있을까. 자객들은 심히 당황스러웠다.

"죽여라."

역시 리더는 리더인 것인가. 한 자객이 양손에 단검을 들고 넬에게 달려가며 소리쳤다. 낮은 저음에 다른 자객들이 찬물을 뒤집어쓴 듯 정신을 되찾았다. 족히 수십 명은 되는 자객들은 벌떼처럼 넬에게 달려들었다.

"크하하하! 다 덤벼! 그래, 그렇게 덤비라고!"

웬만한 사내도 오줌을 지릴 상황이건만, 넬은 오히려 웃음을 터뜨렸다. 일종의 광기마저 담긴 웃음소리에 도리어 달려드는 자객들이 움찔했다.

넬은 번들거리는 눈을 크게 뜨고, 손에 든 검을 휘둘렀다. 나풀거리는 치맛자락은 더 이상 그에게 방해가 아니었다.

찌익, 찌이익.

그가 한 번 움직일 때마다 치맛자락이 알아서 찢겨져 나갔다. 자객들의 단검 때문이기도 했지만, 넬 스스로 자신의 옷을 찢었다. 그의 과격한 몸놀림을 엷은 천은 견뎌내지 못했다.

넬의 검은 거침없이 자객들 사이를 파고들었다.

그의 커다란 덩치는 단단한 방패처럼 단검을 두려워하지 않았다. 상처 나길 두려워하지 않고 자객들의 단검에 몸을 내줬다. 자객들의 단검이 그의 몸을 스칠 때마다 자객들은 한 명씩 바닥을 뒹굴었다.

넬은 물 만난 고기처럼 이리 저리 뛰어다녔다.

"크핫핫핫핫핫!"

정면으로 다가오는 자객의 배에 칼을 찔러 넣었다. 동시에 옆의 자객의 머리를 주먹으로 후려갈겼다.

머리를 맞은 자객은 단말마의 비명을 내지르며 바닥에 쓰러졌다. 넬은 쿵쿵 발을 굴러 그 자객의 몸을 노골노골하게 만들어주었다. 그러면서 잊지 않고 손에 든 검을 옆으로 죽 그었다. 검은 그대로 자객의 몸통을 위 아래로 분리해 냈다.

자객들은 꽤 훈련이 잘된 편이었다. 피를 뿌리고 쓰러지면서도 악, 큭, 억 등 최소한의 비명만 내질렀다. 효과음이 이리 빈약하니 때리는 입장에선 즐거움이 덜했다.

절반 이상의 수가 바닥에 뒹굴었다.

"싫다는 공녀님 뒤꽁무니 쫓으며 엉덩이를 찔러댔던 건 자신 있어서 아닌가? 어서 덤벼, 더 덤벼 보라고!"

넬은 콧김을 홍 내뱉었다.

"이 너른 품 안에 안고 허리를 분질러 주겠다!"

자객들의 리더는 아직 몸 성한 동료들을 추슬러 다시 넬을 공격했다. 조금 전과는 다른 협동 공격에 넬은 움찔하며 뒤로 한 걸음 물러섰다. 쇄도해 오는 단검의 비에서 빈틈은 쉽사리 보이지 않았다.

자객들은 쓰러진 동료들의 복수라도 하듯 맹렬했다.

동료들이 반 수 이상 쓰러지면 두려움이 앞서기 마련이다. 때문에 작은 전투든 큰 전쟁이든 선방이 중요하다. 지휘봉을 잡은 우두머리가 기선을 제압하는데 힘을 쏟는 이유가 거기에 있다.

넬도 어느 정도 이들이 주춤하기를 노리고 과하게 움직였다. 그런데 예상 외로 더 악착같이 따라붙었다.

'이놈들 봐라?'

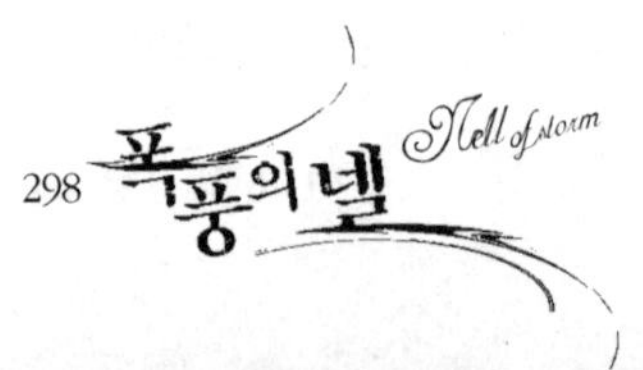

넬의 눈썹이 꿈쩍했다.

"호호호, 정말로 놀아주마!"

다행히 손에 든 검은 날이 잘 서 있다. 꽤 비싼 놈인지 가볍고 날카롭다. 흔히 쓰는 묵직하고 균형 안 맞는 검과는 재질부터가 달랐다.

무기 없이 쫓기다 이리 좋은 무기를 손에 넣었으니, 무기 값은 해야 하는 법. 넬은 남은 자객들의 공격을 반가이 맞이했다.

맨손으로 달려드는 자객의 단검을 잡았다. 당황한 자객이 단검을 빼내려 안간힘 쓰는 사이 손에 든 검을 휘둘러 목과 몸을 분리해 냈다.

눈앞의 자객은 단단한 머리를 믿고 박치기를 날렸다. 바닥에 떨어져 신음하는 이들에겐 확인 사살을 단행했다. 두 다리는 서 있기 위해서만 존재하는 게 아니다.

뒤에서 달려드는 자객이 내던진 단검을 완전히 피하지는 못했다. 조금 전 다쳤던 어깨에 단검이 스쳤다. 맞은 데 또 맞은 짜증이 치솟은 넬은 그에겐 친히 은총을 내렸다.

빠각!

그를 두 손으로 맞잡고 등 쪽이 마주하게 머리와 다리를 만나게 해줬다.

리더라고 실력이 월등히 뛰어난 건 아니었다. 넬은 기대하며 리더를 마지막 코스로 남겨두었지만, 리더는 넬의 기대를 배신했다. 동료들이 다 쓰러지고 자신만 남자 그는 주저 없이 도망쳤다.

"야! 이봐, 거기 서!"

넬이 뒤를 쫓으려 했지만 멀리 못가 포기해야 했다. 자객들 앞에서 강한 척했지만 사실 꽤 지쳐 있었다. 작정하고 도망치는 성한 몸을 쫓기에는 무리였다.

어깨의 상처에서 피가 끊임없이 흘러내려 얼굴이 창백해져 있었다. 온몸에 자잘한 상처들도 꽤 따가웠다.

"제기랄."

넬은 손을 들어 얼굴을 쓸어내리며 씩씩댔다. 그러다 따끔해 손을 펴봤다. 싸울 때 단검을 막았던 손에서 피가 퐁퐁 솟고 있었다. 굳은살과 상처로 두툼한 덕에 뼈가 보일 정도는 아니었지만 꽤 깊게 패였다.

"크으, 이거 꽤 오래 가겠는데?"

허공에 손을 휘휘 젓던 넬은 인상을 찌푸렸다. 살을 내주고 뼈를 취한다는 건 살기 위해서 어쩔 수 없지만, 일단 살아남으면 꽤나 고생이다.

넬은 인상을 찡그리며 무심코 고개를 돌렸다. 그때였다.

"누구냐, 넌!"

시뻘겋게 물든 단검이 넬의 목을 향해 쑥 나타났다.

"억!"

목을 찌를 듯 가까이 다가온 단검은 넬의 움직임을 간단히 끊어냈다.

"덕분에 뒤통수가 아직도 얼얼하군."

닭살이 돋을 만큼 느끼한 목소리였다. 세상은 이런 목소리를 위엄 있다 고급스럽다 말하나 넬에게는 느끼할 뿐이었다. 물론 어째서 이 목소리가 익숙하게 느껴지는지 넬은 깨닫지 못했다.

'뭐야, 아직 이 정도로 움직일 만한 놈이 있나?'

쓰러뜨린 자객 중 태반이 죽니 사니 그 경계를 헤매고 있을 것이다. 휘두르는 검에 인정을 두지 않았다. 자객들 수가 만만치 않아 여유를 가질 상황이 아니었다.

'내 용병 경력을 걸고 다짐하건데, 내가 쓰러뜨린 놈들 중에 이렇게 내 목을 쥘 만큼 몸 성한 놈은 없어. 내가 얼마나 정성껏 지르밟았는데.'

넬의 잔머리가 맹렬히 돌아갔다.

방금 도망친 쥐새끼는 아닐 것이다. 전투 불능의 자객들도 당연히 아니고.

'그렇다면…….'

남은 건 단 하나다.

"아! 나한테 칼 빌려준 놈."

넬은 손뼉을 딱 마주치며 외쳤다.

"빌려준 적 없다."

소심한 사내는 버럭 소리를 지르며 반박했다.

"쳇, 내가 대여료는 꼭 갚아준다 하지 않았습니까? 좀 봐

주쇼.”

일단 귀족인 듯해 슬쩍 꼬리를 내렸다. 입에 붙지 않는 존 댓말까지 써가며 숙이고 들어갔다.

“황궁에서 감히 날 건드리고, 칼부림까지 한 주제에 당당하기 이를 데 없군. 겁이 없는 건가, 실성한 건가!”

“아따, 그러니까 좀 봐달라고요. 내가 이러고 싶어서 이랬나? 애네들이 덤비니까 어쩔 수 없이…….”

넬은 슬쩍 손으로 단검을 밀어내고 고개를 획 돌렸다. 일단 얼굴을 익혀둔 다음, 동제후의 공녀라는 권위가 먹힐 만한 놈이면 그 권위로 요리해 버리리라.

“…….”

“…….”

눈을 마주하여 서로가 서로를 확인한 순간, 둘은 할 말을 잃었다.

“너, 너…… 네가! 아, 아니…… 화, 황태자, 아니 황태자 전하가 여긴 어쩐 일?”

넬은 횡설수설하며 그를 손가락질 했다.

“도, 동제후의 괴물 공녀…….”

그 또한 눈앞의 넬을 믿을 수 없는 듯 말까지 더듬었다.

클라이츠는 잠이 안 와 혼자 몸을 풀던 중이었다. 밤이 깊어 따로 사람을 대동하지는 않았다. 감히 황태자의 궁까지 침입할 간 큰 자객은 없으리라 생각했다.

황성의 경비가 물샐틈없이 철통같은 것도 오래된 진실 아니던가. 그의 이런 생각은 적어도 어제까진 틀리지 않은 판단이었다.

그런데 오늘이었기에 예상치 못한 날벼락을 맞은 것이다.

이런 '괴물 공녀'가 아닌 이상, 유일한 후계자로서 자리를 굳힌 그의 영역을 침범할 이 뉘 있으랴. 괴물 공녀를 계산에 넣지 않은 것이 실수였다.

"역시……."

억지로 납득한 클라이츠는 고개를 끄덕였다. 입가가 푸르르 떨렸다.

클라이츠는 주변을 돌아보았다. 자신이 잠시 정신을 잃은 사이 벌어졌던 참극의 증거가 고스란히 남아 있었다. 살아 있는 자는 없는 듯했다. 무식하게 진압한 흔적이 역력했다.

수려하기 이를 데 없는 미모가 와자작 구겨졌다.

"누가 괴물이라는 거야!"

그 와중에 넬은 자신의 평가에 민감하게 대응했다.

잠옷이라고 입은 옷은 다 찢어지고 머리는 산발에 피투성이가 된 황태자비 후보 공녀와 달밤에 체조하다 그 공녀에게 뒤통수 맞고 쓰러져 기절까지 한 황태자.

이 조합에 클라이츠는 지끈거리는 머리를 털며 넬의 목에 검을 찌를 듯 위협했다.

"이 상황을 설명해 보시지, 괴물 공녀?"

"괴물 공녀 아니라니까…… 요!"

주먹은 예의보다 가깝다. 검이 목을 찌를 듯 살랑이자 넬은 눈앞의 기생오라비에게 '요' 자를 붙이기 시작했다.

클라이츠는 이마를 찌푸리며 넬을 보았다. 피투성이가 된 넬의 어깨와 손에서는 아직도 피가 뚝뚝 떨어지고 있었다.

클라이츠의 표정을 보고 넬은 이를 빠드득 갈았다. 넬이 제일 싫어하는 눈이었다.

평소였다면 싫은 티를 팍팍 냈을 것이다. 하지만 지금은 그러지 못했다. 지은 죄가 있기도 하지만, 눈앞의 귀족은 그냥 귀족이 아니라 어마어마한 황태자 전하 아닌가.

넬이 멀뚱하니 서 있는 동안, 클라이츠는 넬을 유심히 살피더니 한숨을 푹 내쉬었다.

'동제후와 이 괴물 공녀를 못마땅해 하는 건 나만이 아니었지. 서제후든 남제후든, 내 예상보다 빨리 움직인 것일 뿐. 굳이 이 괴물 공녀를 다그칠 필요는 없어.'

클라이츠는 스스로를 다독이며 욱하고 올라온 성질을 꾹 내리 눌렀다. 뒤통수가 지끈거리며 성질을 북돋았지만 참아냈다.

대신 주머니에서 손수건을 꺼내 쥐고 넬에게 손을 내밀었다.

"에?"

"줘."

"……."

‘이 싸가지 없는 눈탱이에게 이런 면이?’

넬의 두 눈이 왕방울만 해졌다.

“안 내놔?”

민망한지, 클라이츠는 버럭 소리를 질렀다. 넬은 얼떨결에 클라이츠에게 손을 내밀었다. 피가 뚝뚝 떨어지는 손을 내밀며 넬은 그 나름대로 수줍어했다.

넬의 손을 내려다보는 클라이츠의 얼굴은 심상치 않았다.

‘짜식, 보기보다 의리 있군. 내 다친 걸 걱정해 주다니. 그래, 암만 싸가지 없는 귀족이라도 황태자씩이나 되면 뭔가 다르긴 다르겠지.’

넬은 흐뭇한 눈초리로 클라이츠를 내려다보았다. 얼굴을 구긴 클라이츠는 고개를 번쩍 들더니 넬을 노려보았다.

그 걱정 어린(?) 눈빛에 넬은 멋쩍어 히죽 어색하게 웃어 보였다.

“손은 왜 내미는 거지? 내 검 달라니까.”

“……”

비틀. 바람도 불지 않건만 넬의 거대한 몸이 사정없이 흔들렸다.

“제, 제길.”

“내 검 빨리 안 내놔?”

“내 원 참, 치사하고 더러워서. 내가 언제 갖는다고 그랬나? 잠깐 빌린댔지. 그새를 못 참고…… 황태자씩이나 돼서.”

넬은 구시렁거리며 클라이츠에게 검을 줬다. 던지듯 준 검을 용케 받은 클라이츠는 깨끗한 손수건으로 검신을 닦아 냈다. 넬 만큼이나 피투성이가 된 검은 예전의 모습을 되찾기 힘들어 보였다. 특히나 넬이 보석 장식을 뜯어버린 부분은 피까지 묻어 흉측하기 이를 데 없었다.

클라이츠는 검이 제 모습으로 돌아오지 못하리란 걸 확인하고는 검을 집어던졌다.

넬은 몸에 걸치고 있는 넝마나 다름없는 옷을 잡아당겼다. 너덜너덜해진 옷 조각은 쉽게 떨어져 내렸다. 여태 몸 위에 얹혀 있던 것이 장하고 용할 정도였다. 넬은 그것으로 다친 손을 둘둘 감쌌다.

그러고 나서 어깨의 상처는 어느 정도 되는지 가늠해 보려 손을 등 뒤로 넘겼다.

툭, 툭.

그때, 넬의 몸에서 뭔가가 떨어져 내렸다. 그것들이 바닥에 떨어져 떼구루루 굴렀다.

"앗!"

그것들은 민짜 가슴을 보완하기 위한 소품이었다. 넬이 레이스 팬티를 거부하는 대신 가슴에 끼우고 다녀야 했던.

"……."

클라이츠의 얼굴이 심각하게 굳어졌다.

"이런, 아직까지 안 떨어지고 붙어 있었나?"

넬은 그것을 발로 뻥뻥 찼다. 하얗고 동그랗고 두툼한 그것들은 하늘 저 멀리로 날아가 사라졌다.

"아무것도 아니…… 요. 너무 신경 쓰지 마쇼, 황태자 전하. 크핫핫핫!"

넬은 시원하게 웃으며 손사래를 쳤다. 클라이츠는 집어던졌던 자신의 검을 다시 손에 들고 넬에게 한 걸음 한 걸음 다가왔다. 그 기세가 조금 전 자객들에 비할 바가 아니었다. 넬은 저도 모르게 한 발짝 두 발짝 뒤로 물러났다.

"왜, 왜 이러 실까나? 고귀한 황태자 전하가. 이, 이봐…… 요. 진정 좀 하시지?"

넬은 클라이츠에게 손짓하며 어색하게나마 웃어 보였다.

그때 어깨에 아슬아슬하게 걸려 있던 끈이 끊어지며 어깨 한쪽이 완전히 드러났다. 더불어 어둠 속에서도 그 존재감을 잃지 않은 풍성한 겨드랑이 털까지.

"……."

"……."

이것만큼은 넬도 어찌 할 수 없는 존재감이었다. 황태자의 고귀한 이성도 뚝 끊어졌다.

"네놈, 정말 동제후의 공녀가 맞냐? 너 대체 누구냐!"

클라이츠는 검을 휘두르며 넬에게 달려들었다.

"아아악! 뭐하는 거야, 황태자 전하!"

넬은 클라이츠의 검을 피해 팔짝 팔짝 뛰어다녔다.

"지, 진정해! 내가 다 설명할 테니까. 진정해! 진정하라고…… 아씨, 황태자 전하면 다야? 진정하라니까!"

"너는 공녀가 아니다! 누구냐. 동료들을 희생해 나에게 접근해 나를 노리려 한 것이냐? 보아하니 동제후의 공녀와 빼닮았는데, 역시 동제후의 사주로군. 가만 두지 않겠다."

"아 글쎄, 아니라니까. 정신 좀 차리랑께…… 요. 저 눈 흰자위 좀 봐봐. 우와아악!"

"동제후, 절대 용서하지 않겠다. 감히 이런 걸 내 비 후보로 들여보내다니! 날 기만해도 유분수지!"

달밤의 체조란 진정 이런 것을 말하는 것이렷다.

동제후의 공녀 넬과 황태자 클라이츠는 서로 팔과 다리를 얽으며 얼쑤 절쑤 춤을 췄다. 그 춤사위 사이사이에 번뜩이는 칼날과 살벌한 눈빛이 곁들어져 감칠맛을 더했다.

*   *   *

넬과 클라이츠에게서 어느 정도 떨어진 나무 위, 둘을 바라보는 눈이 있었다.

"단장이 알면 기뻐할 만한 소식인데? 공녀님께서 한밤중에 황태자 전하와 밀회를 가지다니."

잠옷 차림의 레나는 졸린 눈을 비비 뜨고 방긋 웃었다. 레나의 잠옷은 긴 바지였다.

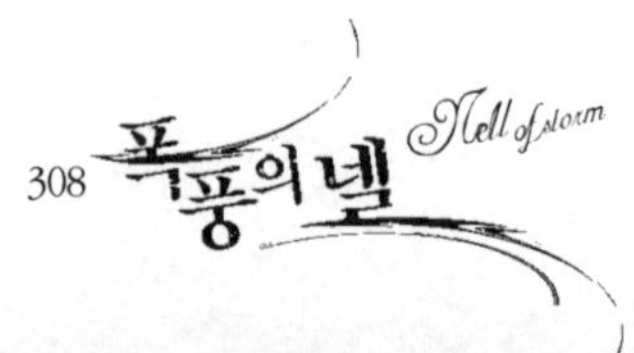

나무 위에 위태위태하게 걸터앉아 있는 레나는 혼자가 아니었다. 레나가 들고 있는 굵은 줄엔 조금 전 넬에게서 도망쳤던 자객이 꽁꽁 묶여 있었다.

그는 넬에게 당한 다른 자객들과 별반 다르지 않은 모습이다. 차이가 있다면, 피는 쏟지 않았다는 정도일까. 얻어터진 자객은 인간이 아니라 부어터진 고깃덩이로밖에 보이지 않았다.

숨은 겨우 붙어 있지만, 안쓰럽기 이를 데 없었다. 차라리 넬에게 당하는 게 속편했을지도 모른다.

"이 정도 소식만으로 단장이 용서해 줄라나? 공녀님이 저리 다친 걸 알면 날 가만두려 하지 않을 텐데."

레나는 몸을 부르르 떨며 한숨을 내쉬었다.

"뭐, 어쩔 수 없지. 최대한 공녀님과 황태자 전하의 밀회를 밀고 나가는 수밖에. 자고로 미남을 쟁취하기 위해선 어느 정도 희생이 뒤따르는 법이니."

레나는 히죽 웃었다.

"공녀님이 황태자비가 되실 때까지 무사히 지키라고 했지 상처 없이 지키라고 하진 않았잖아?"

레나는 눈을 가늘게 뜨고 대롱대롱 매달린 자객을 내려다봤다.

"여기 뇌물용 진상품도 있고."

정신은 잃었어도 앞으로 펼쳐질 고난의 나날이 걱정은 되는 걸까. 자객은 레나의 말에 답하듯 끄응 신음을 흘렸다.

3

“헉, 헉.”

한바탕 날뛴 후 클라이츠는 안정을 되찾았다. 당치도 않은 현실에 조금 과도하게 흔들리긴 했지만, 오래가진 않았다. 제국을 위해 키워진 차기 황제감이다. 설령 의문과 분노가 가시지 않아도 마음을 가라앉히는 건 그에게 어려운 일이 아니었다.

클라이츠는 숨을 골랐다. 손에 든 검을 들어 올렸다. 다른 한 손은 등짐을 지듯 허리에 댔다.

이성을 되찾으니 실없이 뚜껑이 열려버린 자신의 조금 전 상황이 쑥스러웠다. 흠흠 헛기침을 하며 민망함을 지우고는

눈을 부릅떴다.

"그토록 하고 싶어 미치는 설명이란 걸 한 번 해보시지, 에일린 공녀."

"헉, 헉……."

요리조리 피하느라 지친 건 넬도 마찬가지다.

"이, 이제 와서……."

"내가 이 정도로 화를 가라앉힌 걸 감사해야 할 거다. 당장 경비병을 불러 감옥에 처 넣었을 수도 있어."

부르려면 이미 예전에 불렀을 것이다. 하지만 넬은 자신의 사정을 모르리라. 클라이츠는 짐짓 거만을 떨었다.

'이런 싸가지를 봤나. 지 성질 다 풀고 이제서?

넬은 축 늘어진 채로 클라이츠를 쳐다보며 뿌드득 이를 갈았다.

하지만 지금 이 상황에서 아쉬운 건 넬이었다.

여차하면 자신의 목을 꿰뚫을 듯, 황태자의 검이 달빛에 번쩍였다.

급한 김에 자객들의 단검을 주워 양손에 들고 황태자와 쿵짝을 맞췄던 넬도 단검을 꽉 움켜쥐었다. 물론 클라이츠처럼 대놓고 위협하진 못했다. 천하의 넬도 아직은 제정신을 유지하고 있다. 황태자에게 무기를 들이댈 정도로 정신이 나가진 않았다.

"말해라, 공녀."

개운해 보이는 클라이츠는 차분히 이성을 되찾아가고 있었다.

넬은 자신 없이 어물어물 말했다.

"나 사실, 남자야…… 요."

"뭐?"

"남자라고, 요. 달릴 거 다 달린!"

넬은 여차하면 자신이 남자임을 증명하기 위해서 쪼가리만 남은 치마를 잡고 말했다. 넬의 두 눈이 번쩍 번쩍 빛났다.

'그럼 그 몰골을 하고 여자라고 주장할 수 있겠냐.'

너무도 당연한 주장에 클라이츠는 허탈감을 느꼈다.

그런데,

"……!"

어이없는 생각이 머리를 스치고 지나갔다. 클라이츠는 넬을 반 동강 내려고 -물론 그럴 수 없겠지만- 달려들려다 우뚝 멈춰 섰다.

"남자?"

클라이츠는 넬을 위아래로 훑었다. 노골적인 시선에 넬은 몸 둘 바를 몰라 했지만 클라이츠는 개의치 않았다.

넬의 모습이 한눈에 들어오지는 않았다. 하지만 그의 파격적인 모습은 오늘따라 유난히 돋보였다. 피 칠갑과 너덜너덜한 넝마가 큰 도움이 됐다.

'내가 언제부터 이걸 여자라고 믿게 된 거지?

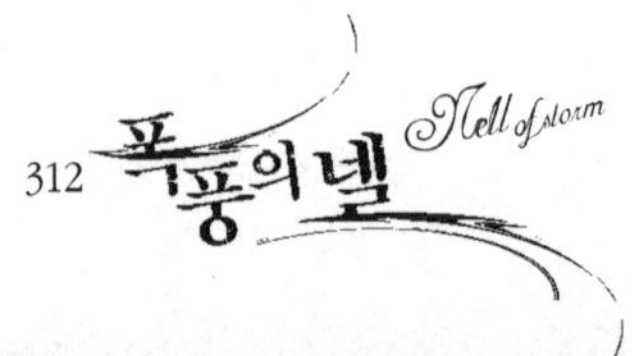

머리가 어지러웠다. 여자라 믿고 싶지 않았고 절대로 믿지 않겠다고 다짐했다. 그런데 자신도 모르는 새 이걸 그저 '괴물 공녀'로 인식하고 있었다.

'공녀라니, 맙소사.'

무엇이든 포용할 수 있는 자신의 넓디넓은 무의식에 감탄하며 이를 악물었다.

"여자일 리가 없잖아!"

"……엥?"

이번엔 넬이 놀라며 고개를 번쩍 들었다.

어쩌면 황태자도 오라버니 같을지 모른다는 불안감에 사로잡혀 있었다. 그런데 의외로 쉽게 받아들여지니, 클라이츠의 반박에 자신의 귀를 의심했다.

'오오, 이 나라 황태자는 제정신이구나.'

머리 위에서 날개 달린 미녀들이 아무것도 걸치지 않은 채 팡파르를 불며 빙글빙글 돌았다.

넬의 입이 헤죽 찢어졌다.

그런 넬의 모습에 클라이츠는 코웃음을 쳤다. 마음속 동요를 숨기기 위해 표정 관리에 힘쓰는 중이었다. 클라이츠는 팔짱을 끼고 몸을 뒤로 젖히며 오만하게 말했다.

"처음 봤을 때부터 여자라고 생각한 적 없다. 데카리온 동제후가 날 망신주려 작정한 거 아니면 자신의 권력으로 안 되는 일이 없다고 과시할 요량이다 싶었지."

턱을 치켜든 황태자는 고깝게 눈을 치켜뜨며 차게 웃었다.

"아까는 내가 좀 흥분해서 실수를 했다만."

'신은 아직 세상을 버리지 않았구나. 여자가 아니었다니!'

이번엔 클라이츠의 머리 위에서 팡파르가 울렸다.

넬은 일단 황태자는 제정신이라는 것에 기뻤지만, 오만방자한 모습에 기분이 조금 상했다. 저절로 주먹이 쥐어질 정도로 아니꼬웠다. 때문에 고의가 아니라, 저도 모르게 이가 갈렸다.

우드득, 뿌드득.

피투성이 괴물 공녀에게서 괴상한 소리가 나자 클라이츠는 뒤로 물러섰다.

"왜 그러는 거지?"

"그냥, 상처가 조금 따가워서…… 요."

얼떨결에 둘러댄 말이었는데, 막상 말을 하고 나니 머리가 빙빙 돌고 어깨와 손이 시큰거렸다.

그제야 넬의 상처가 클라이츠의 눈에 들어왔다. 간단한 응급조치도 안 한 어깨의 상처는 아직까지 피를 쏟고 있었다. 넬의 얼굴도 아까보다 더 창백했다.

"일단 안으로 들어가지. 자세한 이야기는 씻고 그 상처를 대충이라도 치료한 뒤에 다시 하기로 하고, 에일린 공녀."

클라이츠는 다시 검을 내던지고 휘적휘적 궁 안으로 걸어 들어 갔다. 넬은 바닥을 뒹구는 시체 더미들을 죽 둘러본 후

클라이츠를 따랐다.

'이 제국에 정의는 아직 살아 있어.'

넬의 가슴이 희망으로 벅차올랐다.

'그래, 싸가지 없으면 어때. 제정신 박혀 날 내보내주기만
하면 되지.'

넬은 클라이츠의 뒤통수를 집요하게 보며 킬킬댔다. 그 웃
음소리에 클라이츠는 등줄기가 오싹해지는 느낌을 경험해야
했다. 넬을 억지로 욕실에 밀어 넣을 때까지.

4

클라이츠는 서재에 도착하자마자 넬을 서재 옆 욕실에 밀어 넣었다. 시녀들을 불러 부산 떨 시간도, 상황도 아닌지라 넬은 오랜만에 혼자 느긋하게 목욕을 즐길 수 있었다.

목욕 후엔 급한 김에 욕실에 걸려 있던 하얀 가운을 걸치고 나왔다. 욕실의 수건으로 어깨와 손의 상처를 대충 둘둘 싸맸다. 피는 어느 정도 멈췄기에 무리가 없었다.

애용하던 목욕가운을 빼앗긴 클라이츠는 분노했지만 어쩔 도리가 없었다. 피 칠갑 넝마를 다시 주워 입으라고 할 수는 없었다.

시녀를 깨워 넬에게 맞을 만한 옷을 찾게 하거나, 넬의 별

궁에 옷을 가지러 보낼 수는 더더욱 없었다.

그저, 고급 목욕 가운마저 소화하지 못하는 넬에게서 고개를 돌릴 뿐이었다.

클라이츠에게 넉넉한 목욕 가운이 넬에겐 넉넉하지 않았다. 찢어지지는 않았지만 어른이 아이의 옷을 입은 듯 작고 꼭 꼈다.

가슴팍은 조금도 가려지지 않았고 양 소매는 팔꿈치에서 달랑였다. 밑의 길이도 무릎에 겨우 닿을 따름이었다. 북슬한 다리털이 고스란히 드러났다.

'확실히 여자는 아니군.'

클라이츠는 새삼 진실을 되새기며 넬에게 자리를 권했다. 넬은 두말없이 앉았고, 클라이츠는 찬장에서 술과 잔을 꺼내 와 넬의 맞은편에 앉았다.

서재엔 책들이 빼곡하게 꽂혀 있었지만, 한쪽 벽은 술병이 가득 채워진 진열장이 서 있었다. 책은 부럽지 않으나 술병은 부러웠다. 넬은 눈으로 진열장을 죽 훑으며 쩝쩝 입맛을 다셨다.

"에일린 공녀. 아! 에일린 공녀라고 불러도 되나?"

클라이츠는 친히 술을 따라 건네며 물었다. 넬은 쥐면 깨질 듯 반짝이는 크리스탈 잔을 어설프게 받아들며 끄덕였다.

"이 꼴을 한 채 원래 내 이름으로 불리면 쪽팔리니, 일단 그쪽으로 불러줘……."

넬은 조금 망설이다 클라이츠를 곁눈질하며 덧붙였다.

"……요."

"확실히 공녀는 아니군. 존댓말도 제대로 쓰지 못하는 공녀라니. 초대 동제후가 무덤에서 울 일이야."

'자신이 에일린 공녀가 아니라고 스스로 밝혀 주는군.'

클라이츠는 자신의 잔에 술을 따라 벌컥 들이켰다. 최고급 포도주를 즐기는 우아한 황태자의 모습이 아니었다. 물론 싸구려 럼주를 즐기는 용병들만큼 막가는 수준도 아니었다.

"부리는 사람이 많을수록 날 감시하는 눈도 많아지지. 그게 싫어 수행원을 최소한으로 줄이고 그마저도 궁의 외각으로 돌렸다. 황궁의 기본 경비는 따로 돌아가고 있으니 그것으로 충분하다고 생각했지."

클라이츠는 피식 웃으며 말을 이었다.

"그런데 이렇게 쉽게 뚫리다니 허탈해 지는 걸? 우락부락한 사내가 여장을 하고 내 후궁에 들어오지 않나, 암살자들이 경비병 옷을 입고 황태자 궁 뒷마당에서 여장 공녀와 한바탕 하지를 않나."

클라이츠는 툭툭 내던지듯 말했다.

넬은 어색하게 웃음으로 때우며 클라이츠 보다 과격하게 럼주를 원샷 하듯 잔을 비웠다. 달달한 포도주가 목구멍을 간질이며 흘러내려 갔다. 그 부드러운 느낌에 괜히 마셨다는 생각이 들었다.

“도대체 왜, 남자인 네가 여장을 하고 공녀가 된 거지?”

클라이츠는 눈을 가늘게 뜨며 물었다.

“동제후와는 무슨 관계고? 도대체 동제후는 무슨 속셈인 거지?”

거침없는 물음은 넬에게 진실을 요구했다. 넬은 조금 전과 달리 섣불리 답하지 못했다. 동료들에게 자신의 과거를 이야기했을 때와는 다른 상황이다.

이야기를 한다면? 동료들 때처럼 ‘놀랐다!’ 라는 감상 정도로 끝나지 않을 것이다.

‘사실을 알면 기회다 싶어 꼬투리를 잡아 오라버니에게 뭔 짓하려고 하는 거면?’

두려움의 존재지만 그래도 생판 남에게, 그것도 재수없는 황태자에게 팔아먹을 정도는 아니다.

‘나를 쥐고 흔드는 것도 따지고 보면 날 여자라고 믿고 있어서 그런 걸 테고.’

클라이츠는 집요하게 물었고, 넬은 이러지도 저러지도 못했다.

‘또 내가 다 말해준다고 이 황태자 전하가 내가 도망치는 걸 도와줄 것도 아니고.’

아까는 덜컥 당황해 남자라고 말해 버렸지만, 목욕하면서 생각하니 그게 아니었다. 아니, 그래선 안 되었던 것 같다.

‘저놈, 뭐 믿을 게 있다고 내가 사실대로 말해주나?’

클라이츠는 대답 없는 넬을 무시무시한 표정으로 노려보았다.

'이런 인내심없는 놈.'

넬은 속으로 혀를 끌끌 찼다.

"뭐, 굳이 말할 필요 없다는 건가? 그럼 내 예상대로겠군."

"에?"

갑작스런 클라이츠의 말에 넬은 입을 벌리고 그를 보았다. 클라이츠는 차게 웃으며 물었다.

"동제후인가?"

"무슨 소린지……."

넬이 알아듣지 못하고 말을 흐리자, 클라이츠는 다른 의미로 해석한 듯 고개를 주억거렸다. 그는 숨을 길게 내쉬며 잔이 철철 넘치도록 포도주를 채웠다.

"드디어 날 해치우겠다고 마음먹은 건가? 아니, 행동으로 옮기기로 한 건가? 황실에 충성한다는 척 주절주절 말도 많더니 결국 자신의 입맛에 맞지 않는다며 황태자인 나까지 위협하려 하는군."

넬이 말하지 않자 클라이츠가 먼저 말문을 텄다. 넬은 갑작스런 클라이츠의 말에 멀뚱하니 그를 쳐다보았다.

"그래서 마음에 안 들었다는 거야. 북제후는 중앙 권력에 관심이 없어. 그는 욕심이 없어 안전하지만 그 때문에 그의 딸을 선택할 수 없어. 황제의 권좌가 튼튼하다면 그 같은 장

인이 안전하지만, 저 흐물거리는 권좌의 외척으로는 어울리
지 않지."

"……."

"반역을 저질렀던 주제에 뻔뻔스럽게 제국의 기둥 행세를
하고 있는 서제후와 남제후도 마찬가지지. 그들을 외척으로
두는 건 고양이에게 생선을 맡기는 격이야. 첫날밤 내 비가
내 심장을 자신의 머리 장식으로 찌를지도 모를 일이지."

연거푸 잔을 들이키던 클라이츠는 아예 병나발을 불었다.

"결국 동제후다. 추녀든 언청이든 말을 못하든 머리가 비
었든 동제후가 내민 공녀를 선택할 수밖에 없어. 지금 이 황
실을 그나마 지탱해 주고 있는 건 그 동제후니까. 설령 너 같
은 괴물 공녀가 공녀랍시고 들어와도 나는 어쩔 수 없이 너를
선택해야 하는 거야. 내 비로."

클라이츠는 비틀비틀 진열장으로 걸어가 손에 잡히는 대
로 술병을 한 아름 안고 와 테이블 위에 떨어뜨리듯 내려놓았
다.

아름다운 여인의 몸매를 빼닮은 술병의 목을 움켜 쥔 클라
이츠는 이빨로 코르크 마개를 열었다. 퐁 소리와 함께 그윽한
향이 퍼지기도 전에 병째로 벌컥 벌컥 마셨다.

넬도 납작하고 동그란 술병을 하나 따 마시기 시작했다. 값
싼 입에 고급스러운 맛이 짝 달라붙지는 않았지만 그럭저럭
마실 만했다.

"그런데 이런 우락부락한 남자를 마녀의 저주랍시고 여장을 시켜 공녀로 내세우다니. 내 저주를 아는 주제에 나를 끝까지 우롱하려 하는가, 데카리온."

클라이츠는 뿌드득 이를 갈았다.

"뭐라고 했지? 동제후가 뭐라고 했어. 날 죽이라고 하던가? 아까의 자객들도 네 동료들인가? 서제후나 남제후의 지시라고 생각했는데, 혹시 네 동료들이 너와 짜고 장렬히 희생이라도 한 건가? 너를 내게 가까이 붙이기 위해. 날 죽이려면 일단 가까이 다가와야 할 테니까?"

클라이츠는 자신의 왼쪽 가슴을 주먹으로 퍽퍽 쳤다.

"그래, 죽일 수 있으면 죽여 봐라. 데카리온! 감히 신하 주제에 주인될 자를 넘보려 하다니."

취한 걸까. 횡설수설하는 클라이츠를 보며 넬은 할 말을 잃었다. 속사포처럼 쏟아지는 클라이츠의 말에 대꾸할 꺼리도 없었을 뿐더러, 클라이츠가 기회를 주지도 않았다. 넬은 술을 붓고 있는 클라이츠를 멍하니 바라보았다.

클라이츠는 작정이라도 한 듯 계속 술을 붓고 부었다.

"알아, 알아. 이 잘난 황실이 유지되기 위해서는 동제후가 필요하다는 거. 동제후가 필사적으로 황실을 떠받들고 있다는 거. 그래서 황제 폐하께서 그리 전전긍긍하시며 동제후에 몸이 달아 있다는 것도."

젊은 황태자의 얼굴은 오욕과 절망에 일그러졌다.

열등감일까? 제국의 차기 지배자가, 태어나면서부터 만인의 존경을 받고 부족할 거 없이 제국을 호령하는 황태자가 한낱 제후에게 열등감을 느끼는 건가.

넬은 문득 든 생각에 혀를 찼다. 하지만 클라이츠를 못난 놈이라 손가락질 하지는 않았다. 그 마음이 완전히는 아니어도 어느 정도 이해가 되었다. 아니, 이해할 수 있을 것만 같았다.

"그딴 놈 없어도 내가 잘 다스릴 수 있다고. 제국 정도는!"

클라이츠는 테이블 위로 쾅당 넘어지며 얼굴을 박았다. 술에 취해 아픈지도 모르는지 여전히 웅얼웅얼 말이 많았다.

"뭐야, 뭐 이렇게 긴장감이 없어? 자기 말대로 내가 정말 오라버니가 보낸 자객이면 어쩌려고?"

예상치 못한 전개에 넬은 헛웃음을 지었다.

"운 좋은 줄 알아라, 황태자 전하."

어깨를 으쓱이며 성한 술병의 마개를 뜯었다. 슬슬 입에 익기 시작한 술을 죽 마셨다.

"……펠트 하르그가, 그때…… 내 의뢰를…… 했다면 이런 고민……."

그때, 클라이츠가 웅얼거리는 내용이 귀에 와 박혔다. 익숙한 단어가 귓가를 스쳤다.

"얼레?"

넬은 손가락으로 클라이츠의 머리를 쿡쿡 찔렀다.

"이봐, 이봐…… 요. 황태자 전하? 지금 뭐라고 했수? 웅? 펠트 하르그라니? 의뢰라니?"

"우웅, 웅……. 펠트 흐르그으……."

몸이 견딜 수 있는 주량을 훨씬 초과한 듯 클라이츠는 정신을 영 못 차렸다.

"……."

넬은 쓰러진 클라이츠를 뚫어져라 바라보았다. 클라이츠가 술김에 내뱉은 말을 되뇌고 되뇌었다.

'황태자 전하, 펠트 하르그, 의뢰, 그리고 오라버니?'

뭔가 가물가물하게 생각날 듯 안날 듯 넬의 뒤통수를 간질였다. 단순히 술김에 한 술주정은 분명히 아니었다. 아니, 존귀한 황태자 전하가 한낱 용병대 펠트 하르그를 안다는 자체가 단지 술기운으로 가능한 일이 아니었다.

"아!"

한참을 끙끙거리던 넬은 자리에서 벌떡 일어섰다. 물론 클라이츠에게 질세라, 또 언제 이런 고급술을 마셔 볼까 하는 생각에 들이 부었던 술기운에 크게 휘청댔다.

털썩.

넬은 다시 의자에 주저앉으며 입을 쩍 벌렸다.

"옛날에 웬 얼간이가 제국의 동제후를 암살해 달라고 의뢰했던 거. 그게 황태자의 짓이었어?"

　　　　*　　　　*　　　　*

　제국에는 동제후 훼일카드민과 쌍벽을 이루는 기사가 있다. 동제후가 두각을 나타내기 전까지 제국을 대표하는 검은 그였으나, 지금에 와 그것을 기억하는 사람은 많지 않다.

　흑기사 체르 듀 오뎃. 데카리온 동제후 훼일카드민과 검을 겨룰 기사라고 알려진 남자다.

　이대 명가 오뎃 가문의 삼남으로, 불과 열다섯에 기사 서임을 받았다.

　어릴 적 아버지 손에 이끌려 궁 안으로 들어와 클라이츠와 처음 만났을 때부터, 그의 주인은 정해졌다. 그는 클라이츠와 친구처럼, 형제처럼 함께 자라며 그에게 충성을 맹세했다. 열다섯의 맹세는 과거부터 이어져 온 마음을 세상에 선포한 정도에 지나지 않았다.

　그는 언제나 그림자처럼 클라이츠를 따르며 지켜왔다. 언제나 검은 갑옷을 입고 클라이츠의 그림자처럼 그를 따라 '흑기사' 라는 별명을 얻었다. 그 색이 은백색의 훼일카드민과 대비되어, 사람들은 훼일카드민과 체르를 묶어 '제국의 흑백기사' 라 부르기도 한다.

　그는 매일 아침 단정한 차림새로 황태자를 찾고 밤늦게야 궁을 나선다. 황족이 아니라면 수호기사라 하더라도 내궁에서 밤을 샐 수 없기 때문이다.

황태자의 절대적인 총애를 받고 있고, 집안의 힘 또한 거대하다. 원한다면 외궁에 방 한 칸 얻는 건 어렵지 않은 일이나, 체르는 그렇게 하지 않았다.

교만을 겸손의 검으로 잘라낼 줄 아는 강직한 성격의 단면을 엿볼 수 있다.

오늘도 체르는 새벽닭이 울리고 황성의 문이 열리자마자 성으로 출근했다. 이제는 자신의 저택만큼이나 익숙한 황태자궁으로 걸음을 옮겼다. 이른 아침, 차가운 안개와 이슬로 감싸인 궁은 그를 환영했다.

하지만 황태자궁으로 들어서자마자 체르는 자신의 코를 의심했다. 시원한 새벽이슬이 아니라 비릿한 피 냄새가 그를 맞이하고 있었다.

"설마, 어젯밤에 무슨 일이?"

체르는 얼른 후각에 의지해 피 냄새를 따라갔다.

황태자궁 뒤쪽의 정원으로 간 체르는 눈앞에 펼쳐진 광경에 입을 떡 벌렸다. 귀족으로서의 예의와 체면 따위를 챙길 여력은 없었다.

황태자궁 뒤쪽 정원은 전쟁이라도 났던 것처럼 엉망이었다. 초토화, 아수라장이라는 말이 더없이 잘 어울렸다.

제일 먼저 눈에 들어오는 것은 여기저기에 널려있는 수십 구의 시체였다. 경비병 복장을 한 사내들은 하나같이 잔인한 솜씨로 죽임을 당한 듯했다.

시간이 꽤 지난 듯한 시체는 어젯밤의 참상을 말해주듯 처참했다. 정원사가 공을 들였을 정원수와 풀들은 꺾이고 잘려 있었다. 시체에서 흘러나온 피로 바닥은 얼룩덜룩했다. 피가 엉긴 풀들이 축 늘어져 딱딱한 피의 강을 이뤘다.

"황태자 전하!"

석상처럼 참상을 바라보고 있던 체르의 굳은 머리가 클라이츠에게까지 연결됐다. '어째서 자객의 시체는 없고 경비병의 시체만 있는 것인가.' 로 생각이 이어지자, 체르의 얼굴이 하얘졌다.

체르는 한달음에 황태자궁 안으로 달렸다. 앞뒤 따지지 않고, 발에 걸리는 건 차내며 황태자의 침실까지 달려갔다. 그의 부산스러운 움직임에 아직 새벽잠에서 헤어나지 못하던 시녀, 시종들이 눈을 비비고 나왔다.

"체르 경?"

"어, 어찌……."

시녀와 시종들은 영문을 모르고 당황스러워 했다. 일부는 체르의 뒤를 쫓았다.

"전하!"

고하지 않고 침실에 발을 들이는 것은 무례 중에서도 큰 무례다. 귀족으로서의 자질을 의심받으며 처벌을 받는 게 보통이요, 심한 경우에는 중앙에서 귀족 노릇하기를 포기해야 할지도 모른다.

하지만 지금 이 순간, 체르의 머리에는 아무것도 떠오르지 않았다. 체르는 문을 박차고 클라이츠의 침실 안으로 뛰어 들어갔다.

"체르 경!"

"이 무슨 무례십니까!"

뒤쫓던 시종들이 기겁하며 체르를 말리려 했으나 이미 늦었다. 침실 안으로 들어온 체르는 미친 듯이 고개를 저으며 클라이츠를 찾았다.

침실에 클라이츠는 없었다. 침대 위에 누가 몸을 뉜 흔적도 없었다.

"전하는, 전하는 어디 있는가. 전하는 어디 계시는가!"

체르는 자신을 뜯어말리는 시종의 멱살을 잡아 올리며 소리쳤다. 당장이라도 시종의 목을 비틀어 버릴 듯 거칠었다.

"전하가 어디 계시느냐 물었다. 어서 대답해라, 어서!"

그의 목소리가 침실 안에 쩌렁하게 울렸다. 시녀나 시종들에게도 함부로 대하지 않던 평소의 흑기사 체르가 아니었다.

"저, 저는…… 제, 제가…… 어찌……."

멱살이 잡힌 시종은 겁에 질려 벌벌 떨었다. 뒤의 시종들도 어쩔 줄 몰라 하며 체르에게 감히 다가서지 못했다.

체르는 시종을 집어 던지듯 다른 시종들에게 떠밀며 그들을 헤치고 침실 밖으로 나왔다.

안 좋은 생각, 해서는 안 되는 생각들이 머리에 어지럽게 늘어졌다. 말도 안 되는 상상에 온몸이 부들부들 떨렸다. 있어서는 안 될 일이 벌어진 걸지도 모른다는 불안에 얼굴에서 핏기가 사라졌다.

"아니야, 아니야. 그럴 리가 없다. 그럴 리가 없어!"

체르는 다시금 발걸음을 옮겼다. 뛰었다. 다음 목표는 서재였다. 클라이츠가 가장 많은 시간을 보내는 곳이다. 어쩔 때는 침실이 아니라 서재에서 밤을 나기도 한다.

'그러니 오늘도 그러리라. 서재에, 서재에 계시리라.'

체르는 부들부들 떨리는 어깨를 양손으로 감쌌다. 오늘따라 복도가 너무 길게 느껴졌다.

서재에 도착한 체르는 앞에서 크게 심호흡을 했다. 최대한 마음을 가라앉히고, 안 좋은 생각을 털어내려 애썼다. 여기 있으리라, 계시리라. 또 무리하여 밤새 책이라도 뒤적거리신 것이리라.

밖의 참상은…… 그래, 자객들이 경비병의 복장을 하고 잠입하여 경비병들과 싸워 모두 처리된 것이리라. 그래서 경비병 복장을 한 자객들과 경비병들의 시체가 뒤섞여 있는 것이리라.

만약 그런 일이 있었다면, 경비병들은 지체 없이 체르에게 연락할 것이다. 체르는 클라이츠의 수호 기사기에. 그리고 어제, 황궁에서 체르에게 연락 온 일은 없었다.

자신의 생각에 모순이 있다는 걸 알지만 체르는 애써 무시했다.

어느새 체르의 뒤에는 시녀와 시종들이 몰려 서 있었다. 궁 밖의 참상을 보지는 못했지만, 그래서 지금 체르가 왜 이러는지 전혀 알지 못하지만, 지금 체르의 모습을 보건데 황태자에게 무슨 일이 일어난 건지도 모른다는 어떤 예감이 든 듯했다.

만일 그렇다면 그들은 전부 책임을 물어 참살당할지도 모른다. 그들 모두 어쩔 줄 몰라 하며 닫힌 서재의 문과 체르를 바라보았다.

체르는 힘차게 서재의 문을 열었다. 안으로 뛰어 들어가는 대신 안을 살폈다.

불안한 예감은 다행히도 틀린 것이었다. 클라이츠는 서재에 있었다. 비록 바닥을 뒹굴고 있고, 밤새 술을 마신 듯 주변에 술병들이 널브러져 있기는 하지만.

"하아."

순간 긴장이 풀리며 다리 힘이 쭉 빠졌다. 체르는 길게 숨을 내쉬며 문에 몸을 기댔다.

'전하는 무사하시다.'

별일이 없었던 거구나. 궁 밖의 참상이 적어도 클라이츠에게 위해를 가한 것은 아니구나.

체르는 안도했다.

"……."

그런데 뭔가 이상한 것이 눈에 띄였다. 피 냄새에 놀란 코를 찌르는 독한 술 냄새는 그렇다 치더라도, 클라이츠 옆에 거대한 무언가가 보였다.

드르렁 드르렁 코를 골며 뿌드득 뿌드득 이를 가는 그 무언가는 클라이츠와 팔다리를 얽고 있었다. 그 거대한 무언가의 팔과 다리가 클라이츠를 꼭 안고 있었다. 클라이츠의 팔과 다리도 그 거대한 무언가 위에 척하니 걸쳐져 있었다.

콰당!

체르는 얼른 문을 닫아걸었다.

'뭐, 뭐지?

체르는 눈을 크게 뜨며 뒤를 돌아보았다. 함께 서재 안을 본 시종과 시녀들도 입을 쩍 벌리고 체르를 올려다보고 있었다.

"체, 체르 경."

어느새 그 무리에 합류한, 체르보다 더 오래 클라이츠를 모셔왔던 시종장이 체르를 불렀다. 시종장은 무언가 말을 하려 애썼지만 차마 입 밖으로 목소리가 터져 나오지 않는 듯했다.

체르는 한 번 마음을 굳게 먹고 다시 서재 문을 열었다.

스윽.

소리없이 열리는 문은 조금 전과 달리 조심스럽게, 천천히 열렸다.

드르렁, 드르렁. 으드득, 으드득.

독한 술 냄새와 더불어 들리는 우렁찬 소리는 여전했다. 조금 전의 광경이 분명, 허상이 아니라 현실이라는 뜻이었다.

체르는 주저하다 한 걸음 서재 안으로 들어왔다. 시종들과 시녀들도 우르르 몰려와 문을 경계로 고개를 안으로 쑥 내밀었다.

체르는 클라이츠에게 가까이 다가가 우선 클라이츠를 살폈다. 숨에 술 냄새가 풍기지만, 곤히 잠든 그의 안색은 붉었다. 다친 곳은 없었다.

체르는 고개를 돌려 클라이츠의 옆을 바라보았다. 클라이츠와 몸을 얽고 심하게 곤히 자고 있는 거대한 무엇, 그것의 정체를 알아야 했다.

유심히 거대한 무언가를 살피던 체르는 겨우 그 정체를 알아냈다.

거대한 무언가는 사람이었다. 보기에는 분명 남자지만, 체르는 여자라고 확신했다. 통성명을 하지는 않았지만 체르는 그녀를 알고 있었다. 얼마 전 먼발치로 보았다. 클라이츠의 아내 후보로서의 그녀를.

거대한 무언가는 동제후의 공녀, 에일린이었다.

정체를 확인한 체르는 다음 순서로 당연히 가져야 하는 의

문을 품었다.

‘동제후의 공녀가 왜 클라이츠 전하와? 그것도 이런…….’

체르의 얼굴이 잠시 붉어졌다.

“흠흠.”

체르는 헛기침을 하며 주변을 둘러보았다. 이 상황을 알기 위해서는 좀 더 정보가 필요했다.

체르의 눈에 또 무언가가 띄었다. 그것은 다름 아닌 넬이 입고 있는 흰 가운이었다. 그것은 체르가 기억하기로 클라이츠의 것이었다. 클라이츠가 목욕 후 즐겨 입던 목욕 가운이었다. 그런데 그것을 넬이 입고 있었다.

“으음!”

넬이 몸을 뒤척이며 가운을 꼭 쥐고 있던 왼손을 머리 위로 넘겼다. 그러자 넬이 쥐고 있던 가운데 부분에 붉은 흔적이 눈에 띄었다. 그 부분은 다리를 가리는, 가운의 펄럭이는 부분이었다.

“……!”

체르의 눈이 튀어나올 듯 커다래졌다.

“서, 설마…… 설마!”

체르는 믿을 수 없었다. 클라이츠와 함께 했던 기간은 짧지 않다. 오랫동안 클라이츠와 함께 하며 그의 이성관 정도는 파악하고 있었다. 클라이츠는 결코 남들과 다른 특이한 이성관을 가지고 있지 않았다.

체르는 애써 마음을 가다듬고 넬의 왼쪽 손을 바라보았다.

"아, 아니!"

넬의 왼손엔 흰 천이 감겨 있었고 그 천은 더욱 붉게 물들어 있었다. 이에 체르는 빼도 박도 못하고 인정해야만 했다. 넬의 손에 들린 흰 천의 붉은 자국이 어젯밤의 모든 걸 증명해 주고 있었다.

궁 밖의 시체들이 체르의 머리에서 사라진 지는 이미 오래였다.

털썩.

체르는 힘이 쭉 빠진 두 다리를 지탱하지 못하고 그 자리에 주저앉았다.

"귀족가의 공녀들이 자신들의 처음을 증명하기 위해 첫날밤 흰 천이나 비단을 준비한다고 했지."

아직 결혼 하진 않았지만 여동생이 있기에 예전부터 알고 있었다. 아니, 굳이 여동생이 없어도 귀족이면 남녀 누구나 알고 있다. 오래전부터 이어져 내려온 관습이었다.

"……망할, 동제후."

그때, 클라이츠가 잠꼬대를 하며 몸을 틀어 넬의 너른 품에 안겼다.

"그래, 망할……."

넬은 클라이츠의 몸 위에 왼손을 척 얹어 그를 껴안았다.

"……."

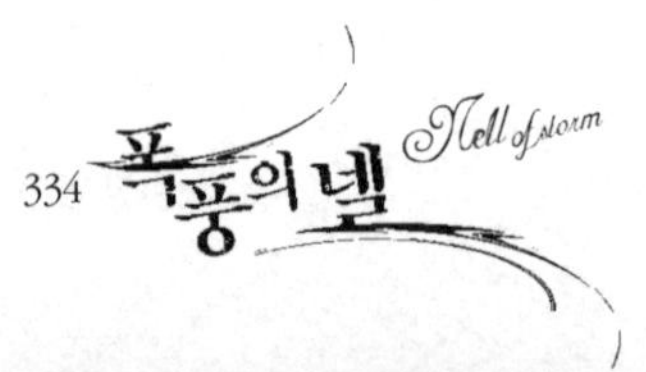

이 아름다운 한 쌍의 진한 애정 공격에 체르는 좌절했다.
때문에 체르는 잊고 말았다. 문가에 서서 그 상황을 고스란히
지켜보는 시녀들과 시종들의 가벼운 입을.

『폭풍의 넬』 2권에서 계속.

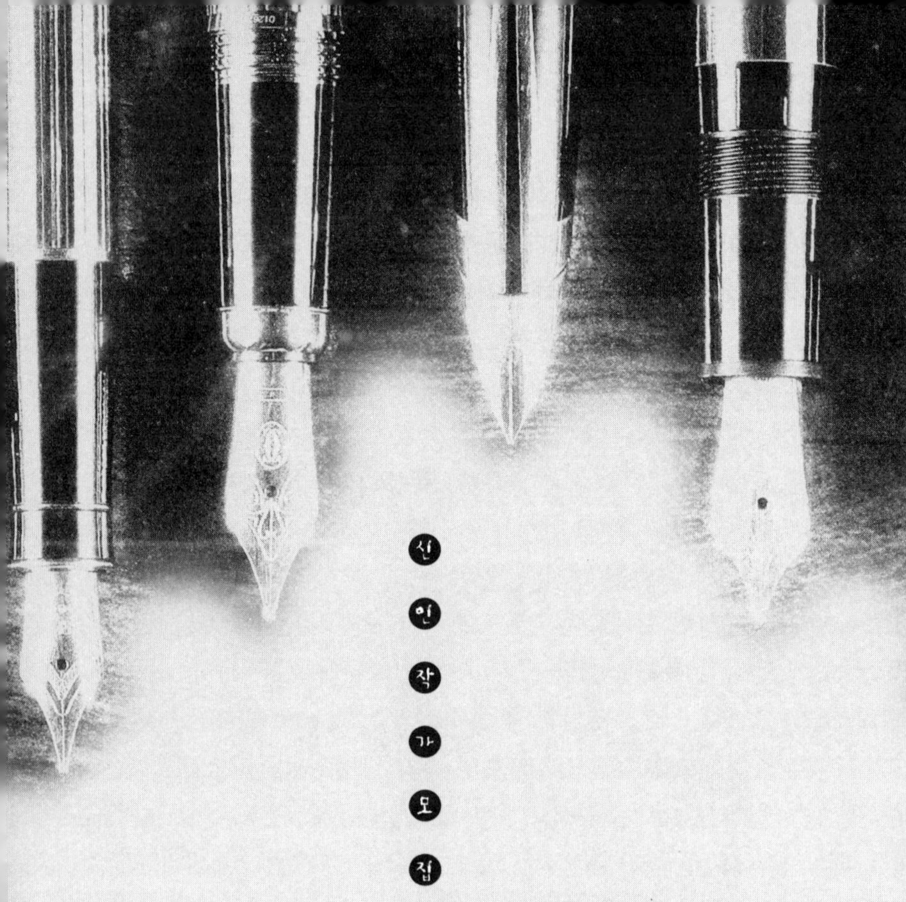

신
인
작
가
모
집

시작이 반이라고 했습니다.
작가의 길에 대한 보이지 않는 벽을 과감히 깨뜨리십시오!
청어람은 작가 지망생 여러분들의
멋진 방향타가 되어드리겠습니다.

저희 도서출판 청어람에서는
소설 신인 작가분들을 모집합니다.
판타지와 무협을 사랑하시는 분들의 많은 참여를 바랍니다.
소정의 원고(A4용지 150매)를 메일이나 우편으로 보내주시면
검토 후 출판 여부를 알려드리겠습니다.

주소:경기도 부천시 원미구 심곡1동 350-1 남성B/D 3F 우편번호420-011
TEL:032-656-4452 · FAX:032-656-4453
http://www.chungeoram.com
e-mail:chungeoram@chungeoram.com

초등학생이 반드시 읽어야 할 좋은 책 49권

각 학년별로 초등학생이 반드시 읽어야할 좋은 책을 선정하여 통합논술의 기본이 되는 '올바른 독서법'을 일깨워 줍니다.

교과서와 함께하는
초등학교 통합논술

초등1학년 | 값 12,000원 / 초등2학년 | 값 9,500원 / 초등3학년 | 값 11,000원 / 초등4학년 | 값 9,500원 / 초등5학년 | 값 9,500원 / 초등6학년 | 값 11,000원

♣ 혼자 할 수 있어요.

엄마가 책 읽는 방법을 가르쳐 주어도 좋아요.
독서지도하는 선생님이 가르쳐 주어도 좋답니다.
"초등 교과서와 함께하는 **통합논술 시리즈**"는
아이 스스로 독서할 수 있도록 꾸며진 책이에요.
엄마와 선생님은 요령만 가르쳐 주시면 된답니다.

♣ 교과서의 중요한 내용이 총정리되어 있어요.

각 학년별로 중요한 교과 내용이 함께 수록되어 있어요.
초등학생은 교과서 내용을 충실하게 공부해야합니다.
아울러 그와 병행한 독서가 대단히 중요하지요.
"초등 교과서와 함께하는 **통합논술 시리즈**"는
두가지 방법 모두 알려준답니다.

♣ 이 책은 훌륭하신 선생님들이 함께 쓰신 책이랍니다.

동화작가 선생님들이 쓰셨어요. 소설가 선생님도 쓰셨답니다.
국어 논술독서지도 선생님들도 함께 쓰셨지요.
"초등 교과서와 함께하는 **통합논술 시리즈**"는
엄마의 마음으로 모든 선생님들이 함께 꾸민 책이랍니다.

입소문을 통해 아는 분은 다 알고 계십니다!
올 한해 공인중개사 최고의 화제작!

1~2권 합본 | 이용훈 지음
3~4권 합본 | 이용훈 지음
5~6권 합본 | 이용훈 지음
용어해설 | 이용훈 지음

수험생 기본 필독서
만화 공인중개사

제목 : 만화공인중개사 쓰신 분에게 감사드립니다.

학원을 두 달 다녔어요. 근데 과연 그 숫자 외우기 그런 게 몇 문제나 나올까 생각을 했어요.
아니라는 생각이 드네요. 학원강의를 뒤로하고 서점을 갔어요. 내 머리에 가장 이해될 수 있는
책이 없나 하구요. 거기서 만화를 발견했어요. 무조건 세 번 봤어요. 3개월 걸렸어요. 문제집을 보라고
했는데 그건 시행을 못했어요. 근데 합격을 했네요.
어떻게 감사의 말을 해야 될지……
도서관에서 만화책 들고 다니니까 사람들이 비웃더라구요. 만화책으로 공인중개사를 공부한다고
미친 사람처럼 보더라구요. 근데 그거 다 감수하고 했던 내가 자랑스럽습니다.
어떻게 감사의 말을 해야 할지… 정말 감사합니다.
부디 행복하세요. 제 나이 41살에 좋은 스승을 만난 것 같습니다.
엎드려 감사드립니다.

―본사 홈페이지에 독자분이 올린 메일 中 에서 발췌―